굴뚝새와 떠나는
정원 일기

글·그림 일곱째별

다큐멘터리를 기획·구성하고 글을 써 120여 편을 방송했으며
그중 최근작이 2024년 제4회 5·18영화제 대상을 수상했다.
시대의 아픔이 있는 현장을 사진 촬영하여 르포르타주를 쓰고,
길 위에 정직한 발자국을 찍으며 수천 킬로미터를 걷고 자전거 타며 순례기를 쓰다가,
간간이 고요한 평화가 찾아오면 그림을 그리고 에세이를 쓴다.
2017년 제7회 조영관문학창작기금(르포 부문)을 수혜했고,
2018년 제26회 전태일문학상(생활·기록문 부문)을 받았다.
현재 대전에 있는 대학교에서 미디어 영상 콘텐츠 제작을 가르치고 있다.
쓴 책으로 《일곱째별의 탈핵 순례》 등이 있다.

생명을 품은 정원에서 일구어낸 사랑과 평화

굴뚝새와 떠나는
정원 일기

일곱째별 글·그림

책과이음

차례

2부 ─ 정원의 위로

3부
—
정원의 감사

은목걸이

굴뚝새의 모험 1

"여기 있는 것들 중 마음에 드는 것 하나 가지세요. 마지막이니 그냥 드릴게요."

내 창조주가 말했다.

매일 오던 손님이자 수강생은 공방을 휘 둘러보더니 목걸이 액자를 자세히 들여다보았다. 액자 안 다섯 개의 목걸이를 하나하나 살펴보더니 드디어 하나를 골라 들었다.

"이걸로 할게요."

빨간 줄에 매달린 은으로 만든 굴뚝새, 즉 나는 그렇게 새 주인을 만났다.

페스트보다 더 넓게 전 세계를 마비시키기 시작한 코로나19 바이러스로 인해 한국의 자영업자들이 줄줄이 폐업을 시작하던 2020년 봄, 나는 개업 이래 최초 공방 정리 할인 중 얼마 남지 않은 작품 가운데 하나였다.

　　나름 입소문이 난 공예작가인 내 창조주는 관광객이 많이 다니는 길목에서 10년 가까이 공방을 운영하고 있었다. 그럭저럭 혼자 먹고살 만했다. 그러나 코로나19 바이러스의 출현으로 관광객 발길이 뚝 끊기고 수요가 줄자 월세를 감당하기가 벅찼다. 반년이나 한 해만이라도 월세를 줄여달라고 건물주에게 부탁했지만, 건물주는 묵묵부답이었다. 계약 만기가 다가오자 재계약을 할 수 없었다. 공방은 폐업 수순을 밟았다. 그 정리작업을 하던 중, 내 창조주는 자신의 유일한 수강생 목에 아끼던 나를 걸어주었다. 그렇게 하이얀 목덜미에 내려앉은 나, 굴뚝새의 모험이 시작되었다.

　　내 새로운 주인은 작가였다. 전국을 걸어서 순례하며 글을 쓰는 작가. 매우 멋진 사람이었다. 덩달아 나도 매우 멋진 굴뚝새가 되었다. 내 주인은 나를 목에 건 이후 한 번도 푼 적이 없었다. 그러니 내 주인이 가는 곳에 나도 늘 함께 갔다. 한쪽에만 있는 내 눈은 주인이 보는 것을 똑같이 볼 수 있었다. 그리고 쇄골 가운데 홈이 내 둥지였으므로 귀를 기울이면 주인의 마음을 들을 수 있었다.

1부

—

정원의 선물

칠성목과 할머니

원주 토지문화관 정원 일기

모두로부터 떠나 원주로 갔다.

2020년 5월 첫날.

무작위 추첨에서 하나 남은 외딴 방 토지문화관 창작실 102호. 귀래관에서 출입구가 따로 있고 땅에서 제일 편하게 출입할 수 있는 방이었다. 숨 한 번 들이켜고 열쇠로 문을 열었다. 파란 방이었다. 정면의 노란 커튼과 원목 가구만 빼곤 벽도 서쪽 창 커튼도 다 파랬다. 여섯 평 방에는 남쪽 정면에 벽으로 막힌 베란다로 통하는 창과 오른편 서쪽 창이 있었다. 입구 오른쪽에 옷장과 신발장, 안으로는 왼쪽 화장실과 침대와 책상과 전기스탠드와 의자 둘과 현관 위 오른쪽부터 선풍기, 빨래 건조대, 초소형 냉장고와 나무 수납장이 있었다.

스웨덴 제품 캐리어와 산티아고 800킬로미터를 거쳐 온 36리터짜리 배낭과 카메라 가방과 얇은 배낭과 입소 직전에 공방에서 간신히 제작을 마친 가죽가방. 그리고 골동품 경대와 금속공예 촛대와 동판 작품. 은수저와 회화나무 수저받침과 중고 파이렉스 대접 두 개와 스테인리스 컵 하나와 유리 티포트. 몇 권의 책과 원고들과 색연필과 수첩과 노트북과 탁상용 전자시계와 카네이션 화분 하나와 아이보리색 시트.

세 끼를 주는 집필실이었으므로 최소한의 옷과 신발 외 살림살이는 이 정도였다.

오후 여섯 시에 뿌리가 혈관처럼 울끈불끈 두드러진 나무뿌리를 거치며 징검다리 밟듯 돌계단을 올라 식당으로 갔다. 아침으로 각자 토스트를 먹으며 주스와 커피를 마실 수 있고, 점심과 저녁 식사에는 시간 맞춰 음식이 준비되는 이곳은 작가들의 천국이었다. 나는 첫날부터 두 달 내내 음식을 접시에 담아서 맨 끝 식탁에 등 돌리고 앉아 은수저로 혼자 먹었다. 코로나19 바이러스로 인해 공동식사는 서로 조심해야 했다. 그러나 이 정도 상황은 이후 벌어질 인원 제

한 조치에 비하면 아무것도 아니었다.

빨간 고무줄 면바지를 입었다. 몇 년 전 한 달 넘는 산티아고 순례 내내 숙소에서 입었던 5천 원짜리 얇은 면바지. 유럽 사람들이 예쁘다고, 한국제냐고 물어봤던 그 바지를 입으면 다시 익명의 세계로 간 듯 자유로워진다. 빨간 바지를 입고 나풀나풀 동네를 산책했다.

입주 다음 날 아침, 동네 산속에 있는 성황당에서 오랜 세월 나를 기다리고 있던 나무 한 그루를 만났다. 세월의 깊이가 둘레둘레 서린 630센티미터 밑동에서 솟아오른 굵은 가지가 일곱인 피나무 칠성목. 하늘 향해 일곱 가지를 쭉쭉 뻗어 올린 기골을 보자 나도 저절로 손을 쭉 뻗어 나무처럼 하늘 정기를 받아들이게 되었다. 삼신목과 함께 성황당을 지키는 영험한 나무라는 그 나무는 보자마자 내 나무라는 생각이 들었다.

나무와 첫 대면을 하고 내려오는 길에 깨를 심고 있는 모자母子를 보았다. 기억 자로 구부린 두 허리가 쌍기역처럼 나란했다. 뽀얗게 갈아져 두둑이 져 있는 흙을 보자 서울내기인 나는 뭣도 모르고 할머니께 해보고 싶다고 덤볐다. 공이 박힌 막대기로 땅을 찌르고 그 구멍에 깨를 심었다. 할머니는 난생처음 농사 흉내를 내는 나에게 '전문가'라고 칭찬해주셨다.

다음 날은 할머니 댁 대파 모종 심기에 주전자로 물주는 일을 거들었다.

"일샘이 많네"

할머니는 의욕만 넘치지 일솜씨는 없었을 나를 유머 곁들인 너그러움으로 대하셨다. 그날은 주말이라 도시에서 자녀분들이 농사를 도우러 오셨다. 모종 심기 후 가족들이 내게 밥상을 차려주셨다. 큰 따님이 해 온 반찬이 엄청 맛있어서 나는 아침 토스트도 먹고 갔으면서 밥 한 공기를 뚝딱 해치웠다. 혼자 밥 먹는 내 일거수일투족에 모두의 시선이 집중돼 있었다. 그러면서 막내 형제 재산 자랑이 은근슬쩍 열거됐다. 하지만 난 그 집에서 칭찬에 마지않게 소개하는 총각 아들에겐 관심이 없었고, 대신 여든일곱 살 할머니에게 마음을 뺏겼다. 마침 그 집 막내딸이 자그마하게 말했다.

"가끔 우리 엄마 좀 들여다봐주세요."

이후 두 달간 가끔은커녕 거의 날마다 성황당 옆 나무와 할머니에게 들렀다. 먼저 나무한테 가서 하늘 향해 쭉 팔을 뻗어 올리면서 인사했다.

"안녕, 나 왔어"

나무껍질을 만져주고, 가끔은 나무 사이에 올라가 가지에 기대앉아서 이 얘기 저 얘기 하고 사진을 찍고는 내려와 인사했다.

"내일 또 올게."

그길로 할머니 댁에 가서는 이름이 없어 내 맘대로 '순둥이'라고 이름 지은 허연 개에게 먹일 개밥 위에 사료를 뿌려주고, 할머니랑 함께 커피믹스를 마시고 과일도 먹고, 가끔은 현관도 쓸고 모판도 닦고……. 흐드러지게 만발한 게 농염의 절정인 심홍색 목단 옆에서 나무 그네를 타면서 채송화 같던 내가 벌써 이렇게 원숙한 목단 닮은 나이가 됐구나, 했었다. 밥때 되면 여물 달라고 울어대는 소 두 마리에 송아지, 닭들이 있는 집이었다. 할머니네는 논도 많고 밭도 많았다. 코로나19 바이러스가 발병하기 전에는 마을에서 경로우대로 관광버스 빌려 여행도 시켜줘서 다니셨다는데 전염병 이후론 병원 외엔 마을 밖으로 나가지 못하셨다. 그래서 온종일 일을 하셨다. 하지만 내가 점심이나 저녁 식사를 재빨리 하고 부랴부랴 갔기에 거의 만날 수 있었다. 밥때엔 할머니도 집에 계시니까.

춘천에서 태어나 열일곱 살에 6·25 한국전쟁이 나서 부산까지 피난했다가 원주에 정착해서 결혼하신 할머니는 동갑내기 부군이 오십 세에 돌아가셨다고 하신다.

"좋은 세상 못 보고 간 게 아쉬워. 그때는 보리밥 먹던 시절이잖아. 지금은 흰쌀밥 먹는데……."

그렇게 아쉽게 일찍 가신 부군 묘가 토지문화관 내에 있기에, 할머니는 박경리 선생님 살아계실 때도 보셨다고 한다. 그런데 토지문화관에서 매일 나무 보러 오는 작가는 내가 처음이라고 하셨다. 입주작가들은 피해 다니면서 그 댁에는 매일 갔으니 할머니랑 친해지지 않을 수가 없었다.

할머니가 좋았다. 방도 세 칸이라 한 칸 남으니 그 집에서 방 한 칸 얻어 농사짓고 글 쓰며 살면 어떨까 싶었다. 시골집과 어머니라는 존재만으로 그랬다.

"여기 좋아요. 저 여기서 살고 싶어요."

"서울 집 아니었으면 벌써 며느리 삼았지!"

그 집 아들에겐 일절 관심 없었지만 그래도 서운했다. 섣불리 시골에 방 한 칸 마련하고 싶은 욕망이 좌절됐기 때문이었는지 할머니랑 살 수 없어서 그랬는지는 잘 모르겠다. 하지만 서운한 건 잠시, 나무를 보며 할머니 댁을 오가며 어설프게 농사일을 돕는 척 흙과 함께한 그 두 달은 정말 행복했고, 나도 몰랐던 내 정체성에 대해 알게 된 시간이었다.

매일 가 보던 내 나무와 할머니 댁 말고도 토지문화관에서의 나날이 감사해서 인사하러 들르던 박경리 선생님 따님인 김영주 전 이사장 묘소가 내 산책 코스였다. 어느 내려오던 길에 바위 위쪽으로 가지런히 놓인 붓들을 보았다. 그 옆 설치미술은 원래 있는 것들인 줄 알았다.

사흘째 할머니 댁에 들렀다 오다가 열린 작업실에 걸린 그림이 탁한 국방색에서 노랑과 빨강으로 바뀐 날, 작가가 궁금해서 들어가 보았더니 젊고 헌칠한 청년이 작업 슈트를 입고 있었다.

묻지도 않은 청년에게 집필 기간에 그림을 그리려고 색연필을 챙겨 왔다고 말했다. 그가 그곳에 와서 그리라고 했다. 다음 날부터 미술 수업을 했다. 우선 나보다 스무 살 어린 미술가의 이름을 '새별'로 지어주었다. 그러고는 매일 해가 뜨면 글 작업과 산책을 하고, 밤이면 아틀리에로 갔다. 찍은 사진을 보고 A6 스케치 수첩에 그림을 그렸다. 색연필로 시작해서 목탄, 수채화, 아크릴화, 만년필화까지 아홉 점의 그림을 그리고 마지막으로 내 소원이던 유화를 한 점 완성하자 새별의 입주 기간이 끝났다.

박경리 작가의 집 전시실에서 새별의 그림과 설치미술

로 〈BACK TO NATURE(백 투 네이처)〉 개인전을 할 때, 나는 그동안 그림 그리며 틈틈이 그가 작업하는 모습을 찍어놓은 사진들을 추려서 전시실 모니터에서 영상으로 틀도록 제공했다. 전시를 본 어느 전前 갤러리 관장이 둘의 케미가 너무 좋다며 계속 협업해보라고 권했다. 나더러는 미술작가들 전시마다 그런 사진 작업을 해보면 좋겠다고 제안했다. 하지만 그런 작업은 그냥 나오는 게 아니다.

생애 첫 나만의 방을 가진 5월, 35년 만에 그토록 그리고 싶던 그림을 배운 삼 주 동안 어떤 심정이었겠는가. 바라고 또 바라면 언젠가 이루어진다는 동화 같은 이야기를 원주 토지문화관에서 현실로 체험하고 있었다. 사진 작업은 미술 선생님에 대한 감사함을 내가 할 수 있는 일로 갚은 것뿐이었다. 마침 서울을 떠나기 직전 공방에서 했던 첫 사진 작업이 있었기에 가능했다. 그건 사진 찍는 사람과 찍히는 사람의 상호 호감과 신뢰와 교감 없이는 할 수 없는 작업이었다. 꿈같은 삼 주가 지나고 새별은 떠났다.

귀래관 파란 방에서 새별이 쓰던 매지사 504호로 옮겼다. 두 번째 방은 나무로 된 2층에 동쪽으론 베란다가, 남쪽으론 큰 창이 있는 방이었다. 문을 열자마자 침대가 보여서 테이블로 침대 발치를 막고 그 위에 화분과 공예작품을 올려놓았다. 그리고 천장에 압핀으로 고정해 아이보리색 면 커튼을 드리웠다.

그즈음 입주작가들 소개 모임이 있었다. 많은 작가들이 영상자료를 틀고 프레젠테이션을 하는데, 나는 수상 작품집 한 권 들고 가 5분 이내로 소개를 끝냈다. 모임 후 식사 시간에 한 작가가 가습기 피해자 관련 어린이도서를 썼다며 다가왔다. 그렇게 정을 알게 되었다.

유월 열흘날, 근처 성지에 가고 싶었다. 마침 식당에서 옆 테이블에 앉은 정에게 천주교 신자인지 물어보니, 신자는 아니지만 김대건 신부 어린이 인물전 작업을 하는 중이라고 했다. 그이와 용소막 성당 지나 폐역이 될 신림역을 거쳐 배론성지 토굴에 갔다. 토굴에서 우리는 죽음에 관해 이야기했다. 토굴에서 나와서는 내내 사랑을 말했다. 결국은 사랑이 우리를 살게 한다고. 이후 정은 나를 '대책 없는 별'이라고 부르더니 얼마 지나서는 '찬별'이라고 불렀다. 둘 다 마음에 들었다. 그이는 나보다 며칠 일찍 원주를 떠났다.

토지문화관에서 두 달을 꽉꽉 채운 6월 마지막 날 아침, 모락모락 구름이 피어나는 산속의 칠성목에게 갔다. 처음 만난 날부터 매일 찾아가 인사하면서도 끝내 이름을 지어주지 못하고 '내 나무'로 불렀던 나무. 그 앞에는 하얀 쌀밥이 놓인 접시가 있었다. 지나쳐 가는 내 풋사랑 말고도 그 나무는 마을 사람들의 오랜 치성을 받고 있었다. 어쩌면 몇백 살일 그 나무 보기에 짧은 기간 매일 찾아가 반말로 "안녕" 하고 밝게 인사한 내가 얼마나 가소로운 애송이였을까? 그래도 아랑곳하지 않고 마지막으로 안녕, 인사를 하고 내려와 할머니 댁에 들렀다. 습도가 높아서인지 할머니는 마당이 아닌 거실에서 마늘을 까고 계셨다. 마지막으로 커피믹스를 타 마시며 간다고 울먹이는 내게 할머니는 짐짓 톤을 높이셨다.

"왜 이래~?"

구십 가까운 인생살이에 얼마나 많은 만남과 헤어짐이 있었을까? 지천명에 사별도 겪으셨는데 고작 두 달간 풀 방구리에 들락거리던 쥐방울 같은 나와의 이별 정도야 심드렁하실 수 있을 터. 하지만 당신 눈에도 눈물이 글썽였다. 할머니는 가면서 먹으라고 찐 감자를 싸주셨다. 먹을 걸 주시는 게 할머니 식의 사랑 표현임을 두 달 동안 봐왔다. 꼬옥도 아니고 살포시도 아니게 할머니를 안아드리고 길을 나섰다. 손 흔들어주시는 할머니를 뒤로하고 자동차에 올랐다. 토지문화관 앞을 지나가는데 파란 방을 떠나는 것보다 할머니와 헤어지는 게 슬퍼 눈물이 흘러내렸다.

목장갑과 낫

꼬마 정읍댁의 정원 일기 1

2020년 3월 말, '정원'에 관한 일본 영화를 보고 나서 나는 주인공 부부처럼 정원에서 나오지 않은 채 살고 싶었다. 그러나 그런 정원을 가진 남자가 함께 살자고 하지 않는 이상 내가 나의 정원을 알아보는 수밖에 없었다. 시작은 강원도 원주에서였다. 오뉴월 원주 토지문화관 입주 생활이 끝나갈 무렵, 앞으로 서울 생활이 힘들겠다고 느꼈다. 그래서 다른 집필실을 여기저기 기웃대다가 떠올린 곳이 사회적협동조합 길목 소식지 《길목인》 〈고경심의 정읍댁 단풍편지〉 주인공 집이었다.

마침 원주를 떠나기 직전, 그곳으로 날 만나러 오신 사진아카데미 동기 중 한 분에게 부탁했더니 일사천리로 정읍 집과 만남이 성사되었다. 징검다리가 되어주신 그분은 내게《길목인》과 유성기업을 만나게 해주신 운명의 노신사. 그동안 위아래 없는 직설에도 불구하고 내 말에 늘 귀 기울여주시던 분이었다. 아무도 내 행보를 예측하지 못했다. 심지어는 나조차도. 강원도 원주 토지문화관에서 퇴소하자마자 내처 삼척에서 고성까지 187.5킬로미터 7번 국도 여름 탈핵 도보순례를 마치고 간 서울은, 돌아간 곳이 아니라 잠시 들른 곳이었다. 서울에 도착해 여러 가지 일을 간단히 정리하자, 기다렸다는 듯이 탈핵울산시민공동행동에서 올라와 청와대 앞 농성을 시작했다. 두 주간 매일 울산팀과 함께하고는 다시 짐을 싸서 전라북도 정읍으로 내려왔다. 얼굴도 본 적 없는 내게 본채 비밀번호를 알려준 집주인은 이 세상 사람인가 싶을 만큼 호탕하고 여유로웠다. '노블레스 오블리주'란 바로 이런 것이 아닌가. 하지만 빡빡한 서민인 나는 허락한 본채 대신 굳이 사랑채를 고집하며 선을 그었다. 부자 집주인의 풍성한 인심을 조금은 사양함으로써 가난한 선비의 결을 보여주고 싶었다. 그렇게 한 열흘쯤을 지냈다.

　　며칠간 외출했다 돌아온 정읍집 초록 나무 대문은 말끔하고 부티 나던 첫인상과는 다르게 살짝 친근하게 다가왔다. 다음 날부터 집과 좀 친해지기로 했다. 거미줄과 잡초를 제거하며 단기 집사로서의 일을 시작했다.

아침에 본채 문을 열면 편백나무 향이 코로 쏘옥 들어오며 나를 맞는다. 그러곤 보챈다. 어서 바람을 쐬어달라고. 나는 온 창문을 활짝 활짝 열어 바람으로 집을 씻긴다. 바람과 황토가 맞닿으며 숨을 쉰다. 더불어 나도 깊은 호흡을 한다.

이 집의 이름은 '만영재萬瀛齋'. 만수동의 '만'과 옛 두승산 이름인 영주산의 '영' 자라고 한다. 만영재가 다른 집필실보다 출중한 이유는 다른 사람들과 불필요한 관계를 맺지 않아도 되어서이기도 하지만, 무엇보다 피아노가 있다는 점이다. 칠 줄 아는 곡은 한두 곡뿐이지만 피아노가 없었다면 외로움을 어찌 견딜까 싶었다. 볕 좋은 날에는 침구를 일광 소독했다. 거미들은 나와 경쟁이라도 하듯 다음 날이면 또다시 거미줄을 쳐댔다. 약 올라 죽겠지, 하는 듯했다. 그것들도 생명이라 처음엔 자연을 훼손하는 게 아닐까 하고 망설여졌지만 사람 사는 집에 거미줄이 있는 건 왠지 게을러 보여서 계속 치우기로 했다.

드디어 낮을 들었다. 밤새 내린 비에 잔디가 쓸려 배수

로로 빠져 있었다. 철제 덮개를 들어 올려 잔디를 제거하려다 빨랫줄에 걸린 목장갑을 끼게 되었다. 잡초를 따라가다 보니 화단에 다다랐다. 나는 잡초와 화초도 구분 못 하는 서울 촌것이다. 그렇기에 나름의 기준을 정했다.

'경계와 기생.'

집주인이 구획해놓은 벽돌 넘어온 것들과 다른 나무의 생장을 방해하는 식물은 가차 없이 베었다. 기와와 흙담의 안전을 위협하는 것들도 예외 없었다. 서식지가 파괴되자 작고 까만 모기들이 미친 듯이 달려들었다. 준비 없는 정원사인 나는 핫팬츠 바람에 허연 다리를 내어주고 아침잠에 취해 쓰러진 식물들을 마구 잘라내었다.

남원의 도익은 잡초도 생명이라 뽑지 못한다고 했다지만 나는 식물에게도 미용이 필요하다고 여겼다. 그냥 두면 마냥 자라는 머리카락을 미용실 가서 돈 내고 자르는 데는 그만한 가치가 있기 때문이다. 나는 팀 버튼 감독의 '가위손'으로 분해서 낫을 휘둘렀다. 남의 정원이라도 내가 사는 동안은 가꿀 권리와 의무가 있다고 자부하면서, 집주인에게 묻지도 않고 기어이 화단 가장자리 벽돌을 다 드러내고야 낫을 놓았다. 그러고는 깔끔한 정원을 위해 잘려나간 식물들에 대한 경의 표시로 그들이 남긴 분홍색 꽃 세 송이를 책상 위 꽃병에 꽂았다.

아침에 한 번 대낮에 한 번, 두 번 벌초하고 두 번 샤워했다. 땀을 흘리니 본채에 있는 페리에 반병과 프렌치 로스트 아메리카노 봉지에 손이 덥석 갔다. 그동안 집주인이 먹으라고 했어도 손대지 않던 것들이었다. 노동 후에 오는 당당함이었다.

살면서 나도 모르던 재능을 발견하는 때가 있는데 이번 해가 내게는 그렇다. 글쓰기 외엔 젬병이던 내가 금속공예와 가죽공예와 정원 손질까지 손을 대고 있다. 점점 머리 쓰는 일보다 육체노동의 순수함에 더 끌린다. 그 노동 후에 아름다움이 남기에 더욱 그렇다. 이제 나는 운전보다 걷기가, 가죽장갑보다 목장갑이 더 좋다. 조만간 전국의 정원 딸린 빈집 소유주들이 내게 연락을 하면 무상으로 거주하며 정원을 가꿔주겠노라 공언할 날이 오지 않을까.

배롱나무

꼬마 정읍댁의 정원 일기 2

포르르~

분홍별이 초록 융단에 내려앉았다. 그 순간 책상 앞에
앉아 있던 내 눈이 반짝 떠졌다. 늦여름 바람이 배롱나무 가
지를 산들산들 흔들자 잎사귀들이 한들한들 꽃잎을 떨어뜨
리던 8월. 별 가루처럼 배롱나무 꽃잎들이 잔디 잎새 위로
살포시 내려앉고 있었다. 나비 날개보다 더 얇은 꽃잎은 촘
촘한 레이스처럼 오글오글했다. 손끝으로 잡아도 바스라
질까 조심스러운 여린 속살 같았다. 매끈하니 배배 꼬인 모
양새로 수많은 사찰에 관상수로 있었지만, 그저 부처의 나

무려니 하고 지나쳤던 배롱나무. 서울 광화문 교보문고 앞을 그렇게 지나다니면서도 그리도 인기 있었다던 글판에선 못 보고, 영화 〈찬실이는 복도 많지〉에서 알게 된 나태주 시 〈풀꽃 1〉에서 그랬다.

자세히 보아야
예쁘다

오래 보아야
사랑스럽다

너도 그렇다

책상 위 창밖에 펼쳐진 정원에 서 있는 배롱나무 분홍 꽃들이 솔솔 부는 바람에 온몸을 여리여리 흔들며 춤추던 그날, 나는 배롱이 그렇게 사랑스러운지 처음 알았다. 그 분홍 꽃이 '자미화'임을 알았고, 백 일 동안 피어서 '(목)백일홍'이라고도 불리고 충청도에서는 수피를 긁으면 잎이 흔들리는 게 웃는 것 같아 '간지럼 나무'라고 부르기도 한다는 것도 간신히 기억해냈다. 하지만 그날 박종영 시인의 〈배롱나무 웃음〉이란 시를 찾아 읽고 종일 아무것도 하지 못했다. 선산에 붉은 꽃 흰 꽃 한 쌍으로 심은 배롱나무 이야기 때문이었다.

다음 날, 배롱나무 옆에 서 있는 나무도 배롱나무라는 걸 집주인인 원조 정읍댁을 통해 알았다. 게다가 그 나무의 꽃은 하얗다고 했다. 그런데 화사한 분홍 꽃 배롱나무와는 다르게 하얀 꽃 배롱나무에는 꽃이 한 송이도 피어 있지 않았다. 왜 그럴까? 가까이 가서 보니 웬 가시나무 두 그루가 배롱나무 가지 사이로 날카로운 가지들을 무성히 뻗어 올리고 있었다.

나는 가시에 찔려 신음하고 있는 배롱나무를 구해내기로 결심했다. 그리고 낫으로 가시가 가득한 이파리들을 베어내기 시작했다. 하나 둘 셋 넷 가지를 베어내다 보니 나무 두 그루를 아예 잘라버려야겠다 싶었다. 그 나무도 생명인데? 하지만 배롱나무를 살려야 했다. 한 쌍으로 심긴 분홍 꽃나무처럼 나머지 나무도 하얀 꽃을 피울 수 있게 해줘야 했다. 톱이 없기에 낫으로, 가늘지만 질기고 억센 나무줄기를 찍어냈다. 나중에 담장을 넘어 드는 똑같은 나무를 통해 그 나무 이름이 두릅이란 걸 알았다. 새순을 삶아서 고추장 찍어 먹는 그 두릅 말이다. 두릅도 생명이니 하나도 미안하지 않은 건 아니었지만, 굳이 이유를 대자면 그 나무는 배롱나무 가지 속으로 파고 들어가 아프게 괴롭혔으므로 제거의 명분이 있었다. 담장 너머로 내 손에 들려진 낫 날이 여러 번 허공을 가르고 찍어내자 결국 두릅나무 두 그루는 뎅경뎅경 잘려나갔다. 나는 이파리 사이사이 바람이 실컷 드나드는 배롱나무에게 속삭였다.

'내가 해줄 수 있는 건 여기까지야. 너를 괴롭히는 걸 싹 제거해줬으니 이제 꽃 피우는 건 네 몫이야.'

보슬비가 내렸다. 헤어컷 이후에 머리를 감겨주는 것처럼 시원했다. 내 정원 손질을 하늘도 칭찬해주는 것 같아 기분이 좋았다. 날마다 배롱나무에 하얀 꽃이 피기를 기다렸다. 볼 때마다 마음속으로 응원해주었다.

두 주쯤 후 태풍 마이삭이 지나갔다. 초록 나무 대문은 가운데 나무가 하나 부서졌고 대문 옆 돌 흙담이 무너졌다. 그런데 그다음 날, 배롱나무가 하이얀 꽃송이들을 피워냈다. 비바람 속이라 더욱 기특했다. 내 마음을 알아주고 반응해준 하얀 꽃 배롱나무에게 고마웠다. 어느덧 나는 식물과 교감하고 있었다.

정읍에서 맞이하는 두 번째 태풍 하이선이 지나간 다음 날, 새벽부터 정원 손질을 했다. 초보 정원사지만 비가 오고 난 뒤 젖은 흙에서 풀이 잘 뽑힌다는 것쯤은 삼척동자라도 아니까. 쓰러진 해바라기를 기와로 세우고 그새 또 자란 잡초를 마구잡이로 뽑고 화초와 나무에 방해되는 것들을 싹싹 걷어내주고 숨겨진 잔디 속 돌다리를 찾아내었다. 끼니도 거른 채 풀과 흙 속에서 진주를 찾듯 몰입하는 동안 여러 생각이 들고 났다. 김해자 시인이 왜 밭일을 하다 지렁이가 나오면 얼른 흙을 덮어주었는지 나도 알게 되었다. 잡초를 뽑아 걷어내자 그 아래서 사랑을 나누던 고동색 곤충 두 마리가 사라져버린 지붕 탓에 깜짝 놀랐지만 허둥댐은 잠시, 하던 사랑을 곧 다시 계속했다. 그걸 보며 사랑은 천재지변도 막을 수 없다는 걸 알았다. 절반이 잘린 두릅은 어느새 가지 끝에서 새순을 틔워내고 있었다. 그대로 두었다. 내가 예쁜 것엔 좀 약하기 때문이다.

몇 시간이 지났는지 모른다. 두 시간이 넘는 어쿠스틱 인디 팝송 모음곡이 다 끝나고도 낫을 손에서 놓지 못했다. 달라진 자신을 발견하는 그 시간 그리고 그즈음 내내 한 사람 생각을 가득 하고 있었다. 지난여름 문자로 받았던 부음, 평론가 김종철. 2000년부터 20년 동안 정기구독하고 있는 《녹색평론》의 발행인 김종철. 그는 이 시대의 생태 사상가이자 진정한 선생님이셨다. 내 유년기와 청년기가 성경에 근거한 삶이었다면 장년기는 《녹색평론》에 의지해 살아왔다. 비록 두 달에 한 번 배달돼도 끝까지 다 읽은 적이 거의 없고 몇 번을 읽어도 알지 못하는 지식의 깊이에 매번 한탄했지만 《녹색평론》은 실업 기간에도 구독을 끊을 수 없던 내 유일한 생태 신지식의 창구였다.

길담서원 강좌에서 김종철 선생님을 뵌 적이 있었다. 동네 버스 안에서도 뵈었다. 《녹색평론》을 통해 알게 된, 안드레 블첵의 글은 언제 또 실리느냐고 여쭤봤었다. 선생님은 그 글이 꽤 오래전인 2014년에 실렸던 걸 기억하고 계셨다. 마지막은 2018년 가을 프레스센터에서였다. 김해자 시인의 만해문학상 수상을 축하하러 간 길이었다. 로비에서 인사를 하고 내 소개를 간단히 하자 선생님은 내 이름과 연락처를 얇은 수첩에 적으시며 원고 청탁을 하겠다고 하셨다. 그 얼마 전에 탈핵 관련 원고 청탁을 '삶이보이는창'에서 받았다고 하자, 그때 막 실내로 들어서는 황규관 시인이 선수 쳤다며 아까워하셨다. 그러고는 연락이 없으셨다. 다행이었다. 어찌 내가 감히 《녹색평론》 필자가 될 수 있단 말인가. 하지만 발행인과 필자이든 발행인과 독자이든 상관없이 선생님은, 선생님은 오래 살아계셨어야 했다. 무위당 장일순 선생님 이후 이 땅에 본받을 만한 생태계 스승의 자리를 그 누가 지켜내고 있는가. 그가 없는 이 세상을 어떻게 살아나가야 할까? 흙을 솎아내고 나무를 어루만지며 예수님과 김종철 선생님을 생각했다. 예수의 죽음 이후 기독교가 부활한 것처럼 김종철 선생님이 가시고 내 삶의 생태가 점차 본격적으로 지식에서 실천으로 나아감을 알았다. 진정한 추모란 명복을 비는 것이 아니라 그의 삶을 닮아가는 것이다.

정읍 정원에서 배롱나무를 구해주면서 나는 앞으로의 삶을 다짐한다.

배롱나무 구출 대작전

별담리 정원 일기 1

전국의 배롱나무 사이에 내 소문이 퍼졌나 보다. 정읍에
이어 나를 부른 배롱나무는 인터넷이 안 들어오고 공공 상
하수도 시설도 설치되지 않은 시골 마을에 있었다. 문명이
비껴간 만큼 모든 것이 느릿느릿 느긋하게 펼쳐져 있고 별
이 쏟아지면 무성한 대나무 숲에 담기는 그런 마을이었다.
나는 그곳을 별이 담기는 마을, '별담리'라 부른다.

그곳에는 여든세 살 할머니 한 분이 60년 동안 맨손으로
일군 밭이 있다. 그 밭에는 북쪽 대나무 숲으로부터 밭을 경
계 짓는 배롱나무 두 그루가 서 있다. 알고 보니 한 그루는

엄마 나무, 나머지 한 그루는 아들 나무였다. 지금까지 40여 년 서로 의지해온 모자母子가 언젠가 흙으로 돌아갈 때 묻힐 나무라고 했다. 대숲으로부터 뻗어 나온 질긴 뿌리와 야산에 널려 있는 넝쿨에 싸인 배롱나무 두 그루를 말끔하게 정리해주는 건 이제 내겐 일도 아니었다. 그래서 그 한 쌍은 내가 구해줬다고 말하기엔 다소 무리였다.

문제는 밭 아래 있는 배롱나무였다. 무성한 모시풀이 아래로부터 가득 둘러쳐 있는 배롱나무는 밭 위쪽 나무들과 비교해 비실비실했다. 자세히 보니 밭 아래쪽으로 여러 그루의 배롱나무들이 있었다. 오랜 세월 사람 손이 미치지 않은 배롱나무들은 다른 풀과 나무들에 둘러싸여 원래 형체를 찾아볼 수 없었다.

나는 할머니가 쓰시던 왜낫을 오른손에 쥐고 힘을 주었다. 정읍의 두릅나무를 베어낸 위력으로 모시풀 정도 베기야 식은 죽 먹기였다. 다만 그 모시풀은 오래전 밤마다 할머니 무릎에서 꼬여지고 이어져서 실로 만들어진 식물이었다. 그 인생사가 자꾸만 손아귀에서 힘을 빠지게 했다. 그래서 모시풀을 뿌리째 뽑지는 못하고 줄기만 자르고 말았다. 모자 배롱나무 맞은편, 감나무 사이에 있는 배롱나무는 그렇게 반나절 만에 제 모습을 드러냈다. 그 나무가 별담리에서 내가 구한 배롱나무 1호였다. 다른 튼실한 배롱나무들도 많았지만 비실비실한 그 나무를 내 나무로 정했다. 모자 나무 가장 가까이에 있기 때문이었다. 나도 그들과 함께 밭의 생장을 지켜보고 싶었다.

그날 그 밭에 간 이유는 배롱나무를 보기 위해서이기도 했지만 실은 배추를 심기 위해서였다. 여느 해 같으면 벌써 할머니가 해치우셨을 일이지만 올해는 그럴 만한 사정이 있었다. 배롱나무 한 쌍 아래 포실포실한 흙을 일구고 시장에서 사 온 손가락만 한 배추 모종을 심고 주변에 쌀겨를 뿌리고 나니 배롱나무를 구해줄 시간이 났었다.

일주일 후 다시 별담리에 갔을 때는 무 씨앗을 심는 날이었다. 나는 무 씨앗이 그렇게 작은 연보랏빛이란 걸 처음 알았다. 밭에 다다르자 흙 위에 제대로 서 있기나 할까 걱정했던 여리여리 배추 모종들이 그새 태풍을 견디고 제법 모양새를 갖추고 있었다. 배추를 심은 두 이랑 위 배롱나무 한 쌍 바로 아래 한 이랑에 3.5센티미터 간격으로 무 씨앗들을 심었다. 좁쌀만 한 씨앗이 조선무라고 하는 굵직한 무가 된다는 사실은 내 눈으로 보기 전엔 믿을 수 없는 지식이었다. 그러려면 씨앗이 흙으로부터 영양분을 먹고 자랄 시간이 필요했다. 자연의 시나리오는 고 쬐꼬만 씨앗이 김장철에 맞춰 모양새를 갖출 거라고 알려주지만 그건 아직 보지 못한 기적의 청사진 같았다.

무 씨앗을 다 심고 나니 감나무 옆 또 다른 배롱나무가 눈에 띄었다. 모시풀과 넝쿨에 둘러싸인 배롱나무 또 한 그루를 구출해냈다. 감나무, 배롱나무, 감나무, 배롱나무……. 과실수와 관상수를 번갈아 심어놓으신 할머니의 규칙에 미소가 지어졌다.

한 달쯤 지났다. 사람 손길이 미치지 않는 밭에 심긴 배추와 무에게는 물 줄 사람이 필요했다. 밭이 베푸는 모든 소산의 생명줄인 할머니가 낙상으로 그간 거동을 못 하셨기 때문이었다. 그 흔한 스프링클러 한 대 없는 밭은 그야말로 맨손으로 일궈야 했다. 할머니가 60년간 그러셨던 것처럼. 밭둑 옆에 흐르는, 숲이 내린 물로는 모자라 아랫집까지 내려가 지하수를 얻어 와 배추와 무를 적셔주었다. 희한한 건 쨍쨍한 햇빛과 기름진 흙과 부족한 물만으로도 배추와 무가 쑥쑥 자라나는 현상이었다.

서울에서 태어나 흙이라곤 만져본 적 없는 내게, 고동

색 흙에 구멍을 내고 연보라 씨앗을 심고 다독이고 물을 주니 연초록 새싹이 나와서 초록 무청으로 자라나는 모습은 자연의 신비 그 자체였다. 밭일을 마치고 어린 무청을 삶아서 고추장과 들기름과 달걀 프라이를 넣고 비빔밥을 만들어 먹었다. 내 손으로 키운 농작물이 주는 맛은 경건하기까지 해서 2인분을 먹고도 살찔 염려를 하지 않았다. 비빔밥을 해 먹고도 양동이 하나로 남은 무청은 다듬어서 고춧가루와 성근 밀가루 풀과 젓갈을 넣고 생애 최초 무청 김치를 담갔다. 손맛이라곤 하나도 없으면서 김치를 담그다니 스스로 무모하다는 생각을 했다. 하지만 내가 심은 씨앗에서 자란 풀 한 포기 함부로 버릴 수 없는 게 농사가 주는 겸허함이다. 땅은 그렇게 아무것도 바라지 않고 소산을 내어주는데 인간은 그들에게서 받아먹기만 한다. 그러니 먹기라도 제대로 해야 한다. 먹지 않고 버리는 건 농사짓는 이에겐 땅에 대한 실례라고 여긴다.

나는 방문할 때마다 한 그루씩 배롱나무를 구해주기로 했다. 세 번째 배롱나무는 경사진 비탈에 대나무와 칡 등 넝쿨에 둘러싸여 있었다. 단단한 대나무는 낫으로는 제거하기 힘들다. 톱날을 땅과 수평으로 뉘어 지면에서 바짝 잘라야 한다. 날카롭게 잘린 대나무에 누군가 다치지 않게 하기 위해서다. 낫과 톱을 동시에 사용하며 나는 어느덧 배롱나무 구출 작전 전사가 되어가고 있었다. 정신없이 풀과 대나무를 베고 나니 어느덧 매끈한 배롱나무가 자태를 뽐내며 숨을 쉬고 있었다. 마른 잔가지들을 쳐주며 말도 못 한 채 고단하고 하염없었을 배롱의 기다림을 치하해주었다.

"그동안 기다리느라 고생 많았어. 네가 기다려냈으니 날 만난 거야."

네 번째 배롱나무는 빽빽한 대나무와 무성한 잡초들 속에 갇혀서 숨도 제대로 못 쉬고 있었다. 하지만 내가 좋아하는 구출 작전 전에는 반드시 농사를 지어야만 했다. 들깨를 베어 눕히고, 땅콩을 캐고, 순을 먼저 딴 뒤 고구마를 캔 다음, 한시라도 빨리 배롱을 구해주기 위해 나는 톱과 낫을 쉴 새 없이 휘둘렀다. 아무리 많은 풀과 대나무가 있어도 손질의 횟수만큼 물리적인 밀도가 줄어든다. 주변 천적들을 제거해주고 나니 배롱나무는 제법 우람했다. 관상수로 가격이 나갈 만큼 자태가 빼어났다. 그렇게 잘 자란 나무도 돌봐주지 않으면 묻히고 마는 밭 주변. 당장 농사가 중요한 할머니께 관상수는 심기만 했지 돌볼 여력이 미치지 못하는 나무였다.

"하지만 얘들아, 걱정 마라. 그래서 내가 왔단다."

그러고 보니 할머니가 층층이 일구신 너른 밭은 내게는 커다란 정원이었다. 배추도 무도 고구마도 가지도 고추도 호박도 홍당무도 땅콩도 깨도 내게는 어여쁜 화초였다. 하물며 먹을 수 있는 채소와 열매를 주니 고맙기 그지없는 작물이었다. 각종 농작물이 철마다 밭을 장식하고, 우후죽순 대나무에 갇혀 옴짝달싹 못 하는 배롱나무들이 그 밭을 죽 둘러서서 내가 구해주기를 기다리고 있는 거대한 정원. 모든 것이 느릿느릿 느긋하게 펼쳐진 별담리의 정원 일기는 이렇게 시작한다.

대나무에게 구하는 양해

별담리 정원 일기 2

마침내 내 전용 낫과 톱이 생겼다. 번뜩번뜩 날이 선 흰 말 표 낫은 빨간 손잡이 밀착감이 좋았으며 6,600원짜리 270밀리미터 대나무 톱은 가성비 최고였다. 명장은 연장 탓을 안 하겠지만 새 연장을 갖추자 그동안 나의 위험스럽기 짝이 없던 낫질은 점점 손목 스냅 쓰는 법을 터득하며 자연스러워졌고, 어깨와 목의 근육통은 물론 오른쪽 약지에 관절염이 도지는 줄 알았던 톱질은 슬슬 물집만 잡히는 정도로 다져졌다.

다섯째 배롱나무는 아래 밭 끄트머리에 있었다. 죽림이

점점 밭을 잠식해가는 지형이었으니 다른 나무들처럼 대나무에 꽁꽁 둘러싸인 배롱을 구출하는 날은 달래 파종 일이었다. 냉이, 씀바귀와 함께 봄에 먹는 달래를 가을 한복판에 심었다. 쇠스랑으로 뒤엎은 거친 밭에 고랑을 파고 달래 씨앗을 뿌렸다. 한 움큼 손에 쥐고 휘휘 뿌려 흙으로 덮은 달래가 내년 봄에 어떤 모양으로 선보일지 상상도 못 했다. 마트에서 파는 다듬어진 달래 말고는 본 적이 없으므로.

해가 뉘엿뉘엿 지자 감독하시던 할머니는 아직 완벽하게 붙지 못한 뼈의 다리로 비척비척 거동하며 집으로 돌아가시는데 나는 전날 구하던 배롱나무를 향해 반대 방향으로 달려갔다.

아예 기척이 없을 때는 아무 생각이 없다가 기약이 생기면 설렘과 안달이 동시에 일어난다. 적군에게 포위되어 죽을 날만 기다리다 돌연 출현한 아군을 만난 듯, 제힘으론 벗어날 수 없어 숨 막히는 대숲에서 꿈에도 생각 못 한 특공대를 만난 배롱이 밤새 얼마나 나를 기다렸을까? 애타는 그 기다림에 나는 오일장에서 산 새 톱으로 맹렬히 부응했다. 마침내 매우 잘생긴 다섯째 배롱나무를 죽정사정竹情事情 없는 대나무로부터 구출해주었다.

여섯째와 일곱째 배롱나무는 예초기의 도움을 받았다. 나무들을 가리고 있던, 주먹도 안 들어갈 만큼 빽빽한 대나무 숲을 효자 예초기로 초벌한 뒤 잘린 밑동과 나무 뒤와 옆쪽의 대나무를 톱으로 잘라냈다. 마침내 밭을 둘러 가지런히 모양을 드러낸 감나무와 배롱나무들의 정렬은 시원하기 그지없었다. 할머니가 배롱나무들을 심으실 때 밭은 어떤 모습이었을까. 그때는 대나무도 없었고 할머니도 나처럼 톱질할 기운이 있으셨겠지.

이제 남은 것은 다섯째 배롱나무 옆의 두 그루. 촘촘한 대나무 숲을 찬찬히 들여다봐도 좀체 형상을 찾기 힘든 배롱나무 두 그루를 마저 구출해야 하는데 복병이 생겼다. 집 주변에 있는 거대한 대나무들이었다. 밭 주변의 대나무와는 비교도 안 되는 굵기와 길이의 대나무들은 온 산을 덮고 집마저도 집어삼킬 기세로 진격해 오고 있었다. 할머니 집 위쪽에 살던 집들은 아래로 이사해 나가고 이젠 할머니 집이 맨 꼭대기였다. 사람이 살지 않는 땅은 무서운 속도로 번지는 대나무에겐 천국이었다. 하긴 어느 동식물인들 사람을 달가워하겠느냐만. 내 배롱나무들만 빼고. 여태 베어진 두릅이나 모시풀, 대나무 입장에서 보면 나는 지옥에서 온 토벌군일 것이다.

영화 〈와호장룡〉과 〈군도: 민란의 시대〉에 나오는 대나무 숲 배경은 별담리 대숲에 비하면 속이 텅텅 빈 강정 급이었다. 제주 비자림로에 있는 삼나무 숲의 대나무 버전이

랄까. 그 울울함이 흡사 원시림을 방불케 하는 대숲은 고적한 침묵과 어둡고 서늘한 기운으로 바람이 불 때마다 써르륵 써르륵 인적을 몰아내고 있었다. 재크와 콩나무에서 거인을 대적하는 재크처럼 나는 270밀리미터 톱 한 자루 들고 나보다 열 배 이상 큰 키의 대나무 앞에 섰다. 집을 구해야 했기 때문이었다. 사실 남은 배롱나무를 다 구한 다음 집 주변 대나무를 쳐내야 순서가 맞았다. 하지만 내게는 자유로운 시간이 허락되지 않았다. 코로나19 바이러스의 창궐로 인해 서울에서 오가는 나는 할머니 안전 경계 대상이었다. 급한 마음에 두 그루 배롱나무를 남겨두고 동쪽 대나무부터 벌목에 들어갔다.

대나무는 벼과Poaceae 대나무아과Bambusoideae에 속하는 상록성 단자엽식물로 속이 비어 있고 나이테가 없다. 20미터가 넘는 대나무 밑단에 톱날을 댈 때마다 나는 다소 숙연해졌다. 매란국죽 사군자 중 하나인 절개와 지조의 상징 대나무를 이현령비현령인 내가 대체 무슨 자격으로 벤단 말인가?

하지만 내게 있는 건 할머니가 계신 집에 햇빛이 들게해주겠다는 일말의 명분이었다. 나도 예측할 수 없는 나를 움직이는 건 마음의 소리와 대의명분이다. 언제부턴가 나는 가슴이 이끄는 대로 살아왔고 내 행동을 지지해주는 건 나만의 명분이었다. 스스로 이해하거나 납득하지 않으면 행동하지 못하는 내게는 일차적으로 자신을 설득하는 게 매번 가장 어려웠다. 가끔 본능이 몸과 마음을 마비시키는 경우가 있는데 그럴 때도 나는 내 무의식을 탐구했다. 대체 얘가 왜 이러나. 그래서 온갖 인과관계와 학설을 주워 갖다 붙여야 직성이 풀렸다.

나는 하고 싶어도 할 수 없었던, 무참하게 빼앗긴 내 청소년 시절 이후 중장년이 되어서도 생각만 하면 가슴 찢어지게 아픈, 그래서 눈에 진물이 나도록 그리운 어머니께 못다 한 효도를 하고 싶었다. 아무도 없는 시골에 혼자 사시는 할머니는 그래서 내게는 돌봐드리고 싶은 대상이었다. 한평생 자식을 위해 헌신하다 시든 옥잠화처럼 되어버린 이를 돌보는 삶, 그게 내가 죄 없는 대나무를 자를 수 있는 명분이었다.

흥부의 박 타는 소리처럼 슬근슬근 톱질하면 대나무는 스르르 쓰러지다가 제 무게를 못 이겨 뚜두둑 소리를 내며 땅과 만난다. 휘영청 쓰러지는 대나무의 마지막 춤은 중력과 장력이 조율하며 우아하기 그지없는 선을 그려낸다. 아주 가끔, 토막 내던 대나무의 댓잎이 얼굴을 갈기지만 묵묵히 무저항으로 쓰러지는 대나무 수백 그루를 보며 나는 대나무로 오두막을 짓고 숲에 조용히 살다 대나무 요정이 되

는 꿈을 꾼다. 대통에 담긴 맑은 수액을 마시고 습자지처럼
보드라운 속살을 뜯어 먹으며 사는 대나무 요정은 별담리
에 별이 쏟아지는 날이면 은빛 날개를 파르르 떨며 어둠 속
을 날아다닐 것이다.

기다림마저 비움

정원 없는 정원 일기

　돌아보니 작년 이맘때 '1일 1비움'을 썼다. 탈핵 도보순
례를 시작한 이후로 나는 이 세상에 내 이름으로 된 소유물
을 남기지 않고 싶다는 마음이 들었다. 가진 게 별로 없으니
쉬울 줄 알았다. 하지만 자동차를 운전하려면 보험을 들어
야 하는 것처럼 세상은 책임이라는 이름의 소유를 강요했
다. 그래서 무소유라는 거창한 화두는 아니더라도 되도록
돈 욕심 내지 않고 비우며 살려고 노력했다. 그럼에도 원하
는 게 조금은 있었다.

　자본주의 사회에 매몰되지 않으면서 존엄성을 지키고자

고안해낸 방안으로, 남의 집 정원을 가꿔주거나 남의 논밭에서 일을 해주고 홀로 계신 시골 할머니를 돌보며 방 한 칸을 얻어 사는 것이 상부상조 나눔과 공생이라고 생각했다. 그러나 이해타산은 상호관계라 내 계획과 남의 방식이 달랐다.

'울며 씨 뿌리러 나간 자가 웃음으로 단을 거두리로다'가 평생의 좌우명이었건만, 행복하게 심었기 때문이었는지 내가 심은 배추와 무는 결국 뽑아보지도 못한 채 오매불망 가고 싶어 했던 별담리엔 가지 못한다. 입에 담기도 싫은 바이러스의 훼방은 상상 이상으로 인생에 치명적이었다.

온라인에 실린 '대나무에게 구하는 양해'를 읽은 친한 친구가 그랬다.

'난 배롱나무가 꼭 너 같다. 누군가 널 대나무 숲에서 꺼내주길 바라는.'

어쩌면 그랬는지도 모르겠다. 배롱나무를 그토록 필사적으로 구해주었던 건 현실에서 벗어나고 싶어도 벗어날 수 없는 내 모습을 나무에서 보았기 때문일지도. 그러나 구원은 타인에게서 오지 않는다. 나는 구원자에게 잘 보여 구출되기를 포기했다. 구원자의 눈높이에 맞추는 일은 아무리 회개해도 끝이 없는 하나님을 상대하는 것과 마찬가지였다.

정원이 없는 나는 근 두 달간 거의 집에서 1996년 영화 〈은행나무 침대〉의 흰 눈 맞던 황 장군처럼 꼼짝 않고 지냈다. 서울에서 최선의 방역은 두문불출과 거리 두기였으므로. 온종일 거실에 앉아 있는 내 눈앞 창가에는 할머니가 생전에 키우셨던 접란, 원주 토지문화관 시절에 선물 받은 벵갈 고무나무, 잎만 잘 따주면 1년에도 몇 번씩 분홍 꽃을 피우는 밀레니엄, 이탈리안 레스토랑에서 버린 토마토 캔에 옮겨 심은 몬스테라가 있었다. 틈틈이 쌀뜨물을 주었지만, 화분 넷으로 정원을 대신하기엔 어림없었다.

크리스마스가 다가오자 메마른 화초들에 배양토를 채우고 영양제를 꽂아주었다. 이브 저녁에는 큰맘 먹고 밖에 나가 화분을 하나 샀다. 뿌리가 캔 밖으로 뻗어 나오는 몬스테라를 위한 것이었다. 무거운 도자기 화분과 크리스마스 시즌마다 사던 빨강 초록 포인세티아를 들고 2킬로미터를 걸어오니 팔이 후들후들 떨렸다.

영화 〈러빙 빈센트Loving Vincent〉를 보던 크리스마스 새벽에 분갈이를 해주려 했지만, 몬스테라는 도무지 꼼짝을 하지 않았다.

날이 밝자 다시 시도해보았다. 몬스테라는 토마토 캔과

한 몸이라도 된 듯 모종삽으로 가장자리를 아무리 후벼 파도 떨어지질 않았다. 줄기를 잡고 뽑듯이 들어 올려도 보고 거꾸로 뒤집어도 보았다. 우선은 캔에서 화초를 분리해야 옮겨 심든지 할 텐데 몬스테라의 뿌리는 아교로 붙인 듯 질기디 질겼다. 더 좋은 곳으로 옮겨주겠다는데 옛 틀에서 나오지 못하는 꼴이 마치 아집과 고집과 독선과 원리원칙으로 똘똘 뭉친 내 꼬라지 같았다. 한참 용을 쓰는데 뚝 소리가 났다. 여러 뿌리 중 하나가 끊어졌나 했는데 두 줄기 중 가운데 줄기가 부러졌다. 화초를 쾌적한 환경에서 살게 해주려다 목숨 줄을 절단낼 지경이었다.

구습에서 벗어나려면 팔이나 다리 하나 잘리는 건 각오해야 할 정도의 희생이 따르는 걸까? 순간 성경 속 비슷한 구절이 머리를 스쳤다.

만일 네 손이 너를 범죄케 하거든 찍어버리라. 불구자로 영생에 들어가는 것이 두 손을 가지고 지옥 꺼지지 않는 불에 들어가는 것보다 나으니라. (마가복음 9:43)

그러나 몬스테라 뿌리 뭉치가 단단한 건 잘못이 아니었다. 그 애는 살고자 뿌리를 내렸을 뿐이고 마구잡이로 잡아당긴 내 탓이었다. 비좁건 말건 그대로 살게 놔둘 걸 괜한 짓을 했나 후회스러웠다. 누가 좀 도와주면 싶었지만 혼자 해내야 했다. 금속과 흙의 성질을 고려해 물을 붓고 캔을 발로 쾅쾅 밟았다. 캔이 우그러지자 마침내 화초가 분리되었다. 캔보다 두 배는 큰 연파랑 화분에 기름진 혼합 배양 옥토를 붓고 똘똘 뭉친 몬스테라 뿌리 덩어리를 넣고 다시 흙을 채웠다. 맨손으로 흙을 만지고 흙냄새를 맡으니 그제야 숨을 쉬는 듯했다. 다 심고 보니 큰 줄기 둘 중 하나는 안정적으로, 하나는 자잘한 뿌리만 흙에 심긴 채 공중에 떠 있었다. 앞으로 어떻게 될지 모르겠다. 워낙 번식력이 좋은 식물이라 남은 뿌리와 다른 줄기로 어떻게든 자라지 않을까. 그 원초적 생명력을 믿어보는 수밖에 없다.

옛것을 벗고 새것을 입는 것은 알을 깨는 고통만큼 쉽지 않다. 고난이 없이는 달라짐도 나아짐도 없다. 진심으로 열심 다해 성실하게 살면 되는 줄 알았는데 세상살이는 그리 단순하지 않다.

며칠 전 해진 속옷에 구멍이 송송 뚫렸다. 모처럼 언행 일치를 본 듯 기분이 좋았다. 버릴 만큼 버리고 남은 옷과 신발과 가방을 그렇게 낡을 때까지 쓰다가 버리면 소유물은 자연스레 줄어들 것이다. 잡아도 잡히지 않는 사람에 대한 집착도 버렸다. 무얼 더 버려야 할까? 칭찬이나 인정받고 싶은 욕구? 사랑받고 싶은 마음? 이제 나는 돕고 싶은 의욕조차 버려야 할 것 같다. 돕겠다고 나서는 순간 그것은 바로 일이 되어버리고 나는 또 일 중독자처럼 앞뒤 안 가리고 그것에만 몰두할 것이다. 어쩌면 아무것도 하지 않는 게 돕는 건지도 모르겠다. 어설픈 의협심과 치우친 동정심과 과장된 의미 부여를 버리자.

나는 트렁크에 짐을 잔뜩 싣고 어디론가 떠날 준비를 한 채 하루하루를 유목민처럼 살고 있다. 언제가 정착할 수 있는, 내 것이 아닌 정원을 찾을 때까지 이 방랑은 당분간 계속되겠지.

설원의 눈, 물

꼬마 정읍댁의 정원 일기 3

차 안은 울음으로 가득 찼다. 고이고 고이다 기어이 터져버린 눈물이었다.

마음껏 소리 내 울 수 있는 '자기만의 방' 한 칸을 찾아 떠나는 길. 얼어붙은 마음은 겨울 바다에서도, 수리가 끝난 오층석탑 앞에서도, 400년 된 나무 앞에서도 묵묵했다. 그런데 갈림길이 보이자 갓길도 없는데 그만 급정거하고 말았다. 그 길이 거기 있는지 미처 몰랐다. 네버랜드와 스코틀랜드 덤프리스처럼 환상과 현실 사이에서 손발은 마비됐고 눈물샘은 폭발하고 말았다. 뒤에서 달려오던 차들이 경적을 울리고 비상등을 켜며 스쳐 지나갔다. 어떻게 정읍까지 왔는지 모르겠다. 어느 결에 장갑 한 짝이 사라졌다. 정신 나간 주인 잘못 만난 탓에 겨우내 장갑 없이 지낼 오른손은 무슨 죄인가.

슈가 파우더를 뿌려놓은 초코케이크 같은 두승산 앞 만영재는 초록 나무 대문 한 쪽이 열린 채였다. 열린 건지 닫힌 건지 모르겠는 내 마음 같았다.

마당엔 새하얀 고독이 그득히 쌓여 있었다. 말 그대로 설원雪園이었다. 발자국도 살포시 덮은 눈은 녹을 생각 없이 단호했다. 아주 오랜만에 보는 두둑한 설경 앞에서 숨을 멈추지 않을 수 없었다.

맨 먼저 배롱나무 둘에게 눈길을 주었다. 이파리 하나 없는 마른 가지 두 그루가 꼿꼿하게 서 있었다. 푹푹 들어가는 눈을 밟고 마당으로 들어가 한 쌍의 나무 앞에 겨우내 먹을 김장김치를 놓고 인사를 했다. 별담리 배롱나무 구해주다 말고 너희들에게 왔다고. 너희로부터 시작된 배롱나무 사랑이었다고. 그 내가 돌아왔다고.

주말에 들렀던 집주인은 이미 떠난 뒤였는데, 쓰지도 않았을 사랑채에 기름보일러가 돌아가고 있었다. 양철 연통으로 허연 김이 퍼지는 모양을 한참 서서 쳐다보았다. 진부한 표현이지만 세상은 아직 살 만하구나 하고 느꼈다. 그날 언제 올지 모르는 나를 위해 미리 보일러를 틀어놓고 간 세심한 배려. 그런 친절은 받아본 사람만이 알 수 있고, 언젠가 기회가 오면 흉내 내보고 싶은 구체적인 사랑의 실천이다. 요리도 먹어본 사람이 잘하는 것처럼 사랑도 받아본 사람이 제대로 할 줄 아는 법이니까. 눈물에 젖어 너덜너덜해진 마음에 7도, 9도…… 미지근한 온기가 스며들기 시작했다.

시골의 밤은 적막하고 고요하다. 가로등 불빛이 반사된 눈 때문에 백야 같아도 혼자 있는 밤에는 불을 못 끄고 잔다. 새벽녘에 자지러지는 고양이 울음소리에 잠이 깼다. 세 시가 좀 넘어 있었다. 중고 전기스탠드가 머리맡에서 지켜주고 있었다. 한두 시간 후 간신히 불을 끄고 잠을 더 청했다. 손을 뻗으면 켤 수 있는 불빛 덕분이었다. 잠시 후 다시 눈을 떠 어둠 속에서 여명을 응시했다. 여름날 달려 있던 황토색 커튼이 하얀색으로 바뀌어 한결 단아했다. 여기서 겨울을 나야 한다. 이 추위와 외로움을 이겨낼 수 있을까?

이른 아침, 누룽지를 끓여 먹고 허겁지겁 학원으로 향했다. 이번에 정읍에 온 1차 목적은 요양보호사 국가자격증 취득이었다. 동기는 별담리 할머니였다. 시골 독거노인에게 끌리는 데다 마침 모시고 싶은 분을 만났는데, 매사에 영야물지 못한 손끝 탓에 좀 더 전문적으로 돌볼 방법을 찾다가 거기까지 생각이 미쳤다. 하지만 너무 고된 일이라 체력이 안 된다고 다들 말렸다. 그런데 원조 정읍댁이 적극적으로 권해주셨다. 노동 대비 보수를 생각하면 말리겠지만 나니까 권하신다고. 존엄한 죽음에 대한 인식과 고령사회인 한국의 열악한 의료시스템에 대한 고급화가 필요하다고 하셨다. 정읍댁의 직업이 의사이기에 상당히 신뢰할 만한 권고였다.

죽음은 내 오랜 주제였다. 이미 다섯 번의 가족장례를 치렀다. 늙음을 거쳐 죽음으로 가는 길목에 계신 누군가를 보살필 수 있다면, 아니 나 자신도 예외 없이 그 길을 가야 할 것이기에 그 정도 시간과 돈을 투자해 배워두어서 나쁘지 않겠다고 생각했다.

첫 수업 날, 한파로 인해 학원은 난방기가 제대로 작동하지 않아 발이 시렸고 화장실은 얼었다. 서울에서 몇 달간 집구석에만 있던 내가 (사회적 거리 두기로 절반이나 줄인 정원이었지만) 스무 명 남짓한 사람이 가득한 강의실에 앉아 있다는 사실만으로도 이미 스트레스 지수는 최고조였다. 왜 이런 생고생을 자초하는지 서글펐다. 그때 정읍댁이 '살리는 일'이란 경향신문 기사를 보내주셨다. 눈물이 핑 돌았다. 이젠 대의명분 따위를 좇거나 오지랖 펴는 일 그만하고 싶은데 내가 가는 길이 사람을 살리는 일이라니, 할 수만 있다면 이 잔을 내게서 거둬가달라고 하고 싶었다.

그런데 그날 밤, 청춘의 정점에서 만나 어언 25년 된 친구 걸에게 늙음과 존엄한 죽음에 대한 준비와 돌봄을 위해 정읍에 왔다고 문자를 보내니 답이 왔다.

'세상에! 넌 어쩌면 그렇게 감수성과 기개와 박애라는 터전 위에 삶을 네가 만든 과녁으로 이끌 수 있니? 천만 개의 박수를 보낸다, 우리 ○○!'

그처럼 내게 지지와 찬사만을 보내주는 천사가 세상에 또 있을까 싶었는데, 이어 또 하나가 쐐기처럼 날아왔다.

'정박했던 배의 삶과 항구에서 멀어지는 배의 죽음을 꼭 기록해줘. 우리나라에 실례가 없는 실록이 될 거야.'

그는 장엄한 무게를 내 작은 어깨에 얹었다. 정읍댁도 열악한 의료 현실을 세상에 널리 알려달라는 취지의 말씀을 하셨다. 아니 올 리 없는 도반도 좋은 글 쓰시길 바란다고 했다.

글이라니, 내 한 몸 건사 못 하는 위인이 누구를 위한 글을 쓴다니 어불성설이었다. 그저 내가 하고 싶었던 건 긴긴 겨울밤 내내 별담리 할머니 턱밑에 앉아 신산하면서도 구성진 옛날이야기를 듣고 한 땀 한 땀 쓰는 일이었다. 나는 세상이 주목하지 않아도 하늘이 귀히 여길 인생 이야기를 주워 담는 진주 조개잡이, 봄날에 소쿠리 들고 이야기를 캐는 처녀이고 싶었다.

하지만 아침 여덟 시 오십 분부터 오후 네 시 이십 분까지 매일 하는 수업 사흘째, 6교시 쉬는 시간에 전화가 왔다. 송경동 시인이 한진중공업 해고노동자 김진숙 복직을 위해 시민사회단체 활동가 네 명과 함께 23일째 단식 중이라고 했다. 주말에 상경하기로 하고 만영재로 돌아왔다.

처마 밑에 물이 뚝뚝 떨어지고 있었다. 눈, 물, 이었다. 눈도 나처럼 울고 있었다.

주말에 서울에 다녀오니 대문 안 눈밭에 발자국들이 어지러웠다. 크기나 종류가 다양했다.

피곤을 풀 새도 없이 밤새 사람들을 살리는 원고를 쓰고 종일 수업을 듣고 오니 뒤뜰 텃밭 가운데 눈이 녹아 있었다. 올봄에는 뭐라도 심어볼까? 하지만 나는 아무것도 모르고 알려줄 사람도 없는데 그게 가능할까? 앞마당도 잔디 깔린 부분엔 눈이 녹았고 화단에만 쌓여 있었다. 가까이 가 보니 싹둑 잘랐던 두릅에서 무서운 가시 줄기가 또 돋아 하얀 꽃 배롱나무에 닿고 있었다. 날이 좀 더 풀리면 아예 밑동까지 잘라내야겠다 싶었다. 가만 보니 누런 잔디 사이사이에 초록 풀들이 고개를 내밀고 있었다. 벌써 봄을 기다리는 아이들이었다. 그러고 보니 소한과 대한이 지났다. 정읍 정원에 눈이 다 녹으면 내 마음에도 봄이 찾아올까?

최소한으로 살기

꼬마 정읍댁의 정원 일기 4

지난해 끝자락, 웬델 베리의 《포트윌리엄의 이발사》라는 절판된 책을 빌려 읽었다. 주인공은 고아로 신학을 공부하다 이발사가 되어 고향 강변 오두막을 빌려 산다. 마을 사람들은 외딴곳에 사는 그를 일부러 찾아가 담소를 나누며 이발을 하고는 형편껏 돈을 놓고 간다.

미용 기술 없음을 한탄하는 글쟁이인 나는 헨리 데이비드 소로의 《월든》처럼 오두막에서 자기만의 세계를 꾸민 포트윌리엄의 이발사처럼 살아보고 싶었다. 이상과 현실의 거리를 좁히기 위해서는 우선 정신과 몸을 일체화시켜야 한다. 하여 그 준비 과정으로 정읍에서 최소한으로 생활하는 연습을 하기로 했다.

강화섬 쌀 백미 2킬로그램, 무농약 검정 보리 1킬로그램, 유기농 수수 500그램, 즉석 현미 국수 4컵, 동결 미역국 2포, 동결 시래기 된장국 4포, 한우 사골 농축액 10포, 사과 2킬로그램, 귤 1킬로그램, 양파 3개, 감자 2개, 당근 1개, 마스코바도 유기농 설탕 1킬로그램, 민속죽염 250그램, 유기농 마늘가루 140그램, 흑통후추 30그램, 현미유 500밀리그램, 맛간장 500그램, 된장 500그램, 고추장 500그램, 국 멸치와 다시마 조금, 파 두 뿌리, 쌀 누룽지 1포 반, 가파도 청보리 미숫가루, 유정란 15알, 구운 유정란 7알, 호밀 바게트 5조각, 공정무역 볶은 아몬드, 커피, 국화차, 생강차, 감잎차, 결명자차, 영양제, 작은 쁘띠첼, 멸치볶음과 검은 콩자반 조금씩, 그리고 배추김치 한 통.

이상 준비해 온 식료품으로 얼마나 버틸 수 있는지 시험해보기로 했다.

오래된 코펠 세트, 플라스틱 도마, 세라믹 과일칼, 대접 2개, 은수저 한 벌, 등산용 스테인리스 컵과 도자기 컵, 보온 도시락, 큰맘 먹고 산 1인용 압력밥솥, 빨랫비누, 주방세제.

오두막에는 많은 물건을 구비할 수 없을 것이다. 구색 맞추기를 포기하고 가지고 있는 기본 용품만으로 생활해

나가기로 했다. 에너지와 물자를 얼마큼 아낄 수 있는지, 적게 쓰는 만큼 자본으로부터 자유로울 수 있는지 실험해보고 싶었다.

몸에 좋은 것을 적게 먹는다. 20여 년 전 틱낫한 스님의 《화》에서 배운, 유기농산물을 먹으며 경제적으로 살아가는 방법이다.

아침엔 누룽지와 사과 반쪽, 점심은 자동차에서 즉석 3분 현미 국수와 구운 유정란, 귤, 커피믹스, 저녁엔 남은 사과 반쪽과 밥과 찌개와 김치와 밑반찬, 밤에는 아몬드와 생강차.

1인용 압력솥에 밥을 하면 이틀은 먹는다. 한 끼는 따끈하게, 다음부터는 볶음밥이나 물에 끓인 밥을 먹었다. 찌개나 국은 저녁에만 먹었는데 한 번 끓이면 이삼일은 먹었다.

소변 후에는 휴지 대신 가제 수건과 작은 타월을 사용했다. 세탁기 사용 대신 되도록 손빨래를 했다. 냉장고를 쓰지 않았다. 무서워도 방만 남겨두고 주방은 일찍 불을 껐다. 기름보일러는 실내온도 19도에 맞췄다. 외풍이 세서 손님용 이불 두 장을 덮었다.

일주일이 지나자 미니 냉장고에 전원을 켰다. 달걀과 썩어들어가는 채소 때문이었다. 원주 토지문화관에서는 제공되는 밥을 먹고 간식을 하지 않으니 6월에도 냉장고를 쓰지 않을 수 있었는데, 취사하면서 냉장고를 사용하지 않는 건 아무래도 어려웠다. 서울에서 두꺼운 면 이불을 가져왔다. 아침 식사는 거르는 게 편했다. 습관처럼 챙기는 끼니를 허기지기 전에 미리 챙기지 않기로 했다. 뭐든 몸이 요구할 때 하는 게 가장 자연스럽다. 현미 국수가 질릴 때쯤, 구운 달걀과 귤도 떨어졌다.

최소한으로 살기 한 달 반. 마트에는 한두 번 갔을 뿐이고 꼭 필요한 생필품만 샀다. 점심시간마다 자동차에서 도시락으로 식사했다. 학원까지 왕복 15킬로미터를 걸어볼까도 했지만 외식비 대신 주유비를 택했다. 소비가 줄어들수록 간소해지는 삶은 주변 정리로 이어졌다.

설날, 마침내 정원의 배롱나무를 위협하는 두릅 두 그루를 밑동까지 잘랐다. 그날 밤 저수지에서는 철새들이 떼로 꽥꽥 울어댔다. 밤에도 새가 운다는 걸 처음 알았다.

다음 날, 하룻밤 묵고 가는 집주인이 넌지시 던진 "농사도 지어봐요"가 신호탄이 되었다.

일단 뒤꼍 텃밭 구석의 두릅 한 그루를 톱으로 잘랐다. 그리고 가운데 들깨 더미를 낫으로 베어냈다. 앵두나무 두 그루를 뒤덮고 있는 마른 넝쿨을 싹 걷어내고 온 밭에 널린 마른 잡초를 쇠스랑으로 긁어냈다. 때마침 연락 온, 김진숙 복직 투쟁 40일 단식 후 보식 중인 녹색당 나무가 너무 깊이 경운하면 땅속 탄소가 공기 중으로 노출된다고, 그래서 무경운 농법을 이용하기도 한다는 고급 정보를 주었다.

살살 쇠스랑을 쓰다가 가운데 벽돌 다리를 발견했다. 보물섬 지도를 발견한 양 갑자기 신이 나서 돌다리를 몽땅 드러내고 그 주변을 깨끗하게 정돈했다. 가끔 자신도 놀라는 저돌성이 나올 때가 있는데 그때가 그랬다. 오전 열한 시부터 오후 네 시까지 장장 다섯 시간, 머리 위로 날아가는 철새들의 군무를 올려다볼 때가 아니면 허리 펼 줄을 몰랐고 그때까지 먹은 거라곤 집주인이 주고 간 쑥떡 한 조각과 커피 두 잔. 식사도 잊고 즐거움에 빠져든 노동이었다.

누가 시킨 것도 아니고 돈을 주는 것도 아닌데 왜 그렇게 신이 났을까? 나는 낡은 것이 정비되고 더러운 것이 깨끗해지는 과정이 좋았다. 그리고 흙과 나무와 함께하는 육체노동 자체가 좋았다. 그러나 앞서가는 마음을 미처 따라가지 못하는 육신인지라 그날 이후 보름 넘게 근육통으로 손목을 쓰지 못했다.

백기완 선생님께서 돌아가신 날, 정읍에는 눈이 내렸다. 그다음 날에도 폭설이 계속됐다. 제설차보다 견인차가 더 많은 아슬아슬 눈길이 사라지자 고난의 사순절이 시작됐다. 선생님은 말씀하셨다.

"딱 한 발 떼기에 목숨을 걸어라."

어렵사리 개강했지만, 코로나19 바이러스로 인해 석 달 내내 다음 시간을 예정할 수 없던 포항 강의는 2월이 다 지나기 전에 온라인으로 간신히 종강했다. 전주까지 가서 국가 자격시험도 치렀다. 섣달 보름에 본 달무리가 아직도 눈에 선한데 벌써 정월 대보름이다. 겨우내 하염없이 내리는 눈을 처연하게 바라보던 정읍 생활이 차츰 익숙해진다. 오두막 크기의 군더더기 없는 생활, 간소하고 단순한 삶을 정읍 정원에서 한 발 뗀다. 이제는 정말 봄이 오려나.

정원에 피어난 봄

꼬마 정읍댁의 정원 일기 5

30여 년 만에 다시 한 종일 공부 덕분인지, 백기완 선생님 작고 후 울진부터 포항까지 닷새간 102.6킬로미터 탈핵 도보순례 여운 때문인지 아침 일곱 시 넘으면 저절로 눈이 떠진다. 어둠이 무서워 얼굴까지 덮고 잔 이불을 살그머니 내리면 하얀 커튼에 햇살이 여린 빛을 투과하고 있다. 이불 속에서 꼼지락대다 간단한 스트레칭을 하고 일어나 커튼을 젖힌다.

기다렸다는 듯 파란 하늘이 짠하고 얼굴을 보이는 날에는 나도 모르게 부지런을 떤다. 한 줌의 햇살도 아까운 양이부자리를 마당에 널어 말리고 오랜만에 세탁기로 요 매트와 베갯잇을 빤다. 지난달 뒤뜰 손질하다 손목을 다쳐 빨래를 짜지 못한다. 하여 샤워할 때마다 빠는 속옷과 양말 말고는 세탁기의 도움을 청한다.

세탁기를 돌리는 사이 양파를 잘게 썰고 게맛살을 쭉쭉 찢고 방울토마토 세 알을 네 등분하여 현미유에 달달 볶다가 죽염을 살짝 뿌리고 달걀 두 알을 넣고 휘젓는다. 그러면 스크램블드에그가 된다. 르완다에서 공정무역으로 온 드립백 커피를 내리고 나면 오성급 정읍 정원 아점(아침 겸 점심 식사) 완성. 햇살이 드리운 정원을 바라보며 식재료 맛을 찬찬히 음미하는데 뭔가 한 가지 아쉽다.

'아~ 음악이 없구나.'

하지만 저녁이면 박사학위 논문 교정을 봐준 친우가 선물로 보내준 콤팩트디스크CD 재생기 겸 라디오가 도착할 것이다. 그럼 완벽한 아침을 맞을 수 있다.

아점을 다 먹자 세탁기가 짧은 음악 소리를 낸다. 빨래가 다 됐다는 신호다. 건조대를 마당 수돗가에 내어놓고 색깔과 각을 맞춰 빨래를 넌다. 조로록 널린 빨래와 이불이 바람에 맞춰 한들한들 춤을 춘다.

어제는 작은 새 두 마리가 배롱나무에 앉아 찌지비삐 맑게 울더니 오늘은 까치 두 마리가 배롱나무와 잔디에 들렀다 간다. 하얀 나비도 나풀나풀 잔디 위를 날아다닌다.

정원엔 봄 기지개를 켜는 꽃들이 피어나고 있다. 홍매화, 백매화, 노란 민들레, 진보라 크시코스, 앙증맞은 파란 꽃 무더기, 조만간 꽃잎이 나올 모양인 목련. 사랑채 앞마당 풀밭 입구엔 아주 작은 수선화 한 송이가 정원의 무리와 떨어져 피어 있다. 행여 그 꽃을 밟을까 봐 마당으로 나갈 때마다 조심조심 발밑을 살핀다.

햇빛 바라기인 나는 어두운 방이 싫어 옷을 껴입고 테라스에 나와 앉았다. 스테인리스 컵에 커피믹스 한 잔과 노트북. 더는 필요한 게 없다. 어제 왔던 작은 새가 다시 날아와 노래를 불러준다. 전날 요양보호사 국가시험 합격 통보를 받았으니 곧 구직활동을 해야겠지만 생활고는 잠시 미뤄두고 이 낭만과 여유를 한껏 즐긴다.

어제는 이웃 김포댁이 휴대전화기 기능을 물어보러 왔다가 정원에 있는 흰민들레를 캐다가 데쳐서 된장과 고춧가루에 무쳐다 주셨다. 김포댁이 가르쳐준 대로 어린 쑥을 캐어 씻어서 멸치, 다시마, 된장을 넣고 국을 끓여서 먹어보았다. 봄기운이 몸 안에 화르르 퍼졌다.

종종 집 건물 둘레 식물들을 뽑아버리는데, 어떤 식물은 먹고 어떤 식물은 버려야 하니 태어난 곳이 중요하긴 하다. 그건 자신의 선택이 아닌데. 꽃은 이쁨받고 잡초는 미움받으니 그 또한 불공평하다. 그렇게 태어나고 싶어서 난 것도 아니니까. 공정과 공평을 좋아하긴 하지만 그래도 잔디밭에 따로 핀 수선화는 함초롬히 예쁘기가 그지없어 색연필로 그렸다. 석 달 만에 다시 그린 그림이다.

저녁이 되자 음악이 있는 삶이 시작되었다. KBS 클래식 FM만 흘러나와도 적막한 공간이 포근해진다. 3월이라도 아직 쌀쌀해서 뱅쇼 한 잔 마시고 싶지만 아무리 싸구려라도 혼자 와인 한 병을 끓이는 건 낭비다. 따끈한 결명자차나 마셔야지. 봄이 핀 정읍 정원에서 대문 한 번 열지 않고 또 하루가 저문다.

일주일이 채 지나기 전, 그새를 못 참고 담벼락 밑에 끼어 핀 잡초 무더기들을 잡아 뽑다가 가뜩이나 안 좋은 손목이 더 아프다. 게다가 가시가 뻣뻣하고 날카로운 잡초를 전정 가위로 자르다 고놈이 죽기 직전 발악처럼 왼손가락 두 번째 마디를 가시로 찌르며 쓰러지는 바람에 정맥이 터져 시퍼렇게 부어올랐다.

하지만 다음 날 아침, 정원에 목련이 조선백자처럼 우아하고 단아하게 피어오르자 반짝 기분이 좋아 또 빨래를 널었다. 검정, 진회색, 감청색 옷들과 다 떨어진 하얀 소창 생리대가 바람에 흩날리는 모습을 보며 식탁 앞에 앉아 있는데 라디오에서 베토벤 피아노 협주곡 5번 황제 중 2악장과 3악장이 조성진과 정명훈의 앙상블로 흘러나왔다.

느닷없이 눈물이 고였다. 이 봄을 다시 맞을 수 있을까. 난데없이 시한부 인생처럼 슬픔도 외로움도 아닌 그저 생의 아름다움만이 쌉싸름한 달콤함으로 가슴에 차올랐다. 아마도 남루한 생리대처럼 내 젊음이 저물어가는 소리가 들렸나 보다.

21년 만에 다시 읽은《자전거 여행》을 쓸 때의 김훈은 지금의 내 나이였다. 더 늙기 전에 아직 무릎 관절이 멀쩡할 때 걸어야겠다. 그리고 자전거를 타야겠다. 봄날 정읍 정원에서 다짐을 해본다.

빨간 앞치마 지비

꼬마 정읍댁의 정원 일기 6

아침 일찍 손 세차를 하고 제일 좋은 옷을 입었다. 어르신을 처음 뵈러 가는 날이었다. 요양보호사 교육을 받을 때 학원장에게 미리 말해놓았다. 사람들이 가기 싫어하는 외딴곳에 혼자 사시는 할머니가 계시면 딱 한 분만 방문 요양을 하고 싶다고. 하지만 자격증도 나오기 전에 재가 요양센터에서 전화가 올 줄은 몰랐다. 다른 자격증 취득 교육 과정으로 시간을 좀 벌어보려고 했는데 너무 빨리 취업이 되어버렸다.

요양 보호 대상자인 아흔 살 어르신은 자그맣고 고우셨

다. 그리고 시력이 매우 좋지 않으셨다. 그런데도 내가 여느 요양보호사보다 젊다는 걸 어떻게 알고는 좋아하셨다.

4월 첫날인 첫 출근 날, 오전 아홉 시 정각에 맞춰 열린 대문을 들어섰다. 먼저 어르신에게 무얼 해드리면 좋겠냐고 여쭤보았다. 어르신은 다른 요양보호사들은 (다 알아서 했는지) 그렇게 물어보는 경우가 없었다며 청소와 빨래 회수를 알려주셨다. 우선 늘어진 커튼을 제대로 걸고 집 안의 묵은 먼지를 제거했다. 방들과 부엌 겸 거실을 쓸고 닦고 외부 화장실 물청소까지. 그리고 이불 빨래를 했다. 그사이 마당 텃밭 일을 하시던 어르신은 챙 모자를 챙겨드린 내게 "아주 내 마음에 쏙 드네" 반색하셨다. 끓는 물에 수저를 소독하고 냉장고에서 반찬을 챙겨 점심 밥상을 차려드리고 설거지까지 하니 세 시간이 채워졌다. 인사하고 나오는 내게 어르신은 현관문까지 따라 나오며 말씀하셨다.

"나 죽을 때까지 오래오래 해."

첫날이라 고창 장기요양보호센터에 가서 이것저것 업무 처리를 했다. 생전 처음 표준근로계약서를 작성했다. 수십 년간 방송작가로 일했지만 단 한 번도 작성해보지 못한 계약서였다. 최저시급에 주휴수당을 더한 급여는 매일 세 시간씩 한 달을 일해도 내가 간간이 하는 서너 시간짜리 심사비 이틀 치 내지는 지난겨울에 했던 두 시간짜리 강의료 2회분이었다. 그러나 그런 고소득 일은 간헐적으로 들어오기에 생계를 지속적으로 유지할 수가 없다.

원고료와 비교하며 최저시급에도 감지덕지하는 내 처지 때문이었을까? 건강보험공단과 군과 센터의 원활치 않은 행정 때문이었을까? 시골 독거노인을 정성껏 돌보겠다는 순수한 열정에 조율을 종용하는 현실적 조언 때문이었을까? 아니면 첫날부터 몸 사리지 않고 무리한 탓에 오른손 중지에 박힌 가시 때문이었을까? 활기차던 마음이 착잡해졌다. 돌연 선운사로 향했다.

선운사에 가는 이유는 동백 때문이다. 선운사 대웅전 뒤에는 거대한 병풍처럼 동백 숲이 둘러쳐 있다. 지난해 포토청 사진전 〈마스크〉에 출품했던 '동백나무 아래에서'의 동백나무 숲은 비 오는 여름 원시림의 신비를 느끼게 해준 곳이었다. 그 신비의 숲이 붉게 물들 날만을 기다려왔었다. 설날 다음 날인 2월 중순에도, 3월 중순에도 갔었지만, 번번이 기다림이 재촉한 때 이른 방문이었다.

4월 첫날, 벚꽃 만발한 선운사 입구를 지나 만개 직후 낙화하기 시작하는 동백꽃 숲으로 갔다. 동백나무 그늘 밑에 울창한 건 동백꽃들이 아니라 새들의 짜랑짜랑한 지저귐이었다. 보이지 않는 무수한 새들은 모두 동백꽃의 꿀을 먹는 동박새일까? 요란한 시냇물처럼 조잘대는 새들의 청아한 합창에 매료되었다. 기대했던 시각 대신 화려한 청각이 요양 보호 첫날에 복잡하게 가라앉은 마음을 다독여주었다.

매일 출근하자마자 이부자리를 털어 넣고 집 안을 쓸고 닦았다. 청결한 어르신은 비교적 흡족해하셨다. 다만 냉동실의 유통기한 지난 식품들이 갈등 요인이었다. 어르신들은 자식들이 힘들게 돈 벌어 사 온 음식들을 절대로 버리지 못하신다. 아끼고 쟁이다 결국 몇 달 몇 년 지나도 모른 채 냉동실만 미어터진다. 하지만 그렇게 오래된 재료로 요리를 할 순 없다.

사흘째 되는 날, 산책을 유도했다가 텃밭 잡초 뽑는 일에 동원됐다. 요양보호사 업무에 밭일은 없다. 하지만 시골집에 딸린 텃밭이 비어 있는 경우는 거의 없다. 쪽파, 대파, 상추, 마늘, 솔(부추) 등 갖가지 채소들이 심겨 있다. 어르신은 일단 밭 가장자리에 주저앉으셨다. 그리고 잘 보이지도 않는데 맨손으로 잡초를 뽑기 시작하셨다. 그러면서 나더러 밭 가운데로 들어가 잡초를 뽑으라셨다. 평소엔 좋아하는 밭일이지만 요양보호사로서 하는 일은 달갑지 않았다. 그래도 어쩔 수 없었다.

닷새째 되는 날, 드디어 어르신을 집 밖으로 모시고 나가는 데 성공했다. 올해 들어 처음으로 대문 밖에 나가신다고 했다. 오른손은 지팡이를 짚고 왼팔은 내게 잡힌 채 걷기 시작했던 어르신은 얼마큼 가자 혼자 걸어 동네 한 바퀴를 다 도셨다. 몇 달 만의 첫걸음에 1킬로미터나 걸으셨다. 대상자의 잔존기능 유지 및 향상은 요양보호사의 의무다. 남은 신체기능을 계속 사용해야 노화를 조금이나마 늦출 수 있다. 걸으면서는 이런저런 이야기를 나눈다. 어르신은 자녀가 마련해놓은 산소 자리 자랑을 하시며 대상자가 죽으면 요양보호사도 장지까지 온다고 하셨다. 아마도 내게 당신의 멋진 산소를 자랑하고 싶으셨나 보다. 살아 있는 사람과 죽음 이후의 이야기를 하는 건 품위 있게 남은 날들을 누리는 경험이다. 담담히 죽음을 받아들이는 자세와 그 죽음을 함께 준비하는 태도, 그것이 대상자와 요양보호사의 궁극적인 모습이다.

아침에 차를 몰고 7.2킬로미터 시골길을 달리면 어르신 댁이 나온다. 요양보호사 유니폼인 빨간 앞치마를 입는다. (앞치마 색은 센터마다 다르다.) 오전 아홉 시부터 열두 시까지 180분간 방문 요양을 했다는 증거를 남기려면 스마트폰에 장기요양 앱을 깔고 대상자 집에 붙어 있는 스티커에 들어갈 때와 나올 때 태그(접촉)를 해야 한다. 한데 그 태그가 안드로이드폰만 가능하다. 아이폰을 사용하려면 '비콘'을 따로 달아야 하는데 공단에서 가져와 달아도 태그가 되지 않는다. 아이폰의 보안 기능을 비콘이 뚫지 못하는 모양이다. 하여 아이폰을 사용하는 요양보호사는 울며 겨자 먹기로 안드로이드폰을 사용해야 한다. 그 센터에서 아이폰 사용자는 나뿐이라고 했다. 앱을 깔고 아무리 비콘에 태그를 해도 접속이 되질 않았다. 태그 대신 요양 기록지에 수기로 기록을 자주 하면 태그율 저조로 공단에서 센터로 문책이 들어온다고 한다. 2G폰에서 스마트폰으로 바꾼 지도 얼마 안 되는 나는 안드로이드폰이 없이는 일을 원활히 할 수 없는 장기요양보호 시스템 때문에 일주일 만에 다른 휴대전화기를 대여했다. 그에 따른 지출을 청구할 수 있는 곳은 아무 데도 없었다.

어르신은 나를 '지비'라고 부르신다. '지비'는 당신, 자네 등과 같은 2인칭 호칭의 전북 방언이다. "지비도 같이 밥 먹으면 얼마나 좋아"나 "지비는 내가 완전히 믿지", 이런 식이다.

내가 밥상 앞에서 반찬을 숟가락 밥 위에 얹어드리면 어르신은 자꾸 같이 먹자고 하신다. 거절하면 마당의 쪽파나 상추를 가져가라고 하신다. 내가 어르신 재산 축내는 것 같아 싫다고 하자, 요양 보호 하면 식구나 다름없다고 하셨다. 말씀이라도 고마웠다.

집안일을 다 하고 시간이 나면 책을 읽어드린다. 동화, 시, 성경(어르신의 종교와 연관이 있으므로)을 읽어드리고 다리를 주물러드리면 무척 시원해하신다. 건조해서 일어난 각질을 자꾸만 긁으셔서 바셀린 로션을 발라드리니 막둥이 딸이 생겼다고 하신다.

어르신은 대문을 열어두신다. 당신이 죽으면 누군가 들어와서 발견해야 할 텐데 그때를 위해 문을 열어두신다고 했다. 죽음이 문지방을 넘어올 때 그것을 맞이하는 모두는 혼자다. 임종을 지키는 건 효자 몫이라고 하지만 현대사회의 독거노인에게 그런 마지막은 호사 중의 호사일 터. 독거노인의 주검을 처음 대하는 일은 요양보호사에게 가장 힘든 관문일 것이다. 그만큼 외로운 이의 곁을 끝까지 지켰다는 사실만으로도 장기요양보호는 숭고한 일이다.

할머니 사랑

꼬마 정읍댁의 정원 일기 7

　매일 아침 아홉 시까지 할머니 댁에 도착하기 위해 자동차를 운전한다. 달리는 내내 설레지 않는다. 누런 대나무 숲 앞집 초록 대문을 열고 들어간다. 방문 요양 태그를 하고 빨간 앞치마를 입고 이불을 털어 널고 쓸고 닦고 빨래를 하고 밥을 차리고 설거지를 하고……. 집에서도 안 하던 일을 밖에서 하고 있다. 어르신과의 사이는 괜찮다. 다만 무료한 날들의 연속이었다. 창의적인 일을 하던 내가, 일상생활을 잘못 하는 내가, 단지 돈을 벌기 위해 이 일을 할 것까진 없는데 왜 이러고 있는지 모르겠는 나날이었다.

하도 심심해서 정리수납전문가과정을 온라인으로 수강했다. 정리정돈·풍수지리 등에 관해선 20여 년간 여러 권의 책을 읽은 터라 굳이 돈 들여가며 배울 필요는 없었지만, 이 시기에 자격증 하나라도 따놓자는 심산이었다. 그런데 배우다 보니 옷 개는 법, 수건 접는 법 등을 알아가는 잔재미가 생겼다. 비움 실천을 하는 내게는 이제 버릴 게 별로 없다. 하지만 바로바로 실습할 수 있는 어르신 댁이 있지 않은가. 마침 어르신도 손댈 수 없이 뒤죽박죽인 서랍장을 정리하고 싶어 하셨다.

정리의 4단계 원칙인 '처분-제자리-분류-수납'에 따라 안방의 TV 놓은 서랍장 네 개를 싹 정리했다. 거실 장식장의 그릇과 옷 서랍 네 개와 싱크대도 차례로 정리를 했다. 냉장고는 청소와 물품 정리 외에는, 괜히 버렸다가는 가져갔다고 오해를 살 수 있는 가장 민감한 공간이므로 더는 손대지 않는다. 못 입는 옷가지들과 유효기간 지난 화장품이나 약품들을 버린 뒤 깨끗하게 구획하고 정리한 서랍들을 보자 잠시 기분이 밝아졌다. 시력이 안 좋은 어르신이 말끔한 정리 상태를 못 보시는 게 아쉬워 손으로 더듬어 만져보시게 했다. 그러나 정리가 시들해지자 다시 지루한 나날이었다.

그러던 어느 맑은 날, 어르신의 요 싸개를 벗겼다. 실로 시쳐야 하는 요였는데 내가 그걸 할 수 있다고 하자 어르신은 '장하다' 하셨다. 실밥을 뜯어 세탁하고 말린 요 싸개를 씌우고 닦은 방의 솜 아래위에 가지런히 놓고 돗바늘에 굵은 무명실을 꿰었다. 그사이 어르신은 생강을 심는다고 마당으로 나가셨다.

조용한 방 안에서 한 땀 한 땀 요를 꿰매는데 어린 시절이 떠올랐다. 자그마한 방을 가득 메운 목화솜. 솜을 틀어 얇은 싸개로 싸맨 후, 공단과 면으로 된 위아래 홑청을 빨아서 풀을 먹이고 다듬잇돌에 방망이질해서 이불과 요를 시치셨던 엄마. 뿌연 형광등 아래에서 엄마가 이불과 요를 꾸미던 그 저녁 시간은 시계가 정지한 것처럼 차분하고 고요했다.

수선화가 교화인 명문 여자고등학교에서 발레와 수예를 배운 엄마는 중학교 2학년이던 열네 살 때 두 살 많은 부잣집 도련님인 교회 오빠를 만나 10년을 연애하고, 결혼 직전 쫄딱 망한 그 부잣집 남자와 스물세 살에 약혼하고 결혼해서 단칸방에서 어린것들과 사셨다. 그러면서 당시에 유행하던 과외를 못 시키는 대신 나를 직접 가르치셔서 국민학교(현재 초등학교) 1학년 첫 시험에 네 과목 올백을 맞게 하셨다. 엄마는 매일 아침에 내 머리를 양 갈래로 묶어 고데기로 말아주셨다. 할머니가 부자 여동생에게서 얻어다 주신

한 학년 위 친척의 옷 덕분에 나는 전교에서 옷을 제일 잘 입는 아이였다. 학교의 아무도 우리의 가난을 몰랐다.

외아들의 첫 아이인 나는 태어나면서부터 넘치는 사랑을 받았다. 아기 때 방바닥에 놓인 적이 없다고 한다. 아빠 아래로 네 명의 고모들이 번갈아 나를 안으려 순서를 기다렸고, 할아버지는 고모들에게 내 발을 입에 넣으면 당시 크림빵 한 개 값인 10원씩을 준다고 하셨단다. 외아들밖에 모르던 할머니는 첫 손주인 나를 끔찍이도 사랑하셨다.

"아이고~ 우리 강아지."

언제나 내 궁둥이를 토닥이며 할머니가 하시던 말씀이었다.

중학교 2학년이던 열네 살에 청천벽력으로 엄마가 돌아가시자, 그때까지 교회만 다니던 할머니는 아침이면 내 머리를 양 갈래로 땋거나 묶어주시고 내 도시락에 온 정성을 다하셨다. 노란 달걀을 풀어 주황색 당근과 초록색 파를 송송 다져 달걀말이를 하고 분홍색 소시지를 달걀 물에 묻혀 부쳐주셨다. 내 도시락 반찬의 그 고운 색은 친구 엄마가 보고 감탄할 정도였다. 소풍날이면 다진 소고기를 양념해서 김밥을 싸주셨는데 김 위에 달걀지단을 깔아 입이 터질 정도로 커다란 김밥의 맛은 지금도 입안 가득 배부르게 떠오른다. 할머니는 내가 스물일곱 살이 될 때까지 매일 아침 식탁을 차려놓으셨다. 하지만 나는 매일 늦게 일어났고 학교로 직장으로 젖은 머리칼 말릴 새도 없이 뛰쳐나가면서 그 밥을 먹지 못했다.

그렇게 자란 나는 전형적인 여성 역할이라고 여겨지던 집안 살림을 등한시했다. 티도 안 나는 비생산적인 일이 싫었다. 그런 내가 지금 젊어서도 열심히 안 하던 살림을 남의 집에 와서 하고 있었다.

바깥에서 어르신의 호미질 소리가 들렸다. 갑자기 눈물방울이 투두둑 떨어지기 시작했다. 나는 숨죽여 울었다. 울음은 오열로 변했다. 요에 눈물이 떨어질까 봐 얼굴을 당기면서도 바느질을 멈추지 않았다. 대체 왜 나는 이 낯선 고장에서 모르는 할머니 요를 꿰매고 있을까? 그토록 절대적으로 나를 사랑해주시던 엄마와 할머니께는 밥상 한 번 차려드린 적이 없는데 매일 남의 할머니 밥상을 차리다니, 아무리 엄마나 할머니가 그리워도 30여 년간 글만 쓰다가 엉뚱하게 노인을 위한 일을 전적으로 하는 건 어울리지 않는 게 아닌가? 내 돌봄 노동의 근저에는 과연 무엇이 있는 걸까?

할머니들을 보면 나도 모르게 마음이 노긋노긋해졌다.

원주에도 별담리에도 할머니가 계셨다. 그분들은 나를 며느리 삼고 싶어 하셨다. 차라리 딸 삼자고 하셨다면 가능했을지도 모른다. 그랬다면 양어머니와 양딸처럼 오래오래 사이좋게 지낼 수 있었을지도. 그러나 며느리는 아들과 내가 잘 맞아야 이루어질 수 있다. 무엇보다 내가 원하는 관계는 무조건 사랑하는 할머니와 손녀 혹은 어머니와 딸이었지, 한국 전통사회의 시어머니와 며느리라는 상하 관계가 아니었다. 어르신과 내가 잘 지내는 이유는 대상자와 요양보호사라는 대등함이 있기 때문이다. 우리는 서로 할 일과 못 할 일을 구분할 줄 알고, 무리한 것을 요구하지 않고, 요구하더라도 거절할 수 있다. 어르신이 생강을 심고 내가 요를 꿰매는 것처럼. 그러나 규정에 따라 깍듯하게 전산 처리되는 우리 사이에 깊은 정이 쌓이기는 쉽지 않다. 정은 거래로 만들어지지 않기 때문이다.

　나는 두 달간 매일 찾아갔던 원주 할머니를 기억한다.

　나는 며느리처럼 모셨던 별담리 할머니를 그리워한다.

　그리고 지금 나는 요양보호사로 대상자 어르신을 돌보고 있다.

　이분과도 정이 들까 봐 겁이 난다. 헤어짐은 마르지 않는 눈물과 함께 가슴이 매섭게 아리는 일이니까.

달팽이 집

꼬마 정읍댁의 정원 일기 8

내일 일은 난 모른다.

5월 중순 금요일에 출근했을 때 어르신은 집 보따리를 싸두셨다. 전날까지 한마디 말씀도 없으셨는데 입원하신다고 했다. 시각장애인용 차량도 예약해놓으셨단다. 며칠 전 텃밭에서 쪽파 대가리를 다듬으신 후 계속 어지럽다고 하셨다. 자식들 걱정할까 봐 의논도 안 하고 병원비도 당신이 낸다고 자신만만하게 입원한 어르신은 마음대로 퇴원하지 못하셨다. 동네 의원은 어르신의 어지럼증을 고치긴커녕 혈관도 못 찾아 주삿바늘만 여기저기 찌른 채 퇴원도 못 하게 했다. 어르신은 입원할 때와 마찬가지로 어지러운 상태에 팔뚝만 부어 일주일 만에 퇴원하셨다.

그사이 첫 월급을 받았다. 4월 한 달 꼬박 일한 급여를 다음 달인 5월 20일에 받은 것이었다. 비록 하루 세 시간의 노동이긴 했지만 한 달 반을 기다려 받은 월급은 눈을 의심할 정도였다.

571,020원.

서울 강남 청담동 미용실에서 커트 다섯 번 할 수 있는 금액이었다.

집단 해고당했던 고속도로 톨게이트 노동자들이 떠올랐다. 청와대 인근에서 비를 맞으며 농성하던 그들이 하던 말, '최저시급 받다가 그나마도 잘렸다'의 그 '최저'시급이었다. 요즘 젊은이들 말로 현타(현실 자각 타임) 오는 순간이었다. 한 달간의 자유와 바꾼 정직한 노동의 대가인 알량한 월급을 보자 현실감이 확 왔다. 그래서 요양보호사들이 하루에 세 집 정도 방문하는 것이었다. 하지만 돈을 좇아 살아본 적 없는 인생이라 그것이 이 일을 계속하느냐 마느냐 하는 심각한 고민 요소는 아니었다. 실상 매일 세 시간씩 글을 쓴다고 해도 어디에서도 그만큼의 돈을 주진 않으니까.

퇴원한 어르신은 하루도 거르지 않고 텃밭 잡초 걱정을 하셨다.

"밭을 매야 하는데 내가 이렇게 아프니……."

요양 보호 첫날부터 귀에 못이 박히도록 들어왔다. 아흔 살 노인이 넓지도 않은 텃밭 때문에 입원까지 하고 오셨는데도 잡초를 뽑아주지 않는 요양보호사인 나. 대체 왜 그럴까? 정읍 정원에선 누가 시키지 않아도 잘만 하는 잡초 제거 아니던가? 하지만 요양 보호 업무에 잡초 제거는 없다. 나는 원칙을 벗어나는 게 마뜩잖았다.

매일 집 안 전체를 청소기로 밀고 걸레로 닦고 요강을 비워 닦고 쓰레기통을 비우고, 빨래하고 옷과 수건을 호텔처럼 정리 수납하고, 요리하고 밥을 차리고, 반찬을 숟가락 위에 얹어드리고, 설거지하고, 각질투성이 몸에 바셀린 로션으로 마사지해드리고, 다리를 주물러드리고, 시를 읽어드리고, 종종 산책을 시켜드려도 '밭은 누가 매나' 하는 걱정근심은 집요하게 계속됐다.

끊임없는 종용과 묵묵한 거부로 인한 줄다리기를 지속하던 어느 날, 정읍 정원에 돌아와 아기처럼 키우는 상추와 방울토마토, 고추, 오이, 가지를 물끄러미 들여다보다가 불현듯 낫을 들고 텃밭 깊숙한 곳으로 들어갔다. 실뱀 같은 넝쿨이 무섭게 칭칭 감고 올라와도 옴짝달싹 못 하는 나무들을 구해주다가 형체를 알아볼 수 없던 나무가 사과나무란 걸 알았다. 갑자기 의협심이 뻗쳐올랐다. 사과나무를 구하기 위해 아픈 두 손목을 아낌없이 내놓았다. 그렇게 초여름 정읍 정원에서 나무들을 맹렬히 괴롭히기 시작하는 두릅과 넝쿨들과 잡초들을 무찔러내면서 다짐했다.

'내가 있는 한 이 정원의 나무들은 아무도 못 건드리게 할 거야.'

내 치기가 굴함 없이 무성한 자연의 억센 활력 앞에서 얼마나 하잘것없는지 알면서도.

마침내 조롱조롱 열매가 달리기 시작하는 사과나무가 제 모습을 찾았다. 그러자 그 뒤 나무에 빨간 열매가 다닥다닥 붙어 있는 게 눈에 들어왔다. 하아~ 앙증맞은 앵두였다. 넝쿨을 제거해준 내게 나무가 준 선물이었다. 아직 새콤한 앵두를 따다 물에 씻어 먹어보았다. 앵두보다 뱉어놓은 씨 색깔이 더 예뻤다.

다음 날, 어르신 마당 텃밭에서 조용히 잡초를 뽑았다. 시키지 않은 일이었다. 시큰한 손목으로 잡초를 뽑으며 다음에 올 요양보호사가 이 일을 반복할 염려만 아니라면 못 할 게 무언가 싶었다. 예외는 악순환을 남기게 되겠지만.

요양보호사 일은 모두가 걱정하던 것처럼 육체노동으로 힘들지는 않았다. 일을 막 시작한 지 며칠 되지 않아 마당 수도가 새어서 받아놓은 물이 아깝다고 겨울옷들을 한가득 담아 적셔놓고 손빨래하라고 하셨던 것을 간신히 다른 빨래와 함께 세탁기로 돌려 모면한 일도, 뒤꼍 쑥을 캐다가 국을 끓이라고 해서 싱싱한 것만 따다 그리했더니 다음 날 아침에 전날 그 국을 드시고 배가 살살 아파 생각해봤더니 아들이 주말에 제초제 뿌려놓은 걸 깜빡 잊었다고 해서 식겁한 일도 오히려 감정노동이었다.

날마다 집안 살림은 당연히 하고, 변비 증세가 있으시면 시내까지 차를 몰고 나가 무가당 요거트를 사다드리고, 밭의 잡초도 슬금슬금 뽑고, 흰머리에 검은 염색도 해드리고, 첫 월급 탔다고 내가 나를 칭찬하고 싶을 때 특별히 사 먹는 수프도 고창 상하농원까지 가서 사다드렸다.

어르신을 가장 만족시킨 건 코로나19 백신 접종이었다. 예약해놓은 날도 아침에 어지럽다고 취소하셨는데, 어느 비 오는 날 아침에 갑자기 어지럽지 않으니 오늘 맞았으면 좋겠다고 하셨다. 내가 급하게 보건소와 동사무소와 병원에 연락한 결과, 오전에 백신 접종에 성공했다. 두 달 내내 백신 접종할까 말까를 매일 내게 물으셨는데, 드디어 그 고민이 끝난 것이니 우리 둘 다 얼마나 기뻤는지 이루 말로 할 수 없었다.

"지비가 큰일 했네, 큰일 했어."

그러나 기쁨은 매우 짧았다. 다음 날, 살고 있는 집을 비워줘야 해서 요양보호사 일을 그만두게 된다고 말씀드렸다. 떠나기 전 일주일을 남겨둔 날이었다.

"정들자 이별이네. …… 근심 뒤에 근심이 오네."

그동안 백신 접종 때문에 그렇게 근심했는데 그게 끝나자마자 내가 그만둔다는 것이었다. 어르신은 몸에 기운이 쭉 빠진다고 하셨다. 차라리 나더러 동네 빈집을 알아봐서 이사를 오라고 하셨다. 다시 온다면 그때까지 방문 요양을 하지 않고 기다리겠다고. 그러곤 요양 첫날 현관문 앞에까지 나와 "나 죽을 때까지 오래오래 해"라고 하셨을 때처럼 또 더듬더듬 현관 문밖으로 나와서 말씀하셨다.

"근처에 집을 알아봐."

돌아오는 길, 운전대를 잡고 멍하니 두승산을 바라보는데 흐드흐득 몸이 흔들렸다. 눈보다 가슴이 먼저 울고 있던 것이었다. 일로 만나도 정이 이리 드니 어쩌면 좋단 말인가.

'못 하겠다. 진짜 못 하겠다. 더는 이렇게 정 주고 떠나는 일은 말아야지.'

집을 구하라는 어르신 말씀으로 일주일이 채워졌다. 최선을 다한다고 했지만, 어르신은 말귀도 못 알아듣는 서울 것이랑 언어 차이로 힘드셨을 것이다. 시골 일과 요리를 척척 하지 못해서 답답하셨을 것이다. 그래도 어르신은 절대로 내 손맛을 잊지 못하실 것이다. 종아리를 꽉꽉 주물러드리면 얼마나 시원해하시고 고마워하셨는지 모른다. 특히 오른쪽 종아리를 무척 아파하셨다.

마지막 날을 이틀 앞두고 어르신께 꼬마 정읍댁의 정원 일기 '빨간 앞치마 지비'를 읽어드렸다. 그리고 마지막 날에는 '할머니 사랑'을 읽어드렸다. 어르신께 내 정체를 밝힌 것이다. 어르신은 마지막 태그를 하고 집을 나서는 나를 따라 대문 앞까지 따라 나오며 덕담을 해주셨다.

"대성한 작가가 돼서 유명해져."

나의 첫 요양보호사 일은 그렇게 끝났다.

만영재에 새 입주자가 오기에 나는 떠나야 했다.

정읍 정원을 떠나며 내게 남은 것들이 무엇인지 정리해보았다.

우선 사람.

정읍 정원이 한 일은 이곳에 기거하는 나를 만나러 온 이들에게 이 아름다운 정원을 잠시나마 누리게 해준 것이다. 아무리 서울에서 KTX로 한 시간 사십 분밖에 안 걸린다 해도 여기까지 오기는 쉽지 않다. 전국에서 이 먼 곳까지 나를 만나러 온 이들은 내 장례식에 초대하고 싶을 만큼 인생에 특별한 인연으로 남을 것이다.

그들과 함께 간 선운사, 내소사, 전봉준 생가터, 고인돌 유적지, 동호해수욕장, 격포와 채석강과 모항, 곰소항과 곰소염전, 내장호와 내장사, 동학혁명 전봉준 고택과 단소와 만석보, 그리고 〈정읍사井邑詞〉의 출처 《악학궤범》이 《약학궤범》으로 나와 있는 안내판을 정읍시청에 전화해서 수정하도록 했던 정읍사 공원과 피카소의 그림뿐 아니라 공예품도 보았던 정읍시립미술관의 기억과 함께. 반년을 살았지만, 동네 사람들조차 이 집에 사람이 사는지 모를 정도로 좀처럼 나다니지 않던 내가 두 번이나 가본 구시포 해수욕장은 아쉽게도 별 감동이 없었다. 혼자라서 그랬다.

다음은 책과 도서관.

2021년 1월 10일 일요일에 이곳에 와서 만 5개월 동안 50여 권의 책을 읽었다. 대부분 정읍시립도서관에서 대출했다.

작년에 토지문화관에서 4권까지 읽은 박경리 선생님의 《토지》나머지 17권을 완독했고, 나를 '하찮은 남자만 빼고 다 갖고 있는 유기농 소녀 여자친구'라고 칭하는 걸이 소개해준 엘리자베스 퀴블러 로스의 책을 도서관 소장본 다섯권 모두 읽었다. 십여 권의 건축 실내 인테리어 및 나무와 정원 관련 책들은 언제쯤 내가 꿈꾸는 작업실을 위해 쓰게될지 모르지만 일단 읽어두었다. 그 외 책으로는 이덕무와 다산 정약용과 초의선사 관련 도서 등.

정읍은 도서관 전체 대출 권수가 다섯 권밖에 안 된다. 그래서 내가 정읍에 오길 잘했다고 처음으로 느꼈던 고故 정기용 건축가의 기적의 도서관에서는 책을 한 권도 빌려보지 못했다. 하지만 기적의 도서관을 사진 촬영해서 원주 토지문화관에서 친구가 된 어린이문학 작가 정에게 강의 자료로 보내줄 수 있었다. 그 덕분에 초대된 '마음을 치유하는 컬러 테라피' 강좌에서는 참석자들을 보며 정읍에서 강의나 공부 모임을 통해 시민과 교류해보고 싶다는 생각이 들었다.

그리고 자격증.

자격증이라고는 운전면허증뿐이던 내가 정읍에서 5개월간 취득한 자격증으로는 요양보호사 국가자격증, 한국어교원 2급 자격증(20년 전에 이미 받아놓은 수료증과 교육 경력이 있지만, 자격증 때문에 사이버대학에 편입해서 2년 만에 졸업한 결과)과 다문화사회전문가 2급 수료증, 정리수납컨설턴트 2급 자격증, 스토리텔링 그림책 지도사 1급 자격증, 원예심리상담사 1급 자격증이 있다.

'자기만의 방'을 찾아 떠도는 삶이니 어디에서든 '글을 쓰기 위해' 먹고살 방편으로 준비해둔 것들이다. 30년 작가 이력보다 자격증을 더 요구하는 사회에 쓴웃음이 나지만,

이반 일리치가 주장한 '시장 상품 인간을 거부하고 쓸모 있는 실업을 할 권리' 대신 가르치고 돌볼 수 있는 자격을 만들었다. 하지만 내게는 많은 것들이 필요 없다. 돈도 그렇고 사람도 그렇다. '모리의 정원' 같은 곳에서 르코르뷔지에의 4평 오두막 '케렌시아' 같은 작업실을 얻어 반딧불처럼 살고 싶을 뿐이다.

마지막으로, 작년 늦여름 한 달과 올해 겨울부터 초여름까지 다섯 달, 총 반년 동안 이 정원이 내게 남긴 가장 큰 선물은 집주인에게 보답하고 싶어서 쓰기 시작한 '꼬마 정읍댁의 정원 일기'이다.

작년 여름에 무서운 가시투성이 두릅에서 구해준 하얀 꽃 배롱나무는 지금 분홍 꽃 배롱나무보다 더 푸르르다. 다시 온 첫날, 눈 쌓인 정원의 배롱나무 앞에 두고 인사했던 김장김치는 아직도 남았고 반년간 7킬로그램의 쌀도 다 못 먹었다. 기름 아끼느라 꽁꽁 춥던 서향 방에 떠날 때가 되자 오후 햇살이 오래 드리운다. 그 방 창에서 보이는 배롱나무 두 그루의 꽃을 올해도 다시 보고 싶지만 가능할지는 모르겠다.

갓난아기 다루듯 온 정성을 다해 키우며 하루하루 외로움을 달랜 상추 모종 스물여섯 포기와 방울토마토 세 줄기, 오이고추 두 줄기, 오이와 가지, 그리고 달팽이들의 천국인 저절로 자란 오크리프 상추와 트레비소는 나 대신 이 집에 올 다른 사람들의 식탁을 풍성하게 해주겠지.

정읍 정원을 떠나기 직전, 놀라운 일이 일어났다.

폭우가 무섭게 쏟아지던 마지막 목요일 밤이 지나고 눈 뜨자마자 텃밭에 가보았다. 아아— 몇 달 전 이사시켜 아기 돌보듯 키운 내 소중한 상춧대들이 넘어져 있었다. 그 애들을 두고 차마 발이 떨어지지 않을 것 같아 전전긍긍하던 참이었는데 내 소유욕이 무참히 해결돼버렸다. 더욱 기함할 일은 넝쿨에서 구출해준 앵두나무가 두 쪽이 나서 쓰러진 것이었다. 간밤의 세찬 빗발에 주렁주렁 앵두가 달린 가지 쪽이 무게를 견디지 못해 쓰러진 듯했다.

'지나치게 많이 가지면 결국 모두 잃고 마는구나.'

순간 쥐고 있는 손을 놓아야 한다는 깨달음이 왔다. 나는 쓰러진 가지의 앵두를 바가지에 한가득 담아 동네분들에게 선물로 드렸다. 하얀 벌레가 가득해 가까이 가지 못하던 개복숭아도 비에 씻겨진 상태라, 따서 어르신께 가져다 드렸다. 상추들은 과감하게 잘라 마지막 정산하러 간 장기요양보호센터에 선물로 드렸다.

'비움과 나눔', 내가 살고 싶은 삶을 정읍 정원이 내게 선사해주었다. 이 정읍 정원에서 내 집처럼 살게 해주신 만영재 주인 고경심·김종수 두 분께 깊고 진심 어린 감사 인사를 드린다.

　2021년 6월 14일 월요일 아침, 아직 자기만의 방이 없는 나는 제 몸에 집을 얹고 다니는 달팽이처럼 자동차 '탈핵브리드'에 집을 싣고 정읍 정원을 떠난다.

　'내가 없으면 정읍 정원의 풀은 누가 베어주나.'

　어르신처럼 나도 걱정 시작이다. 그러나 여기까지. 나의 첫 번째 정원이여, 안녕.

배롱나무와 대나무

굴뚝새의 모험 2

코로나19 바이러스는 많은 이들을 귀향, 귀촌 또는 귀농으로 인도했다.

주인이 먼저 서울을 떠난 후, 내 창조주도 폐업하고 고향으로 갔다. 잠시 휴식을 취할 겸 연로하신 홀어머니를 돌보러 내려간 참이었으나 나날이 사나워지는 바이러스의 창궐로 개업은 묘연해졌다. 다행히 정부에서 자영업자를 위한 긴급생계지원금이 간간이 지원됐다. 부식비와 보일러 기름값으로는 턱도 없었으나, 공치는 가게 건물주에게 꼬박꼬박 월세를 바치는 것보다는 나았을 터. 적어도 양심 없는 건물주를 배 불리느니 모아놓은 돈 까먹는 게 속은 편했을 것이다. 전국의 자영업자들이 목숨 줄을 끊는 판국에 긴급 월세 감면도 해주지 않은 서울의 건물주는 이후로 다시는 세입자를 들이지 못했다. 창조주가 있던 고즈넉한 감성의 공방은 촌스럽기 짝이 없는 도색으로 흉물스러운 공실이 되어 있었다.

주인이 창조주를 다시 만난 건 배롱나무 때문이었다.

아니 배추와 무 농사 때문이었다.

아니 대나무 때문이었다.

아니 편찮으신 어머니 때문이었다.

아니 둘은 만날 운명이기 때문이었다.

눈이 부시게 빛나는 나날이었다.

주인은 꿈꾸던 삶을 살아볼 수 있었다.

그러나 아름다운 날들은 무지개처럼 지나치게 짧았다.

주인은 처음으로 가져본 전용 낫과 톱을 그대로 두고 그 집을 떠날 수밖에 없었다.

초록 장화가 기다리고 있었지만, 주인은 다시 돌아갈 수 없었다.

2
부

———

정
원
의　위
로

목사동우체국의 7월

곡성 강빛마을 정원 일기

언덕을 올라가면 제일 먼저 흰 구름이 맞아주는 곳. 흰 구름과 초록 숲 사이 주황색 스페인 기와를 얹고 있는 저택 109채의 대단지 곡성 강빛마을. 그중 밝고 밝은 햇빛촌의 첫째 홀수 둘이 모인 11호는 거실 전면 창 앞에 푸르른 산이 가득하고 왼쪽으로 고개를 바짝 돌리면 멀리 지리산 노고단이 보이는 동남향의 이층집이었다. 2층에서는 앞산 위 하늘이 더 많이 보였지만 1층만으로도 내겐 너무 넓었다.

정읍에서 해남으로 내려가 두 주간 해남, 강진, 장흥, 보성, 순천, 광양, 하동, 구례까지 241.1킬로미터를 걸었다. 그

동안 자동차에 실어 남도 반을 돌아온 짐을 집 안에 부리는
데 느린 혼자 힘으로는 한참이 걸렸다. 그사이 마을 이장님
이 잠시 들러 푸근한 미소로 맞아주셨다.

집 정리를 거의 다 하고는 그토록 하고 싶던 산책을 했
다. 반년 만이었다. 마을 길에서 크리스마스트리처럼 올해
첫 배롱나무 분홍 꽃을 보았다. 화들짝 놀란 눈동자가 반짝
빛난 걸 꽃이 보고 내가 느꼈다. 마을 입구 카페 '강빛커피'
에 새로 온 젊은 지기는 저녁 먹을거리를 구하러 온 내게 우
유 한 잔을 따라주었다. 그렇게 전라남도 곡성군 죽곡면 보
성강 변에 여유 있고 쾌적하게 안착한 강빛마을에서 7월 한
달 살이를 시작했다. (다들 어떻게 그렇게 집을 구하냐고 묻는
데 주디에게 키다리 아저씨가 있듯이 내게도 길목인 노신사가 한
분 계신다.)

이튿날 아침, 이장님의 권유로 구례장터에 갔는데 장은
못 찾고 농협하나로마트에서 장을 보았다. 가장 필요한 건
책상과 의자, 빨래 건조대였지만 먹거나 써서 없어지는 것
외에는 구매하지 않기로 했다. 수도꼭지에 정수 필터를 갈
아 끼우고 물을 끓여 마시면서 페트병 생수도 사지 않았다.

강빛마을 햇빛촌 11호에는 냉장고가 두 대 있다. 145리
터와 47리터. 한 달 치 시장 봐 온 양을 보면 145리터짜리를
써야 했지만 에너지 소비 효율 등급이 5이고 소음이 심했

다. 정읍에서와 똑같은 크기의 47리터짜리를 택했다. 에너지 소비 효율 등급이 1이었고 소음도 약했다.

강빛마을 햇빛촌 11호에는 에어컨이 세 대 있다. 1층에 두 대, 2층에 한 대. 그런데 선풍기가 없다. 그래서 북극곰을 살리고 핵발전소를 줄이기 위해 에어컨을 산 적도 없고 웬만해선 설비된 에어컨도 틀지 않는 나는 삼복에 더위와 아주 매우 무척 가깝게 지내야 했다.

다음 날 아침, 냉장고에 못 넣어 쉴 듯 말 듯한 밥을 찬물에 헹궈 된장국에 끓여서 아침을 먹었다. 청소를 깨끗이 하고 좌식 테이블을 기둥 근처로 끌어다 마룻바닥에 앉았다. 그러고는 전면 창으로 눈을 들었다.

아~ 그런데, 왼쪽 1/4 지점에 낯익은 나뭇가지가 보였다. 첫날 창 바로 아래 키 작은 남천을 보고는 흐뭇했었고 이후에는 멀리 가득한 산을 바라보느라 미처 보지 못했던 나무, 배롱이었다. 정읍에서도 사랑채 창 왼쪽에 배롱나무 두 그루가 있었다. 별담리에는 내가 구해준 배롱나무들이 자그마치 아홉 그루다. 그리고 보름간의 남도 도보순례 내내 가는 곳마다 나를 맞아준 배롱나무. 그 배롱나무가 이 곡성에도 있었다. 벅차오르는 감격에 펑펑 울었다. 대체 누가 나를 이토록 사랑해주신단 말인가. 내가 외로울까 봐 가는 곳마다 배롱나무를 준비해두신 그분께 나는 온 마음으로 감사를 올렸다.

며칠 후 구례농협에 가서 270밀리미터 톱과 낫과 삼각 호미와 조선 호미를 샀다. 더는 남의 도움 받지 않고 스스로 정원을 가꾸려면 개인 연장 정도는 구비해야 한다고 생각한 투자였다.

'수처작주隨處作主', 어디에 머물든 주인으로 행하라. 여수 선배가 해준 조언이었다.

그렇지 않아도, 나는 어디든 가서 잠시를 머물러도 내 집처럼 살았다. 정읍 정원과 텃밭도 애정으로 가꾸었고 별담리에서도 밭을 매고 배롱나무를 구하고 대나무를 쳐냈다. 비록 한 달 살이에 불과할지라도 강빛마을 정원을 내 집처럼 가꿀 것이다. 그래서 동거할 수 없는 벌레를 막는 퇴치제를 실내 구석구석에 붙이고 정원 손질에 나섰다.

그런데 낫과 톱을 번갈아 사용해 배롱나무를 둘러싼 족제비 싸리나무를 제거하면서 나는 또다시 주主와 부部에 대한 고민에 봉착했다. 건축조경 시 돈 들여 심어놓은 관상수는 주요, 사람 손 타지 않고도 자립해 자라는 나무는 부가 되는 현실. 그 억센 생명력을 원하지 않는다고 해서 기어이 없애고자 하는 인력人力. 그 모든 시선의 주체는 인간이다. 인간세계에서는 소외된 이들에게 저절로 시선이 가면서도 자연계에서는 인간 위주의 낫질과 톱질을 무섭게 해대는

나. 나에게 과연 그럴 권리가 있는가. 그래도 배롱나무를 지키기 위해 다른 나무를 잘라야만 했다. 하지만 족제비 싸리나무도 예쁜 생명이다. 그래서 차선책으로 가지치기만 했다. 어차피 단단한 나무뿌리 뽑을 힘은 없으니 마찬가지 결과를 초래하겠지만 그래도 아예 없애 버리는 것과 잠시 생장을 늦추는 건 마음가짐이 달랐다.

강빛마을에는 밤이 먹물처럼 온다. 실내에 불을 켠 채 블라인드를 내리면 날벌레들이 똑똑똑똑 정신없이 창문을 두드린다. 자고 일어나면 어느 틈으로 들어왔는지 거실에 곤충들이 나뒹굴고 있다. 싱크대에 출몰하는 곤충들도 오색영롱하여 그 빛깔에 하염없이 빠져든다.

아침에 샤워하려고 잠옷을 벗었더니 뭐가 툭 욕실 바닥에 떨어졌다. 황금빛 도는 초록색 타원형 곤충이었다. 며칠 전 싱크대에서 보던 녀석이었다. 내 몸 어느 구석에 숨어 있었을까? 뭉게 생기진 않았으니 놀랄 일도 없었다. 쓰레받기로 담아서 정원에 놓아주었다.

7월 중순의 이른 아침, 흑토마토, 키위, 멜론 조각에 플레인 요거트를 뿌려 먹고 집을 나섰다. 보성강을 거슬러 따라가다 다리를 건넜다. 얼마쯤 가다 보니 목사동우체국이 있었다. 시골우체국은 낭만이다. 걸음이 멈추는 건 어쩔 수 없다. 그때 우체국에서 막 나온 여자분이 이것저것 물어보더니 집에 한번 오라며 연락처를 적어주고 노란 자두 두 알을 가방에 넣어주고는 갔다.

낯선 이의 환대로 인해 입가에 웃음을 머금은 채 우체국에 들어가 관제엽서를 찾았다. 요즘 수요가 없어 비치하지 않는다고, 백지를 주겠다 한다. 그럼 봉투도 필요한데…… 잠시 망설이다가 종이를 받아 우체국에 앉아서 제일 먼저 떠오르는 이에게 편지를 쓰기 시작했다.

그런데 우체국 직원이 말을 걸었다.

"아카시아꿀로 청을 만들었는데 그게 얼까요?"

"글쎄요. 당도가 높아 잘 모르겠는데요."

우체국 직원은 내게 건물 밖에 있는 야외 카페와 텃밭을 보여주었다. 모두 그분이 만든 것이었다. 알고 봤더니 그분은 목사동 우체국장이었다. 집보다 오래 머무는 직장을 아름답게 꾸미는 중이라고 했다. 테이블에 손수 자수를 놓은 조각보를 깔아놓은 국장님은 하나뿐인 직원 명찰이 자석이라 무겁다고 천에 수를 놓아 이름표도 만들어주었다.

미소가 저절로 지어지는 돌아오는 길에 순초록 논 사이를 지나는데 도라지꽃이 논물에 처박혀 있었다. 꺾어 와 꽃병에 꽂아주었다. 샤워하면서 빨래를 한다. 입었던 옷을 비누로 빨면서 그 비눗물로 몸도 닦는다. 브런치로 호밀 바게트와 스크램블드에그를 먹는데 전면 창밖으로 우체국장님이 키운 땅콩잎 위에서 본 잠자리가 친구들까지 몰고 와 떼로 날아다녔다. 겨우 초복이 지났을 뿐인데 〈가을 우체국 앞에서〉 노래가 흥얼거려졌다.

그날 저녁, 강빛마을에서는 하우스 파티가 열렸다. 노래가 있는 조촐한 무대가 마을 정원에서 열렸다. 마스크를 쓰고 삼삼오오 모인 주민들 위로 노을에 물든 구름이 어두워지는 파란 하늘에서 흘러갔다.

다음 날, 산책 후 아까시나무 꽃 청이 얼었나 궁금해서 목사동우체국에 들렀다. 국장님이 찔레꽃 얼음과 아까시나무 꽃 얼음을 각각 두 잔에 넣어 냉차를 만들어주셨다. 순수가 주는 청량한 맛이었다. 연이은 친절에 마음 같아선 우체국 적금이라도 들어주고 싶었으나 곡성에서 배달 온 관제엽서 열 장을 사서 이후 우체국에 들를 때마다 한 장씩 친구들에게 부쳤다.

목사동 우체국장님과 만난 지 사흘째 날, 점심시간을 이용해서 우체국장님과 은퇴하신 선배 국장님과 아동문학가인 목사동 면장님과 함께 천태암에 올랐다.

665년 혜암 율사가 창건하여 주석한 천태암은 마을이 한눈에 내려다보이는 고찰이었다. 천하가 발아래 있는 듯 산꼭대기에서 먹는 김밥과 샐러드는 우체국장님이 우체국 텃밭에서 키운 채소로 만든 성찬으로 63빌딩 뷔페 부럽지 않았다.

식사 후 고려 명종 25년에 보조국사 지눌 스님이 자연 석굴에 십육나한을 모시고 법당과 요사를 중창하여 후학들을 제접提接한 법당으로 올라갔다. 법당 옆 알록달록 두꺼비 한 마리가 움직임 없이 천연덕스럽게 날파리 한 마리를 잡아먹었다. 사람을 두려워하지 않는 양서류의 대담함에 자연 만물 생명의 동등함을 느꼈다. 두려움은 본능적인 위협감이나 존재에 대한 판단 작용에서 온다. 가끔 무서운 현상이 스치고 몇 초 후에 공포가 엄습할 때가 있다. 시각이 뇌로 전달되어 해석되기 전까지 아무 증세가 없다가 뇌에서 분석과 판단을 한 뒤에야 몸이 반응하는 것이다. 그 짧은 찰나가 지나고 두려움이 생성되는 경험을 했을 때 무지가 공포나 두려움을 느끼지 않게 할 수도 있겠다는 생각을 했었다. 그렇다면 우리의 감각은 어디까지가 학습과 경험에 의한 것이고 어느 지점까지가 본능에 의한 것일까. 뇌과학자들은 조금이나마 알겠지. 엉뚱한 내 탐구심은 대주 스님의 녹차로 다스려졌다.

그 옛날 중국의 불교 성지 아미산을 닮아 아미산이라고 했다는 산 아래 한때는 열여덟 개소의 절이 있었다고 한다. 열(十, 십)과 여덟(八, 팔)을 합친 글자가 木(목)이어서 목사동면木寺洞面이라는 이 마을에 지금은 천태암만 남았다.

그날 초저녁에 전화가 왔다. 낮에 만난 면장님이셨다. 갑작스럽게 누군가를 소개해주시겠다고 했다. 글 작업을 하려 했었고 강빛마을에선 밤 외출을 한 적이 없었지만 나가보았다.

15킬로미터쯤 북쪽으로 차를 몰아 도착한 곳은 푸른 공방이었다. 오~ 곡성에서 공방을 만나다니. 지난해 봄, 고래가 헤엄치는 깊이의 바다처럼 고요하고 평화로웠던 창작 시간이 떠올랐다. 추억을 더듬으며 둘러본 작품과 연장에서 연륜이 느껴졌다. 나무와 금속으로 만든 공예품도 그러했지만, 석각石刻은 신기하기만 했다.

구석구석 진열된 작품들을 보다가 내 눈과 손을 잡아끈 예술품이 하나 있었다. 11년 전에 벽조목(벼락 맞은 대추나무)으로 만들어져 나를 기다리고 있던 달팽이 한 마리. 나는 그 작품의 임자가 나임을 대번에 알아보았다. 그날 처음 만난 공예작가님은 단 하나 남은 그 작품을 내게 선물하셨고 나는 기꺼이 달팽이 집이 되었다.

　신경림의 시 〈낙타〉에서처럼 푸른낙타가 별을 알아본 시간이었다.

　낙타를 타고 가리라, 저승길은

　별과 달과 해와

　모래밖에 본 일이 없는 낙타를 타고.

　세상사 물으면 짐짓, 아무것도 못 본 체

　손 저어 대답하면서,

　슬픔도 아픔도 까맣게 잊었다는 듯.

　누군가 있어 다시 세상에 나가란다면

　낙타가 되어 가겠다 대답하리라.

　별과 달과 해와

　모래만 보고 살다가,

　돌아올 때는 세상에서 가장

　어리석은 사람 하나 등에 업고 오겠노라고.

　무슨 재미로 세상을 살았는지도 모르는

　가장 가엾은 사람 하나 골라

　길동무 되어서.

25년 전 인도 뉴델리에서 낙타를 탄 적이 있었다. 불쑥 솟아오른 혹 사이에 올라앉아 쑈욱 높이 올라갔었다. 수많은 관광객을 태우고 도심을 느릿느릿 몇 발짝 걷던 낙타에게 나는 단지 가벼워서 고마운 손님이었을까? 그 시절 나는 어리석었고 무슨 재미로 세상을 사는지 모르는 사람이었다. 그때 그 가엾은 나는 하나였을까 둘이었을까?

백로가 가로질러 날아가는 초록산이 열두 폭 정원처럼 펼쳐진 통창 앞에서 분홍 꽃 세 다발 핀 배롱나무를 보며 브런치를 먹는다. 공방 수강생인 구례 셰프가 만든 천연 발효종 유기농 치아바타와 깜빠뉴에 목사동 우체국장님이 키운 상추, 고추, 오이, 방울토마토로 호화롭기 그지없다. 그런데 아무리 좋은 풍경에 맛있는 음식이라도 혼자 먹으면 무슨 맛인디. 일 중독 성향이 강한 내가 아무것도 하지 않고 이렇게 한가롭고 편안하기란 좀처럼 쉽지 않다. 어쩌면 당분간 다시 누리기 힘든 이 부요함을 소중한 이들과 함께 나누고 싶었다. 그동안 너무 받기만 하지 않았나. 거저 받은 이 은혜를 나도 베풀고 싶었다. 그러나 엄중한 코로나 시국. 오고 가는 발걸음 자체가 부담스러운 시절이었다. 우리는 언제까지 거리를 두어야만 하는가.

그런데 사람이 그리운 내게 우편물이 하나 왔다. 6년 전 진도 팽목항에서 만나 함께 뮤직비디오 '화인'을 찍었던 정미이모가 오래전에 헌법 전문을 읽어달라고 한 부탁이 기억났다. 1분 15초짜리 녹음파일을 보냈더니 '조카~ 세월을 아니?'라는 유튜브에 내 목소리가 실렸다. 인터넷 세상에서 내 목소리를 들은 것도 놀랄 일인데 그것도 모자라 며칠 후에는 내 이름으로 선물이 도착했다. (물론 정미이모가 며칠 전에 주소를 물어보긴 했다.)

처음 와본 고장인 곡성 한 달 살이에 내 이름으로 온 택배라니, 한참이나 두근거려서 얼마쯤 지나 상자를 뜯어 보았다. 에티오피아 예가체프 커피였다. 강빛마을에 와서는 몸을 보호하느라고 커피와 여름 맥주를 끊고 있었다. 그래서 그 커피를 목사동 우체국장님과 직원과 목사동 면장님과 우체국 앞에서 만났던 여자분과 나눴다. 다시 만난 그 여자분은 곡성군 농민회장이었다. 모종도 심지 않고 오로지 씨앗으로만 밭농사를 짓는 진짜 농부가 빌려준 작은 선풍기로 남은 며칠을 시원하게 지냈다.

곡성을 떠나기 사흘 전 아침, 18번 국도 구례~보성 마지막 구간을 혼자 걷고 있는데 문자가 왔다. 목사동 우체국장님의 점심 식사 초대였다. 한 달간 왕복 포함 104.5킬로미터 도보순례를 모두 마치고 정오에 맞춰 우체국으로 갔다.

우체국 뒷방에서 우체국장님이 요리한 흑돼지 제육복음과 우체국 텃밭 쌈으로 점심밥을 먹었다. 지금까지 먹어본

중 제일 맛있는 제육볶음이었다. 식사 후 공경과 사랑으로 갈아서 내려준 원두커피를 마시며 적재의 〈별 보러 가자〉를 들었다. 나는 무심한 듯 엽서를 쓸 뿐 테이블 위로 눈을 들 수 없었다. 우체국장님과 눈이 마주치면 눈물이 쏟아질 것 같았기 때문이었다. 우리는 형식적인 말 대신 함축적인 포옹을 했다. 그리고 나는 어디로 가든 그곳에서 엽서를 부치겠다고 했다. 받는 사람: 아름다운 볕 목사동 우체국장. 참으로 따뜻하지 않은가.

태어나서 처음으로 곡성이란 곳에 왔다. 가봤던 사람들이 참 아름다운 곳이라고 귀띔했었다. 내가 본 곡성은 손타지 않은 자연도 그렇지만 사람들이 무척 아름다운 곳이다. 그 누구보다 일면식도 없으면서 강빛마을 햇빛촌 11호를 한 달간 거저 빌려주신 고한석 선생님께 지면으로나마 감사 인사를 전해드린다. 살고 있던 사이 급작스레 집주인이 바뀌는 이변이 있었음에도 아무 연고 없는 나에게 7월 한 달 편하게 지내다 가시라는 약속을 기어이 지켜주신 신의에 경의를 표한다.

정읍 만영재에서부터 아껴 먹은 김장김치를 7개월 만에 곡성 강빛마을에서 다 먹었다. 다음 정원에서는 배추 모종과 무 씨앗을 심을 수 있을까? 맥문동과 상사화 피는 계절이 왔으니 곧 꽃무릇을 볼 수 있으려나? 그곳이 어디가 될지 아직 모른다. 그렇지만 이 넓은 세상 어딘가에 나를 위한 작은 정원 하나 없겠는가. 미지란 막 피어날 꽃송이처럼 설레는 다음이다.

녹우당 옆집 백련재

해남 백련재 정원 일기 1

　서울에서 고속도로를 타는 데만 한 시간이 걸렸다. 경기도에서 충청도로 넘어오자 차량 수가 줄었다. 충청도에서 전라도로 내려오면서 하늘 폭이 넓어졌다. 파란 하늘에 흰 구름도 그만큼 옆으로 나란히 나란히 몽실몽실 피어올랐다. 뭉게구름이 이 정도는 돼야지, 하는 것처럼.

　목포쯤 오자 중앙분리대에 배롱나무 분홍 꽃이 도열해 있었다. 고속도로를 빠져나와 해남 녹우당길로 접어들자 오른쪽 가로수가 오직 배롱나무들이었다. 여섯 시간 운전 끝에 결국은 그들이 나를 또 울렸다. 올여름 해남에서 시작한 남도 순례 800리 길 내내 나를 맞아주던 배롱나무들이었다. 고산윤선도유물전시관 지나 땅끝순례문학관 위 '백련재 문학의 집'에서 길이 끝났다. 2021년 4기 입주작가가 된 내가 8월 10일부터 12월까지 머물 집이다.

입소 시각인 오후 네 시, 입주작가 셋 중 둘이 도착했다.

백련재의 방은 총 일곱 개. 고산 윤선도의 오우가五友歌를 본떠 水(수), 松(송), 石(석), 蘭(난), 梅(매), 竹(죽)과 다용도실 지나 月(월). 그중 빈방은 수, 매, 죽.

도착 전에 내 마음은 죽실을 원했다. 그런데 막상 방을 둘러보니 건물 맨 끝 수실만 빼고 전부 싱크대 위 환기창 외 창문이 없었다. 원래는 제비뽑기로 방 배정을 하는데 먼저 온 둘이 결정하면 됐다. 나는 창이 있는 방을 원했다. 하지만 선택은 공정해야 했다. 대놓고 티 낼 순 없었지만 실은 매우 간절했다. 천만다행으로 감사하게도 먼저 온 작가님이 죽실을 선택해주었다. 한 차 가득한 짐을 툇마루 거쳐 수실로 날랐다.

6평 방 안에는 화장실, 옷장, 책상과 의자, 냉장고, 싱크대, 전기레인지, 전기포트, 전기밥솥, 상 등 최소한의 필요한 살림이 거의 있었다. 맨 먼저 방문 가에 있던 책상을 남서쪽 창가로 옮겼다. 책상 위를 정리하고 마당으로 나가보았다. 내게 책상만큼 필요한 정원과 텃밭이 있었다. 거기 있던 주황 메리골드와 분홍 배롱나무꽃에게 양해를 구하고 손으로 꺾으면 아플까 봐 칼로 싹둑 잘라 와 방 안 꽃병에 꽂았다. (안테나 줄 붙여) 라디오 주파수를 잡아보니 목포보다 제주도 전파가 더 잘 잡힌다. 그나마도 지지직거린다. 멀리 오긴 왔나 보다. 방 밖으로 소리가 나가지 않을 만큼으로 음량을 조정했다.

낯선 곳에서의 첫날 밤은 설렘보다는 두려움이 앞선다. 촛불도 켜고 전기스탠드도 켜놓으니 좀처럼 잠이 오지 않았다. 한참을 뒤척이다 소등했는데 이번에는 보안 시설 장비의 형광 불빛이 너무 밝았고 인터넷 공유기의 파란 불빛까지 어둠 속에서 심란하게 흔들렸다. 그 불안한 전자기파가 알게 모르게 밤새 잠든 사람 몸에 얼마나 무리를 줄까? 에너지 소비 효율 등급 2등급인 254리터 냉장고는 낮과 다르게 밤이 되니 소음이 크게 느껴졌다. 전국을 누비고 다니던 내가 옆방에 작가들도 있는데 뭐가 그리 무섭다고 결국은 새벽 세 시에 깨고 말았다. 동트기를 기다렸다. 할 일이 있었다.

먼저 백련재 앞 땅끝순례문학관 외부를 돌아보았다. 올여름 도보순례 때 생가를 방문했던 고정희 시인과 김남주 시인의 시비가 있었다. 그 옆 배롱나무 뒤로는 만화《캔디 캔디》에 나오는 안소니의 정원처럼 색색의 장미가 가득했다. 담쟁이덩굴로 뒤덮인 석벽 내부에선 〈예쁜 손 글씨 수상작 특별전〉을 하고 있었고 연못 위 누각엔 북카페가 있었다. 집필실과 책은 가까울수록 좋다. 책을 읽다 바라볼 정원과 그 뒤로 펼쳐진 고요한 마을 농지와 그 모든 것을 둘러싼 덕음산 자락까지 있으니 이보다 더 쾌적할 수 있으랴.

　　새벽 산책을 마치고 백련재로 들어오는 길에서 본 은행나무에게 갔다. 네 그루의 은행나무 중 오른쪽 둘은 연리근처럼 두 줄기씩이 바로 옆에서 났는데, 그중 한 그루에 넝쿨이 타고 올라가는 걸 전날 눈여겨봐두었다. 그 나무만 벌써 노란 잎으로 물들기 시작했기 때문이었다. 넝쿨 때문에 시들고 있었나 보다. 나는 자동차에서 낫과 톱을 꺼내 은행나무 구출 작업에 돌입했다. 지독한 가시나무와 억센 넝쿨이 은행나무를 타고 감아 올라가고 있었다. 옷을 흠뻑 적신 땀이 눈으로 들어가 따가워서 눈을 못 뜰 때까지 작업했다. 넝쿨에서 벗어난 은행나무가 홀가분해 보였다. 그 외 백련재 안팎의 무궁화, 배롱나무, 동백나무 등 정원의 나무들은 깔끔하게 조경이 되어 있어 손댈 데가 없었다.

　　빨래를 해서 널고는 해남우체국까지 4킬로미터쯤 걸어갔다. 목사동 우체국장님에게 엽서를 부치기 위해서였다. 배롱나무꽃과 코스모스가 한창인 녹우당길 옆 초록 논에 백합처럼 백로가 얼추 세어봐도 50여 마리나 떼 지어 있었다. 청정함이 피어나는 장관이었다. 아홉 시 넘어 출발했더니 8월의 햇볕이 따가웠다. 게다가 (평소와 달리) '핵발전소 없이 안전하게 살자' 몸자보도 없이 걷는 고산로는 인도가 없어 위험했다. 몸자보가 없으면 마음이 자유로울 줄 알았는데 아무 의미 없이 걷는 게 어쩐지 아까웠다. 돌아올 때는 버스로 연동까지 왔다. 시골 버스 기사님들은 대부분 설명을 친절히 잘 해주신다.

해남의 하늘은 넓고 구름은 양감 있다.
바람에 모양이 있다면 구름이 아닐까.
사랑에도 모양이 있다면 밥일까, 가방일까, 신발일까, 아니면 방일까.
나는 텃밭이 주는 사랑의 모양인 깻잎 다섯 장과 고추 다섯 개를 따먹었다.

풍수지리에 관심 있는 나는 잠자리를 분석해보았다.
일단 대문에서 방이 정면에 보인다. 그 대문은 항상 열려 있다. 외기가 곧장 방으로 들어오면 그다지 좋지 않다. 보호막이 없기 때문이다. 하지만 안정감 있는 안쪽 대신 창 있는 바깥쪽을 선택한 건 나 자신이다. 주거조건 1순위였던 사생활 보호를 포기하는 대신 자연과의 소통을 택한 것이다. 둘째 날 밤, 정면에 열려 있는 육중한 한옥 대문을 조심스레 닫았다. 그리고 다음 날 새벽에 제일 먼저 일어나 대문을 원래대로 활짝 열었다.

그러고는 방 정리를 다시 했다.

남서쪽 창을 보던 책상을 동남향 방문 쪽으로 돌리니 내 시선에서 옷장과 벽으로 대문이 가려지고 좌우로 정원이 들어왔다. 에어컨을 쓰지 않으니 방충망 친 채 온종일 방문을 열어놓아야 하는데 외부 시선을 통제할 수 있어야 내부에서 편안하다. 검정 테이프를 구해서 보안 시설 장비와 공유기의 불빛을 막았다. TV는 시청하지 않으니 코드를 빼버렸다. 사람 하나 사는 데 얼마나 많은 전선이 필요한지, 대체 이 많은 전기는 어디서 끌어다 쓰는지 생각하지 않을 수가 없다. 다행히 백련재 앞 땅끝순례문학관에는 커다란 태양광 발전 시설이 있다.

환경은 자연조건이 아닌 이상 바꿀 수 있다. 한 달을 살거나 다섯 달을 살거나 공부하고 먹고 자기 좋은 방을 만들어야 한다. 어질러진 것을 정리하고 비울 건 비워내고 간소하되 아름답게 살아야 한다. 소박은 궁핍이 아니다. 비움은 없어서 못 쓰는 게 아니라 최소한으로 살아가는 삶을 선택하는 것이다. 다행히 가구가 별로 없어서 이렇게 저렇게 배치를 자유롭게 할 수 있다. 잠자리도 이리저리 바꿔본다. 바꾸다 보면 몸이 편안한 자리를 자연스럽게 느낀다. 동물은 누구나 감각기능이 있다. 그 감각기능을 계발하느냐 무시하느냐는 자신의 선택이다.

전 입주자가 뭔가를 붙였다가 떼어 덕지덕지 접착 자국이 남은 옷장 옆면을 달력 뒷면과 영화 포스터와 엽서들로 채웠다. 욕실문의 금연구역 표시도 엽서 두 장으로 가렸다. 레이스 달린 손수건은 작은 커튼이 되었고, 연두색 요가 타월로 TV 브라운관을 씌웠다. 비움은 자리 이동으로 채움이 된다. 흠~ 마지막으로 조명과 향을 추가하면 좋은데 거기까진 아는 바가 없다. 햇빛과 달빛에 뽀송뽀송한 이부자리 냄새나 막 씻은 살 내음 정도면 족하지 않겠나.

방 정리를 끝내고 고산 윤선도 유물전시관 해설을 들었다. 내가 엄청난 지역에 와 있다는 사실을 알게 되었다. 국문학과 원림園林 문화의 최고봉인 고산 윤선도. 효종의 사부

였던 그에게 왕이 하사했던 수원 집을 이건하여 복원한 녹우당綠雨堂 앞에는 500년 된 은행나무가 있었다. 높이 23미터에 둘레가 5.9미터. 넷이 손을 맞잡아야 한 아름이 될 나무를 만져주며 언젠가 안아주겠다고 마음을 전했다. 녹우당 당호 유래설로 '녹우당 앞의 은행나무 잎이 바람이 불면 비처럼 떨어지기 때문'이라는 설과 '집 뒤 대나무 숲에서 부는 바람을 표현한 것'이라는 이야기가 있다. 가을이 되면 녹우당 앞에는 노란 비가 내리겠지. 사당 쪽으로 돌아가면 300년 된 24미터짜리 해송도 있다. 수피가 근엄했다.

나흘째 이른 아침, 이슬비가 살짝 내렸다. 비가 오면 할 일이 있다. 자동차에서 연장을 챙겨 텃밭으로 갔다. 깻잎과 대파 사이 두 군데 빈 밭을 맸다. 낫과 조선 호미는 써봤는데 삼각 호미는 처음이었다. 잡초 맬 때 쓰는 거라는 설명을 듣고 사봤는데, 무경운 농법을 써보려고 낮질한 잡초를 긁어내는 데 좋았다. 뒤쪽 호박 덩굴을 쳐내니 보이지 않던 배롱나무와 사철나무가 모습을 드러냈다. 흙과 풀과 나무와 함께하는 노동은 몸과 정신을 깨운다. 그 살아 있는 자연의 기운은 온종일 앉아서 글만 쓰는 내게 정靜과 동動의 균형을 맞춰준다. 걷기에서 얻는 진취적인 생동감과는 다른 우주 만물의 섭리에서 일어나는 생명의 냄새를 땅에서 맡는다.

노동 후에 간단한 조식을 했다. 정수기 물을 담으러 다용도실에 가다 보니 동남쪽 끝 방 앞 툇마루에 고양이들이 다섯 마리 모여 있었다. 가까이 가서 보니 노란 얼룩 고양이는 따로 앉아 있고 누워 있는 검정 얼룩 고양이 배 위로 세 마리 아기 고양이들이 젖을 빨고 있었다.

그날 점심때 큰고모가 보내주신 특별식 찜보리굴비를 꺼냈다. 젖 먹이는 어미 고양이를 위해서였다. 밥을 먹기 시작하자 고양이들이 방 앞에 모여들었다. 생선 대가리와 뼈와 꼬리를 남겨 고양이 밥그릇에 가져다주었다. 그날 저녁 식사 후 크래커에 크림치즈와 자두를 올려 먹고 있는데 노란 아기 고양이 한 마리가 내 신발을 깔고 앉아 툇마루 위로 빼꼼히 날 쳐다보고 있었다. 벌써 내 방 소문이 났나 보다.

닷새째 날은 아침부터 비가 추적추적 내렸다. 녹우당 옆집 백련재니 같은 초록비일까? 만물을 푸르게 하는 녹우를 맞고 있는 텃밭에서 가지 열매 하나와 꽃 한 송이를 따 왔다. 도라지꽃과 비슷하고 좀 작은 연보라 가지꽃도 꽃잎이 원통형이었다. 보라 가지와 흑토마토, 노란 피망, 주황 맛살, 초록 대파를 현미유에 볶다가 달걀까지 풀어 익힌다. 따뜻하면 유산균이 죽는지 모르겠지만 플레인 요거트를 섞어 먹으면 물컹물컹 부드럽고 달콤하다.

나는 와인에 대해 모르듯이 커피에 관해서도 문외한이다. 하지만 비 오는 아침에는 커피 향을 참을 수 없다. 입소

전 가장 망설였던 게 커피메이커 세트를 가져오냐 마느냐였다. 바리스타 자격증을 가진 막냇동생이 오래전에 사준 핸드 글라인더, 드립 포트와 드립 서버, 주둥이가 가늘고 긴 주전자, 종이필터까지 다 들고 오려니 가뜩이나 자동차가 터질 것 같은 짐에 욕심이라고 판단했다. 그래서 과감히 포기하고 드립백 커피나 커피믹스로 대체하기로 결정했다.

그런데 커피를 마실 때는 마시기 전 의식이 중요하다. 물을 끓이고, 원두는 못 갈아도 봉지를 뜯었을 때 최소한 향은 느낄 수 있는 커피 가루를 준비하고, 92℃의 가느다란 물줄기로 쪼로록 따르며 우려내는 시간 동안 이미 나는 커피의 반을 마신다. 그래서 막상 몇 모금 마시고 나면 번번이 남겨서 버린다. 빗소리와 커피 향은 빗방울 전주곡을 쓸 당시의 쇼팽과 상드처럼 아주 잘 어울린다. 이런 때는 음악도 사족이다. (물론 육체노동 후 맛보는 커피믹스의 꿀맛은 또 다른 차원이다.)

비가 그치자 창 옆에서 고양이 소리가 난다. 글을 쓰다 말고 몸을 일으켜 보니 어미 고양이가 입에 뭘 물고 있다. 아비 고양이가 다가왔지만, 완강히 주지 않는다. 잠시 후에 아기 고양이 둘이 오니 음식을 내려놓는다. 늦게 온 노랑 아가는 어미 턱을 핥는다. 모처럼 돈을 벌고 싶다는 생각이 들었다. 비려서 좋아하지도 않는 생선을 자주 사 먹고 남겨주기 위해서. 책만 읽던 가난한 가장이 등짐 지러 나가는 순간처럼 돌봄이 선택에서 의무 쪽으로 기우뚱한다. 하지만 동시에 원주에서 내 맘대로 '순둥이'라고 이름 짓고 두 달간 매일 사료를 밥에 끼얹어주던 할머니네 개가 떠올랐다. 할머니야 말이 통하니 이러저러해서 내가 떠난다고 인사나 할 수 있지, 아무것도 모르는 개는 매일 와서 인사하고 밥 주던 내가 어느 날부터 오지 않으면 얼마나 기다리겠는가. 그런 못 할 짓 더는 하지 않겠다고 다짐하지 않았던가. 한편으로 고양이는 쌀쌀맞으니 개처럼 정에 굶주리진 않겠지, 그러니 떠나고 나면 내가 맘 아프지, 그들은 괜찮겠지 하는 생각이 들었다. 고양이 심리를 모르니…….

정드는 건 자연스러운 일인가? 왜 때 되면 밥 먹는 것처럼 이리 빈번한가. 왜 만나는 모든 생물에 이리 마음이 기우나. 비워야 하느니라, 비워야. 아무리 주문을 걸어도 마음을 주체할 수가 없다.

그날 오후에 갑작스러운 방문이 있었다.

입소한 지 고작 닷새째, 내가 해남에 있는지 아는 사람은 손가락에 꼽을 정도였는데 서울에서 정미이모와 모친이 오셨다. 정미이모는 팽목항에서 만난 2015년 이후로 자주 연락하는 사이는 아니었는데 '조카~ 세월을 아니?' 헌법 전문 읽기에 친구 몇을 소개해준 계기로 최근 연락이 잦았다. 그러다 내가 전국을 걸어 다니는 걸 아니까 어머님 여행지를 소개해달라고 했고, 마침 내가 해남에 있다니 오신 것이었다. 정미이모는 나보다 백배는 더 낯을 가린다. 외박도 못해서 당일치기 아니면 여행도 못 한다. 그런데 어머니를 위해서 이 먼 해남까지 온 것이었다. '어머니와 효도 여행'이라면 내게는 불가능한 일 아닌가. 버선발로 마중 나갈 기세였다.

　두 분과 떡갈비 정식 식사를 하고 (고양이 줄 생선을 챙겨서) 근처 민박촌을 소개해드리고 대흥사 일지암에 올라갔다. 일지암은 백련재에 오기 두 달 전 남도 도보순례를 하면서 혼자 찾아왔던 곳이었다. 그때 나를 따뜻하게 맞아주었던 강아지 금륜이를 다시 만나 기뻤다. 어머니는 1킬로미터나 쉼 없이 가파르고 높은 일지암까지 걸어 올라오심이 이번 생 마지막일 거라며 매우 흡족해하셨다. (안타깝게도 그 말씀은 사실이 되었다.)

　다음 날 아침 일찍 짱뚱어탕을 맛있게 드신 후 두 분은 다시 서울로 올라가시고, 나는 그길로 해남보건소에 갔다. 그리고 입소 조건이었던 코로나19 PCR 검사를 다시 받았다. 방문객 한 분은 코로나19 백신 2차 접종 완료, 한 분은 1차 접종자였지만 만약을 위한 최선의 대처였다. 나 하나 때문에 공동체에 피해를 주어서는 안 되기 때문이다. 그리고 말없이 자가격리에 들어갔다.

그날 밤에 알았다. 그림자같이 조용하던 정미이모가 갑자기 해남에 온 진짜 이유를. 어머니를 위한 여행 준비는 하고 있었지만, 전날 아침 세월호 참사 특검 CCTV 관련 발표를 보고 오열하던 그이는 갑자기 떠나온 것이었다. 그래서 하늘은 그이를 위로하기 위해 그날 저녁 일지암에서 노을빛 아래 팽목항을 보게 하신 거였다. 예정이나 계획은 하나도 없던 하루였다.

고통이 우리를 움직이게 한다. 죽을 것 같으면 살기 위해 뭐든 하게 마련이다. 그것이 인간의 생명력이다. 그리고 그렇게 살려는 몸부림을 하늘은 모른 척하지 않으신다.

24시간 후 예상대로 음성 결과가 나왔다. 비로소 방 밖으로 나온 나는 피부과 의원으로 향했다. 전날 아침부터 발목에서 다리까지 생긴 발진과 가려움증이 심해지고 있었다. 의사가 어디 갔다 왔냐고 묻더니 대흥사 일지암이라고 하자 풀벌레 바이러스에 의한 알레르기로 접촉성 피부염이라고 했다. 풀밭엔 들어간 적도 없는데…….

주사를 맞고 닷새 치 복용 약과 바르는 약을 타 왔다. 온종일 이부자리를 마당 빨랫줄에 널고 옷가지들을 세탁해 햇볕에 말렸다.

정원과 텃밭 생활이 꿈인데 풀벌레 알레르기라니 이건 너무하지 않은가. 성격이나 적응력은 조금씩 바꿀 수 있어도 체질은 좀 어렵다. 이런 몸뚱이로 도보순례에 정원 살이라니 극복해야 할 문제가 너무 많다. 하지만 없던 알레르기가 생긴 것이니 언젠간 사라지겠지. 세상에 변함없는 건 없고 체질도 달라지니까. 강해질 나를 기대한다.

그날 밤 열한 시쯤 전기 아끼느라 불도 안 켜고 들어간 욕실에서 젖은 슬리퍼를 신는 순간, 무언가가 오른쪽 엄지 옆 둘째발가락 사이를 꽉 물었다. 새끼 지네였다. 덕음산 자락에 지어진 집이니 자연의 왕성한 번식력을 인간이 어찌다 막을꼬. 발가락이 쿡쿡 쑤시기 시작했다. 입소 둘째 날 아침과 비슷한 크기였는데 그때 쏘였을 때보다 강도가 심했다. 왈칵 공포가 밀려들었다. 나의 도움이 어디서 올꼬! 으~ 흐르는 물에 비누칠해 씻고 얼음찜질을 했더니 통증이 점점 가라앉았다. 불도 못 끈 채 잠자리에 누웠는데 베개로 눈물이 흘러내렸다.

'별이 뜨네, 눈물 지네.'

다음 날 아침, 다른 방 사정도 알아야겠기에 마주치는 사람마다에게 어젯밤 지네에 물렸다고 말했다. 아무도 그래서 괜찮냐고 묻지 않았다. 두 명에게 말하고는 그만두었다. 가끔 음식을 나눠 먹을지언정 같은 입주작가 처지에 그들이 나를 걱정할 의무는 없고 나도 그들에게 관심 끌 이유가 없기 때문이었다. 대신 시설 관리자분들에게 말했더니 방 주변에 풀벌레 퇴치 약을 꼼꼼하게 뿌려주셨다. 그런데 미안했다.

'나 때문에 지네는 물론 다른 풀벌레들도 죽는구나.'

오전 내내 까마귀가 울기에 소리를 좇아 나가 보았다. 집 앞으로 난 길을 따라 왼쪽으로 올라갔다. 공사길이 끝나고 풀이 무성한 길이 나오자 돌아섰다. 맨발에 슬리퍼를 신은 채라 풀을 보니 겁이 났다. 한두 발 걷다가 미끄러운 흙에 주르륵 자빠졌다. 다행히 휴대전화기와 카메라 든 양손을 치켜올려 기계가 망가지진 않았다. "일진이 사납구먼" 소리가 저절로 나왔다. 반년쯤 전부터 앞축이 벌어진 슬리 퍼가 절반쯤 찢어져 있었다. 둘째 동생이 코타키나발루에 서 사다 준 거였는데 이 정도면 버릴 때도 됐지 싶었다. 그 때까지 새걸 사지 않고 버틴 내가 기특했다.

그날 자정 무렵 억수 비가 내렸다. 큰맘 먹고 용기 내어 방문을 열어보았다. 벌써 툇마루에 앉아 있는 이들이 있었 다. 나도 곡성 산내음 발효차를 우려서 툇마루에 나가 앉았 다. 옆에 있으되 상관하지 않는 거리와 침묵은 빗소리와 잘 어우러져 단단한 마루처럼 안정감을 주었다. 어둠 속에서 좌악좌악 내리는 비를 바라보며 소리를 듣던 그때 깨달음 이 왔다.

'하아~ 내가 걱정하던 그 독한 약이 이 비에 다 씻겨 내 려가겠구나. 하늘은 나보다 풀벌레를 더 사랑하시는구나. 아니, 모든 만물을 동등하게 사랑하시는구나.'

시련은 멈추지 않았다.

다음 날 새벽 두 시 반에 어지러워서 깼다. 세 시부터 토 하기 시작했다. 원인은 저녁에 먹은 두부. 우체국 가던 날

지역경제 살리겠다고 대기업제품 대신 국산콩으로 만든 로컬푸드를 샀었다. 유통기한 마지막 날에 김치찌개를 끓였는데 살짝 이상한 걸 무시하고 먹었더니 탈이 난 것이다. 유전자 조작 콩으로 만들어 방부제 그득한 두부를 먹으면 이렇게 빨리 해로움이 드러나진 않을 것이다. 이상 있는 음식을 바로 거부하는 몸이 신통했다. 서서히 독이 쌓이는 것보다는 차라리 괴롭더라도 신속하게 배출하는 것이 낫다. 체질, 식습관, 사고방식……. 대체 어디까지 게워내야 내 몸이 비워질까? 해가 뜰 때까지 토사곽란을 했다. 몸에서 더 쏟아낼 게 없는 여섯 시에 대문을 열고는 잠이 들었다.

온종일 아파서 잠에 취해 있다가 가끔 정신이 들면 피부약을 먹기 위해 매실차와 죽을 간신히 먹었다. 창밖으로 비가 내리고 햇빛이 비치는 걸 쳐다보며 멍하니 누워 있는데 갑자기 서울 광화문에 있는, 월드 바리스타 챔피언십에서 우승한 호주 바리스타 이름의 카페에서 만든 아이스 카페라테가 마시고 싶었다. 찬 것도 커피도 내겐 건강하지 않으면 먹을 수 없는 음식이다. 건강해지고 싶다는 신호였다. 이젠 아침저녁으로 선선하니 올해 그걸 마실 일은 없다. 그리고 난 살던 생활공간에서 너무 멀리 떠나 와버렸다. 여긴 온종일 방문이 닫혀 있어도 아무도 살았나 죽었나 두드려보지 않는 집필실이다. 타인에 대한 철저한 존중이자 피차 예민한 작가들끼리의 배려가 있는 곳이다. 아는 병은 두렵지 않다. 고통이 나를 휩쓸고 지나가길 기다렸다.

저녁이 되자 방문 한쪽을 열었다. 감자 세 알을 삶아 먹는데 어미 고양이와 아기 고양이가 방 앞 툇마루에 엎드렸다. 너만 먹지 말고 뭘 달라는 거였다. 나 먹을 것도 없는데 널 어떻게 먹여 살리니. 가장의 마음이 이럴까? 혹시 줄 게 있나 냉장고를 열어보니 김치와 달걀 여섯 알. 15-6=9. 아흐레가 지났다.

또 아침이 되었다. 고양이들이 장난으로 댓돌 위 내 신발들을 어지럽혀놓았다. 이부자리를 마당에 널고 텃밭에서 가지와 고추와 깻잎을 따다가 간단한 아침 식사를 했다. 꽃병에 꽃도 갈았다. 진땀에 절은 몸을 씻고 책상 앞에 앉는다. 자, 새로운 하루가 시작되었다. 아주 오랜만에 앓고 난 몸은 새로 무장을 한 듯 가뿐하다.

우리나라에서 손꼽는 명당이라는 고산 윤선도의 녹우당, 그 왼편에 있는 백련재.

정읍, 별담리, 다시 정읍 거쳐 곡성 그리고 해남이 나의 네 번째 정원이다. 여기서 여름과 가을과 겨울을 지낼 것이다. 신고식을 호되게 치르고 있지만 그래서 나는 더욱 기대한다. 345.6킬로미터. 올여름 18번 국도 도보순례의 출발지였던 해남이 나를 불러준 것은 운명이다. 그만한 이유가 있을 것이다. 이 땅에서 내가 할 일이 분명히 있으리라. 그중 가장 중요한 일을 백련재 수실에서 이루어낼 것이다. 그리고 백련재도 결국은 나를 품어줄 것이다.

정원의 의식주

해남 백련재 정원 일기 2

8월의 백련재 텃밭은 나를 먹여 살렸다.

고추와 깻잎은 늦여름 내내 따다 먹을 수 있었고, 어느 날은 낫으로 잡초를 베다 둥근 호박이 툭 떨어져서 호박전과 된장국을 해 먹었다. 호우주의보가 내린 다음 날은 들깨 단을 모조리 뽑은 후 깻잎을 양념간장에 재두었다가 먹었다. 유기농매장에서 서너 뿌리에 2천 원 남짓 하는 대파도 지천이었다.

해남에 온 지 두 주 된 첫 월요 도보순례 후 농협하나로마트에서 장을 보았다. 보름에 한 번 정도 장을 본다. 15개들이 달걀을 사기 때문이다. 달걀, 두부, 우유, 치즈, 버터, 요거트, 주스, 사과, 떡국 떡, 냉동만두, 훈제오리고기……. 큰고모가 떨어지지 않게 사다놓으라고 신신당부하신 것들을 사서 올려놓고 계산대를 유심히 쳐다보는데 현금카드로 쓸 수 있는 통장 잔액이 부족할 듯했다. 머스터드 소스와 스파게티 면을 취소했다. 해남에 있는 동안 신용카드를 쓰지 않기로 했기 때문이었다.

얼마를 쓰는지 가늠도 못 하고 긁어대는 신용카드는 다음 달 결제일이 돌아오면 결제금액을 채우느라 불안케 하고, 출금과 동시에 텅 빈 통장은 또다시 신용카드를 쓰게 한다. 빈곤감의 악순환을 끊고자 10년 전쯤 한 1년간 시도하다가 실패했는데 단기간이기에 재시도해보기로 했다. 투명한 상거래가 보장된다면 현금카드보다 현금만 쓰는 게 훨씬 더 절약하는 방법이다. 눈에 보이고 손에 만져지는 돈과 카드상의 돈은 지출 시 현격한 차이가 있다.

올 초 정읍에 내려오면서 요양보호사 자격증 취득을 위한 내일배움카드가 필요해 어쩔 수 없이 은행 현금카드를 새로 만들어야 했다. 농협과 국민 중 택일이었는데 지역엔 농협은행이 많으니 선택의 여지가 없었다. 자연스럽게 기존 주거래은행 카드를 쓰지 않게 되었다. 그것이 대형마트를 멀리하던 내가 포인트 제도 때문에 농협마트를 이용하게 된 계기이기도 하다. 산업의 톱니바퀴란 그런 식으로 연결돼 있다.

요양보호사 급여는 농협은행으로 입금되었다. 첫 달 치는 선물비와 관리비로, 나머지 한 달 반 치는 두 주간의 도보순례 비용으로 전부 써버렸다. 방송 일을 할 때는 가끔 벌어도 제작 기간을 고려하지 않는다면 나름 고소득이었다. 그러나 순수문학을 하면서는 독립적으로 먹고살 길이 요원했다. 최저시급 받는 요양보호사를 해보고는 내가 전혀 다른 세상에서 살았음을 알았다. 그래서 그간 몸에 밴 지출 규모를 줄이고 최소한의 비용으로 사는 훈련을 하는 중이었다. 평생 성실했고 놀고먹은 적 없는데 순수문학을 하면서는 살아갈 방도를 궁리해야 했다. 이 길에 들어서면서부터의 딜레마였다.

그런데 그날 전화가 왔다. 사진아카데미 오 선생님이셨다. 잘 지내냐, 잘 먹고 있냐, 아픈 데는 없냐, 필요한 건 없냐고. 나는 망설임 없이 과일이라고 말했다. 그것도 구체적으로 복숭아, 포도, 사과. 그날 마트에서 구매를 가장 많이 망설였던 품목이기 때문이었다.

다음 날 오후, 백련재 수실로 배달이 왔다. 해남읍 과일가게 특상품 영천 복숭아 한 상자와 지리산 고랭지 포도 한 상자. 오 선생님이 보내주신 거였다. 밤에 잠자리에 누웠는데 포도 향이 방 안 가득해서 행복했다. 그 이틀 후에는 소포가 하나 왔다. 정미이모 모친이 손수 만드신 누룽지 한 통. 밥을 해서 꾹꾹 누르고 말리셨을 정성이 아련했다. 누룽지는 도보순례 때 아침 주식이었다. 추억이 물씬물씬 솟아올랐다. 큰고모가 챙겨주신 찜보리굴비, 레토르트(조리가공밀봉)식품이 다 떨어져갈 무렵 생각지도 못한 도움의 손길이 왔다.

돌이켜보면 지금까지 하나님이 엘리야를 통해 도와주신 아합이나 사르밧 과부처럼 굶주린 적이 없었다. 쌀 한 컵에 잡곡 한 주먹 넣고 밥을 하면 이틀은 먹는다. 청명이 6월 말에 퍼준 쌀이 떨어질 무렵 한국방송작가협회에서 해마다 추석이면 보내주는 참 맛있는 햅쌀 10킬로그램을 받았다. 잡곡을 섞으면 1년도 먹을 수 있다. 김치와 달걀, 두부 외엔 반찬도 많이 필요 없고 식빵과 과일 말고는 간식을 그다지 하지 않으니 식비가 별로 들지 않는다.

마침 피부 알레르기 때문에 순한 세제를 사러 해남의 유기농매장을 찾아가 보니 제품 가격이 일반 매장과 별 차이가 없거나 오히려 저렴했다. 생산자와 소비자의 상호 신뢰를 바탕으로 물가상승률을 반영하지 않은 협동조합의 미덕이었다. 나는 다시 '좋은 것을 적게 먹고 생산자와 땅을 살리자'는 취지에 부합하는 삶을 이어가기로 한다.

육체노동이 거의 없으니 오전 열한 시 전후와 오후 여섯 시 전후로 하루 두 끼만 먹어도 충분하다. 아침에는 누룽지탕이나 식물성 버터에 구운 식빵에 치즈 얹고 딸기잼 발라 커피믹스에 물과 우유를 반반 섞은 데다 삶거나 부친 달걀까지 있으면 세상 흐뭇하고, 저녁에는 밥과 김치에 반찬 한두 가지에 국이나 찌개가 있으면 금상첨화다.

비가 온 다음 날인 8월의 마지막 토요일, 새벽부터 잡초를 매고 배롱나무를 넝쿨과 가시나무로부터 구출해주었다. 오전에 텃밭에다 여름참맛적치마 상추씨와 무씨를 뿌렸다. 상추씨는 흩뿌리고 무씨앗은 작년 경험을 바탕으로 고랑을 판 후 10센티미터 간격으로 서너 알씩 넣고 흙을 덮었다. 이틀이 지나자 싹이 하나둘 나왔다. 가을 내내 그것들이 자라면서 기쁘게 해주고 먹여주면서 고맙게 해줄 걸 기대한다.

8월 말부터 코로나19의 지역 확산세가 위험하여 고산윤선도유물전시관과 땅끝순례문학관이 임시휴관에 들어갔다. 백련재 역시 입주작가 외 출입 금지가 되었다. 고립이었다. 생활이 달라진 건 없는데 괜히 위축되었다.

때마침 9월 초에 선물이 하나 배달되었다. 가끔 "지금은 어디세요?" 하고 전화로 안부를 묻는 20년 지기 피터가 독립기념선물로 보내준 커피포트였다. 지금은 짐 늘릴 때가 아니라 여차여차해서 받게 되었는데 막상 받기로 하고는 민망함을 무릅쓰고 제품명을 알려준 그것이었다. 친구도 당황했을 것이다. 하지만 20년이면 내가 어느 정도 까탈스러운지는 그도 이미 알고 있다. 게다가 나는 지금 비움 실천 중이라 버려도 시원치 않은데 뭘 들일 때는 상당한 심사숙고가 필요하다. 일단 들이면 아끼는 데다 쉽게 버리지 않기에 그동안도 물건들을 10년, 20년은 예사로 써왔다. 그러니 내 나이를 감안해보면 앞으로 들이는 물건은 남은 평생 쓰게 될 수도 있다. 물건이 많으면 골라 써도 되지만 내 경우는 용도당 한 개씩이니 늘 쓰게 된다. 마음에 안 드는 물건으로 쓸 때마다 스트레스받으니 차라리 없는 게 낫다. 그래서 염치없지만 솔직하게 요청했다. 대신 상당한 고가품이었기에 대폭 할인하는 리퍼브상품을 요구했다. 그래야 이미 생산된 제품을 폐기하지 않을 수 있어 소비에서 오는 죄책감을 줄일 수 있기 때문이었다.

그렇게 내 방에 들어온, 손잡이는 강아지 꼬리 같고 주둥이는 가늘고 긴 백조목 같은데(이렇게 우아한 걸 어찌 거위목이라고 하는지……) 600밀리리터 이상 끓일 수 없이 작아서 더 좋은 가을빛 커피포트. 덕분에 작은 방이 아주 호화로

워졌다.

물건은 고르고 기다리고 처음 사용하는 며칠간 반짝 행복하게 해준다. 그건 디자인의 힘이다. 커피 문외한인 내가 인터넷 어디서 스쳐 본 디자인에 반해 다른 건 눈에 차지 않는 그런. 하지만 물건도 그렇고 사람도 그렇고 첫인상보다는 오래오래 두고두고 볼수록 진국인 게 좋다. 그것은 디자인을 넘어서는 품질에서 온다. 그간 쓰던 포트와 달리 냄새 나지 않는 물로 차와 커피를 마시니 한결 안심되고 다양한 온도 조절과 타이머 기능에 커피용 드립 포트를 따로 사지 않아도 되니 절약과 편리함을 동시에 누릴 수 있어 전기포트로는 최고 사양이다.

자~ 내 것으로 삼고 나서는 다른 것에 눈독 들이지 않는다. 신제품은 무한하다. 그러나 손때 묻고 함께 옮겨 다닌 시간이 길어질수록 쨍한 햇빛보다 은은한 달빛 같은 정이 들 것이다. 그러므로 써서 사라지는 게 아닌 선물은 마음대로 살 것도 함부로 받을 것도 아니다. 연관된 기억들이 따라오기 때문이다.

볼 때마다 기분 좋아지는 물건들이 있다. 언젠가 그것들에 대해 따로 쓸 날이 있겠지만 요즘 내가 제일 애용하는 건 다시 간 하동에서 선물 받은 봄가을 꽃밭에 둘러싸인 듯한 잔잔한 꽃무늬 앞치마. 선물은 상상도 못 하던 것으로 감동을 줄 때 최고지만, 갖고 싶어 하는 걸 알아서 사주는 센스가 동반될 때도 빛난다. 살림 시세에 어두운 나는 그게 바가지인 줄도 몰랐지만 사준 사람은 알면서도 깎지 않았다. 그래서 나는 내리막길 아래에서 파는 유기농 우유 소프트아이스크림을 함께 사 먹고 싶은 걸 꾹 참았다. 그러곤 속으로 윙크하며 생각했다.

'8천 원 깎은 거야.'

챙겨 먹기 귀찮을 때, 설거지하기 싫을 때 예쁜 앞치마를 입으면 싱크대 앞에 서게 된다. 그때마다 그 에피소드가 떠올라 재미있다. 기왕에 하는 일, 할 때마다 기분 좋아짐은 얼마나 능률적인가. 대체 입주작가가 새댁처럼 걸핏하면 앞치마를 두르고 있는 모습이 의아하겠지만 나는 일을 할 때도 앞치마를 두른다. 내가 만든 작업용 앞치마로 허리를 동이고 책상 앞에 앉으면 경건한 긴장감이 감돈다. 일할때는 작업복을, 잘 때는 잠옷을, 도보순례에는 등산복을, 격식 있는 자리엔 단정하고 세련된 옷을, 주방에선 앞치마를. 나의 복식 기본이다. 몇 벌 없는 옷이지만 매일 갈아입는다. 날마다 기분이 다르고 또 억지로라도 새로운 기분으로 하루를 맞기 위해서다. 아래위를 이렇게 저렇게 바꿔 입다 보면 경우의 수처럼 다양한 옷차림을 연출해낼 수 있다.

정읍에 비해 살림이 조금 늘었다. 하동 앞치마, 구례 화엄사 대추나무 초소형 국자와 뒤집개, 발리 나무 포크스푼 세트, 휴대용 베개와 빨랫줄, 해남 커피포트. 그 외에도 생필품으로 필요한 건 많지만 이 대신 잇몸으로 살고 있다. 차차 하나씩 하나씩 마련하는 재미도 있을 것이다. 1+1 대용량을 권유하는 사회에서 작고 알찬 물건으로 생활 규모를 줄여나가고 싶다. 여섯 평짜리 방 한 칸에서 의식주 모든 생활이 가능한 백련재 살이는 그런 면에서 나를 자연스럽게 훈련시킨다.

"별님~, 별님~"

입주자 모두 선생님이자 작가님인 백련재에서 내가 불러달라는 대로 불러주시는 관리여사님이다.

"네에~"

대답과 동시에 나가보니 손에 금잔화 모종 한 판을 들고 계시다. 마을에서 꽃 심고 남은 것 가져왔는데 나더러 심으라고 하셨다. 잽싸게 옷을 갈아입고 목장갑에 등산화로 무장하고 연장을 들고 갔다. 텃밭 앞에 호미로 딱딱한 땅을 파고 서른한 개의 꽃모종을 심었다. 그 뒤로 두 주 전에 심은 무와 상추 싹이 오밀조밀 나오고 있다. 가을에도 파종하고 꽃을 심다니 예전엔 모르던 일이다. 식물은 봄에 심고 가을에 거두는 줄로만 알았다. 사람을 꽃에 비유한다면 나는 가을에 심는 꽃이 아닐까. 반평생 온실 속에 있다가 막 정원으로 나온 꽃. 아직 야생에 나갈 자신은 없고 가꿔진 정원 정도에서 간신히 연명하고 있는 여리고 비실비실한 꽃.

백련재에 온 지 한 달이 막 넘은 날, 녹우당 앞 500살 넘은 은행나무를 보러 갔다. 초록 잎에 노랑이 아주 조금씩 섞여가고 있었다. 녹우당을 도는 산책로 초입에 붉은 더듬이를 좍좍 펼친 꽃무릇 한 무더기를 올해 처음으로 보았다. 고창 선운사도 아닌 해남에서 이렇게 선물처럼 보다니 화들짝 반갑고 고마웠다. 산책로를 한 바퀴 돌아 나오는데 날카롭게 잘린 꽃무릇이 풀과 함께 널브러져 있었다. 마침 재레드 다이아몬드의 《총, 균, 쇠》를 읽고 있던 참이라 그랬는지 1532년 야비한 피사로를 위시한 스페인 군대 168명에 의해 무참히 쓰러진 마지막 황제 아타우알파의 잉카제국 대군 8만여 명이 떠올랐다. 꽃 세 줄기를 안아 올렸다.

'우리 방으로 가자. 적어도 며칠은 더 살 테니……. 그리고 내가 네 마지막을 아름답게 기억할게.'

기다란 꽃무릇 한 줄기를 1,000밀리리터 요거트 빈 병에 물을 넣고 담아 TV 브라운관을 씌운 연두색 요가 타월 앞에 세워두니 대조되는 색이 고왔다. 짧은 두 송이는 꽃병에 꽂아 창가에 두니 손수건 커튼 색과 비슷해서 잘 어울렸다.

잠시 후 예초기 소리가 점점 가까이 들렸다. 벌초였다. 추석이 다가오고 있었다. 풀 비린내가 진동하는데 마음이 아렸다. 나는 '피안彼岸'의 세계로 가듯 방바닥에 쓰러져버렸다.

오후 여섯 시, 라디오 프로그램을 하는 시각이 되었다. 백련재에서는 라디오 주파수가 깨끗하게 잡히지 않는다. 그래서 오프닝 멘트를 듣기 위해 자동차에 가서 카 오디오로 듣기도 했다. 문득 휴대전화기에 앱을 다운로드해서 이어폰을 꽂아보았다. 순간 신세계가 열렸다. 〈피에 예수Pie Jesu〉가 스테레오로 들리는 것이었다.

그때까지 옆방에 소리가 들릴까 봐 몇 발자국만 가도 안 들릴 정도의 볼륨으로 음악을 듣고 있었다. 한옥의 단점이었다. 아무리 좋아하는 음악이라도 옆방에서 들리면 거슬린다. 배려와 조심은 모깃소리만큼 작은 음악을 듣기 위해 구부러진 등과 허리처럼 어느덧 위축으로 자리 잡고 있었다. 그런데 이어폰을 끼니 단번에 해결되었다. 밤에는 소쩍새 말고는 누가 부를 염려도 없으니 그저 들으면 되는 거였다. 이어폰을 꽂고 있는 동안 귀에서 몇 배 증식할 세균만 꾹 참으면 되는 거였다.

어쩌다 한두 번 전화가 와도 들릴 듯 말 듯 속삭이는 내 조심성에 이제는 아예 전화도 오지 않는다. 맨 끝인 수실에서 다용도실까지 복도를 걸어가다가 그사이에 입주한 다섯 명에게 방해가 될까 봐 물은 별채 공동주방에서 떠다 마셨다. 보일러도 다용도실까지 가서 켜야 하기에 온수가 나오지 않아도 웬만하면 냉수로 샤워를 했다.

그날 밤 샤워를 하다가 남서쪽 욕실 작은 창밖 초승달과 눈이 딱 마주쳤다. 아니 언제 거기로 와 대놓고 날 보고 있었을까? 옷을 입고 방으로 나와 처음으로 창문 블라인드를 올렸다. 밤이면 밖에서 보일까 봐 꼭꼭 닫고 살았었다. 대체 이 산속에서 누가 날 본다고. 달의 정기를 받기 위해 잠시 달을 마주하고 있는 사이 밤에 대한 두려움이 사라졌다.

그동안 나는 무얼 두려워한 것일까? 달은 금세 숲속으로 들어갔지만 나는 어둠을 응시한다. 전기스탠드를 끄고 촛불을 켠다. 밖은 풀벌레 소리가 가득하다. 그들에게 밤은 인간으로 치면 낮이다. 전날 밤, 별이 떴나 하고 마당에 잠시 나가서 백련재 지붕 뒤 숲 위쪽에서 본 게 도깨비불이 아니라면 반딧불이었을 것이다. 깜빡, 하고는 사라졌다. 작년에 반딧불을 처음 보지 않았더라면 난 그게 반딧불인지 몰랐을 거다. 있는지 없는지도 모를 만큼 작지만 반짝거리는 반딧불이처럼 살고 싶다. '나 잡아봐라' 하며 어둠 속 숲을 누비고 싶다.

시멘트, 콘크리트, 아스팔트가 흙보다 더 많은 서울에서 나고 자랐다. 그렇게 반평생 살아온 내가 이제 와 자연으로 돌아가겠다는 건 천둥벌거숭이 어린아이가 바다로 뛰어드는 것과 다르지 않다. 가뜩이나 예민한 몸이 적응하기 어려울 것이다. 표준말 쓰는 지방 사람이 급할 때는 방언 튀어나오는 것처럼 나도 평소에 친환경 친자연을 표방해도 순간순간 야생을 접하면 겁에 질리고 위생 면에서는 온갖 방어를 한다. 내 정원은 어디에 있을까? 생긴다 해도 그 생활을 해나갈 수 있을까? 가렵고 따끔따끔한 피부를 찬물로 진정시키며 아무것도 그려지지 않는 미래가 다가오는 걸 잠잠히 지켜본다.

추석 연휴 며칠 전, 새벽 다섯 시까지 글 쓰고 동트기 직전에 잠이 들었는데 아침 아홉 시에 누군가 "별님"을 부른다. 여사님이 배추 모종을 심잔다. 기다리고 기다리던 일이었다. 평소에 늘 깔끔히 지내다가 이부자리도 못 개고 주섬 주섬 나갔다. 멀칭 비닐 구멍으로 배추 모종을 심었다. 해남 배추는 김장용으로 유명하다. 어떤 맛일지 벌써 기대된다.

배추 심고 한숨 잘까 했는데 얼결에 작가들 오일장 행렬에 동행해 작업복 차림에 세수도 안 한 채로 추석 직전 대목 해남 장을 구경했다. 아주 잠깐이었지만 텃밭을 일궈 키운 농작물을 장에 나가서 색다르게 파는 꿈을 꾼 적이 있었다. 맹렬한 상인들의 펄떡이는 기운을 보니 나 같은 한량은 낄 틈이 없었다.

장에서 돌아오자 백련재가 휑했다. 여섯 명 중 세 명이 집으로 갔다. 빈방만큼 활개가 펴졌다. 공간에도 연휴가 시작됐다.

다음 날 초저녁에 녹우당 앞 잎이 다 떨어진 배롱나무들과 어서 노란빛으로 물들길 기다리는 은행나무와 땅끝순례 문학관 앞을 가득 메운 진홍 꽃무릇을 돌아 산책하고 들어오는 길이었다.

막 대문을 돌아서자마자 그물자루로 된 재활용 쓰레기통 위에 있던 까맣고 하얀(이하 내 맘대로 '까하') 아기 고양이가 내 발소리에 놀랐는지 발을 헛디뎌 그물망 안으로 텀벙 떨어졌다. 연휴 전날이라 쓰레기통엔 쓰레기가 없었고, 그래서 고양이는 깊은 그물 바닥에서 올라오려고 필사적 발버둥을 쳤다. 나도 덩달아 놀라 허둥지둥했다. 그때 그물

안 까하의 달라진 눈동자를 보았다. 평소처럼 가늘고 길게 1자가 선 날카로운 노란 눈동자가 아닌 까맣고 동그란 눈동자였다. 동공이 최대한 확장된 상태 같았다. 그 눈은 나를 똑바로 쳐다보며 간절히 도움을 요청하고 있었다.

까하는 아기 고양이 세 마리 가운데 제일 먹성이 좋아 먹이를 던져주면 다른 고양이 제치고 가장 많이 먹는 녀석이었다. 그래서 어떻게든 골고루 주려는 내가 마음으로 가장 멀리하던 고양이였다. 그런데 자루 속 까하의 눈은 그 식탐 많고 날쌘 까하가 아니었다. 내 눈은 그 눈에 정면으로 답했다.

"내가 구해줄게. 걱정 마. 내가 구해줄게."

접힌 종이 상자를 자루 밑에 대다가 안 돼서 그물을 잡아 올리기 시작했다. 어느새 온 가족 고양이들이 모여들었다. 모두 걱정스러운 눈으로 쳐다보는 가운데 어설픈 내 손이 그물을 엄벙덤벙 들어 올리자 재바른 까하가 폴딱 튀어나왔다. 까하는 툇마루 아래로 쏜살같이 들어가 나오질 않았고 나머지 형제인지 자매인지도 쪼로록 따라갔다. 그런데 어미 고양이만 가지 않고 내 앞에 다소곳이 앉아 있었다. 고맙다고 하는 것 같았다. 뻘쭘해진 나는 툇마루로 가서 납작 엎드린 까하에게 "놀랐지? 이젠 괜찮아" 하고는 방으로 들어갔다.

'설마 저것들이 내가 처넣었다는 오해는 안 하겠지?'

그나저나 밉상이던 까하마저도 각별해졌으니 이 일을 어쩐담.

추석이 되었다.

백련재 깜깜한 뜨락에서 달을 기다렸다. 다른 곳엔 벌써 떴을 달이 동쪽 덕음산 등성이를 넘어 오르는 데 한 시간이나 걸렸다. 대문 바깥에서 기다리다 몇 센티미터라도 일찍 보려고 툇마루에 올라서서 기다렸다. 바알간 여명이 서서히 번지더니 마침내 휘영청 보름달이 둥싯 떠오르기 시작했다.

소원을 빌었다. 언제나 내 소원은 단 하나. 동화책에 나오는 그런 평범한 결말. 그런데 전래동화 주인공처럼 달에게 비는 게 무슨 소용이 있을까? 정화수 떠놓고 빈다고 정화수에 아무 능력이 없듯이 달에게도 무슨 힘은 없다. 부자가 되고 싶은 사람에게 달은 금화로 보일 테고 사랑을 하는 사람에게 달은 님의 얼굴로 보일 것이다. 달은 이루지 못한 꿈이나 그리운 대상의 투영. 혹은 전할 수 없는 마음을 똑같은 달님을 보고 있을 누군가에게 전해주길 바라는 전령사.

터무니없이. 차라리 심령술을 배우지 글이나 말로도 온전히 전할 수 없는 마음을 어떻게……. 세상이 내 맘 같지 않다는 걸 그렇게 겪고도 나는 또 헛된 꿈을 꾸고 있었다. 밤이 지나면 아침이 오듯 매일 뜨는 달이 추석이라고 뭐 그리 다르려고. 더는 아무에게도 내 꿈을 빌지 않기로 했다. 꿈은 자신이 이루는 것이다. 백련재 텃밭에 심은 상추와 무와 정원의 금잔화가 저절로 자라는 것처럼.

추석 다음 날, 또 과일 상자들이 도착했다. 오 선생님이 보내주신 것이었다. 이번에는 저농약 단감과 무화과 그리고 별빛촌 샤인머스캣이었다. 퉁퉁 부은 눈에서 또 눈물이 났다. 혼자 서려는 내게 자꾸 도움이 도착한다.

배움이 있는 정원의 고양이들

해남 백련재 정원 일기 3

기온이 내려가면서 아침에 눈 뜨는 시각이 점점 늦어진다. 십여 분에 불과하지만 요가 겸 스트레칭을 하고 일어난 날과 벌떡 일어난 날은 차이가 크다. 그것은 잠들기 전에도 마찬가지다. 짧은 시간을 내어 비몽사몽 정신을 차리기 전의 몸을 깨우고, 길고 어수선한 하루를 마무리할 때도 피곤한 몸을 먼저 정리한다. 일어나 이부자리를 개고 세수를 하고 산책하거나 독서를 한다.

가을이 깊은 요즘은 고산윤선도유적지 앞 황금빛 논을 빙 둘러 산책한다. 알알이 여물어 처지기 시작하는 벼 이삭을 보며 겸손은 최고의 미덕이지만 너무 익기만 해도 쓰러지는구나 싶었다.

오전에는 보통 독서를 한다.

요양보호사를 하던 올봄 몇 달 동안 오전 아홉 시면 KBS 클래식 FM 시그널뮤직이 그렇게 듣고 싶었다. 아홉 시부터 열두 시까지 근무했기 때문이었다. 잔잔하고 차분하게 클래식 음악을 들으며 책을 읽는 시간은 진행자의 음성만큼 우아하고 여유로워서 동 시간대 바쁘고 정신없을 직장인들에게 미안하기까지 하다.

9월에는 아침 경건의 시간을 갖듯 헨리 데이비드 소로의 《월든》을 하루에 한 단원씩 읽었다. 1845년 미국 생활이 176년 지난 한국의 내게 적용되는 건 신비롭다. 그만큼 자연의 속성이 지구상의 진리처럼 변함없기 때문이다. 더 읽고 싶어도 한 단원만 읽고 아쉬움에 책을 덮는 독서법은 예전과는 다른 색으로 밑줄 긋는 재미만큼이나 고소하다. 8년 전 처음 읽었을 때는 연필로 줄을 그었고, 이번에는 색연필로 줄을 그었다. 되도록 한 번 밑줄 그은 데를 다시 치지는 않았는데 연필과 색연필로 두 줄이 그어진 문장이 있다.

몸을 부지런히 놀리는 데서 지혜와 순결이 온다.

다시 읽은 《월든》에서 소로는 시인이었다. 그는 진실을 원했다.

사랑보다도, 돈보다도, 명예보다도 나는 진실을 원한다.

《월든》을 두 번이나 정독했으니 다른 책을 읽어야 할 텐데 무슨 책을 읽을까? 마르셀 프루스트의 《잃어버린 시간을 찾아서》는 잠들기 전에 읽는 책이다. 한 권짜리로 읽는데도 단테의 《신곡》보다 읽히는 속도가 수백 배는 느리다. 올 상반기에 완독한 것과는 다른 출판사에서 나온 《토지》? 작가 입장에서 자신의 의도와 다른 한 글자도 용인할 수 없는 심정을 알기에 1969년부터 1994년까지 26년 집필 기간 동안 여러 매체와 출판사를 거치면서 훼손되고 발생한 오류를 10년여에 걸쳐 바로잡은 2012년 결정판을 읽는 것이 박경리 선생님에 대한 예의라고 생각했다. 이번엔 완독을 위한 읽어버림이 아니라 작가의 호흡으로 읽어보아야겠다. 하지만 오전에 명상용으로 읽을 책은 아니다.

형설출판사 《論語譯註(논어역주)》를 꺼냈다. 손바닥만 한 표지 속지에는 붓펜으로 내 본명이 쓰여 있다. 오래전 작고하신 고전문학 교수님 글씨다. 대학원생들과 함께 그분 연구실에서 논어를 공부하던 대학교 2학년 시절이 떠올랐다. 깨알 같은 글씨로 가득한 제4권 〈里仁(이인)〉의 몇 문장을 베껴 써보았다.

子曰자왈 朝聞道조문도(면) 夕死석사(라도) 可矣가의(니라)

공자께서 말씀하시기를, "아침에 도를 들어 깨달으면 저녁에 죽어도 좋으니라."

한때는 정호승의 시집처럼 사랑하다가 죽어버리고 싶었다. 그 사랑을 아직도 이루지 못했으니 도를 깨닫는 게 더 빠를까? 공자는 향년 73세에 돌아가셨는데 나는 그전에 사랑이든 도든 만날 수 있을까?

9월 중순부터 11월까지 화요일 밤 7~9시에는 고산윤선도유물전시관 전통문학강좌 '다산 정약용의《목민심서》를 만나다'를 듣는다. 나는 그 강좌 안내를 8월 해남 첫 도보순례 때 읍내 현수막에서 보았다. 지난 6월 도보순례 때 다산초당과 백련사를 들러 사의재에서 묵었기에 다산에 관심이 컸다. 그런데 그 강좌를 백련재에서 엎드리면 코 닿을 고산

윤선도유물전시관에서 하는 것이었다.

집필해야 할 저녁 시간에 하는 강좌라 고민 끝에 참석해 본 첫날, 나는 행운을 잡았음을 알았다. 강진다산실학연구 원 윤석호 교수는 자신이 박사가 되기까지 눈물겹게 공부 한 깊이 있고 풍부한 지식을 해남의 연로하신 30여 명의 수 강생에게 아낌없이 쏟아부었다. 그리고 그 옆 백련재에 묵 고 있는 나에게까지 주옥같은 가르침을 퍼주었다. 책으로 알자면 수십 년을 공부해도 이해할까 말까 한 지식을 강의 실에 편히 앉아서 고스란히 배웠다.

작년 토지문화관에 이어 이곳이 두 번째 집필실이지만, 백련재 문학의 집이 전국 그 어느 집필실과 비교해 최고라 고 할 만한 조건을 말하라면 단연코 이 강좌를 꼽겠다. 나는 전라남도 해남군 해남읍 연동리의 지하 영상실에 앉아서 강진의 다산과 백련사 혜장과 대흥사 일지암 초의의 옷자 락 끝을 만졌다.

강의가 끝나고 돌아오는 길, 반달이 다 되어가는 상현달 과 흰 구름 한 조각과 별 몇 개가 반짝이는 하늘 아래 깜깜 한 땅끝순례문학관을 가로질러 가는데 벅차오르는 가슴에 어둠이 하나도 무섭지 않았다.

子曰자왈 學而時習之학이시습지(면) 不亦說乎불역열호

(아)

공자께서 말씀하시기를, "배우고 때로 익히면 또한 기쁘지 아니하랴!"

타인에 의해 속절없이 좌지우지되는 사랑을 찾느니 차라리 혼자 배워 깨닫는 공부를 하는 편이 현명하겠다는 생각이 들었다. 그 생각이 든 데는 그날 오후 텃밭에서의 일도 한몫했다.

화창한 시월 오전, 상주 작가님과 박 주사님이 내게 배추밭 벌레를 어찌할 거냐고 물었다. 내게 의사를 물어봐주었다는 사실이 놀라웠다. 백련재 텃밭에서 나는 빈 밭을 매고 씨를 뿌리고 모종이나 심었지 여사님이 물도 주시고 비료도 뿌려주셨다. 가끔 잡초나 뽑고 대파와 막 돋아나는 상추나 뜯어다 먹었지 내가 뿌리고 심은 무와 배추에 대한 소유권이 없으므로 경작권도 생각해본 적이 없었다.

당연히 화학비료나 농약은 쓰고 싶지 않았다. 남원의 나무에게 전화로 물어보았더니 은행 퇴치법과 벌레잡이를 알려주었다. 그런데 얼마 후에 박 주사님이 친환경 유용 미생물 액상 사료를 구해 오셨다. 다섯 가지 액상 사료를 물에 희석해서 밭 전체에 뿌려주었다.

심기만 하고 가꾸지도 거두지도 못했던 지난 정원에서

의 시간이 떠올랐다. 내 소유가 아니니 소유주에 의해 좌우되는 게 당연했다. 허락 없이는 마음대로 오고 갈 수도 없었다. 그런데 나에게도 가꾸고 거둘 기회가 생겼다. 적어도 12월까지는.

사유재산을 원치 않으니 처음부터 소유권엔 관심도 없었다. 하는 데까지 하고 못 하면 말았다. 물질에 대한 욕심도 없어서 먹게 되면 먹고 말면 말았다. 그런데 심은 자에게 가꾸고 거둘 권리와 의무가 있다는 걸 알게 되었다.

다음 날 아침 산책 후, 배추벌레를 잡았다. 배추벌레가 배추를 먹는 게 아까워서는 아니었다. 그저 내가 심은 것을 거둬보고 싶었다.

금년에 숲에 밤이 열릴 것인지 아닌지 다람쥐가 걱정을 않듯 참다운 농부는 걱정에서 벗어나 자기 밭의 생산물에 대한 독점권을 포기하고, 자신의 최초의 소출뿐만 아니라 최종의 소출도 제물로 바칠 마음의 자세를 가져야 할 것이다.

'다산 정약용의《목민심서》를 만나다' 시간에 배웠다.
《맹자孟子》의 등문공장滕文公章에 나오는 '有恒産者有恒心'(항산이 있는 자가 항심이 있다). 위민爲民은 항심恒心을 가질 수 있도록 하는 것이고 그것은 항상恒常 항산恒産이 있어야 한다고. 먹고살 기반 마련이 인정仁政의 기본이라는 것이다. 그렇다면 작가는 무얼 먹고사는가.

다산이 윤종문에게 주는 증언문에 이렇게 나온다.

가난한 선비가 산업을 경영하려고 생각하는 것은 형세가 그러한 것이다. 그러나 경작은 너무 힘들고 장사는 명예가 손상되니, 손수 원포園圃를 가꾸고 희귀한 과일과 맛 좋은 채소를 심는다면 왕융王戎처럼 찬리鑽李하고 운경雲卿처럼 참외를 팔더라도 해로울 것이 없으며 좋은 꽃과 기이한 대나무로 아기자기 꾸며보는 것도 지모知謨 있는 일이다.

정원과 텃밭에 과일과 채소를 심고 좋은 꽃과 대나무로 아기자기 꾸며보라니……. 내가 늘 꿈꾸던 풍경 아닌가. 나는 지금 백련재에서 공부하며 내 정원이 생길 날을 위한 연습을 하는 중이다.

그렇게 마음을 다잡은 이틀 후…….

노랑이는 세 마리 아기 고양이 중 가장 호기심이 많은 아이였다.

초저녁에 내 방에 불이 켜 있으면 창호지 문과 방충망 사이까지 들어와 앉아 있곤 했다. 한번은 문이 열려 있을 때 방 안까지 들어온 적이 있었다. 세 마리 가운데 힘은 가장 약했지만 호기심만은 제일 왕성해서 노랑이가 먼저 무언가에 다가가면 그제야 나머지 두 마리 고양이들이 따라오곤 했다.

노랑이는 그래서 나를 보는 듯했다.

작고 여리고 힘도 없어서 번번이 다른 아이들에게 먹이를 뺏기지만 호기심만큼은 왕성해서 힘센 고양이들이 감히 가까이하지 못하는 사람이나 방에 겁도 없이 다가가는 고양이.

나는 세 마리 고양이들에게 순서대로 먹이를 던져줬었다. 제일 먼저 노랑, 다음은 까(망)하(양), 마지막엔 요즘 까하를 제치고 더 먹성이 좋아진 회(색). 그리고 나선 어미 고양이 (백)려재(오른쪽 겨드랑이 상처 때문에 찾아간 동물병원에서 이름을 묻기에 급조한 이름).

그날 밤, 내 툇마루 앞에 온 고양이들에게 종합보양간식을 세 알씩 던져주고는 문을 닫아버렸다. 늦은 밤 방문을 긁는 소리가 난 듯했지만 열어보지 않았다.

이상하게 다음 날 아침, 늦게 일어났다.

오전에 빨래 널러 가보니 툇마루 아래 까하가 뱀을 잡아놓고 있었다.

고양이가 뱀도 잡는구나 했다.

낮에 어미 고양이 연재의 상처에 소독약을 발라주자고 부르신 월실 선생님께서 도망치는 연재에게 약 발라주기를 포기하신 후,

노랑이가 죽었다, 고 하셨다.

독사에게 물려서.

몇 시간 동안 경련을 일으키다 죽었다고.

노랑이는 세 마리 아기 고양이 중 아마 제일 먼저 뱀에게 다가갔을 것이다.

그러고는 대표로 물렸을 것이다.

나머지 두 마리는 노랑이 덕에 물리지 않았을 것이다.

앞이 보이지 않는 길을 걸어 여기까지 왔다.

외롭다, 고독하다 따위의 단어로 감정을 단순화시킬 수 없을 정도로 고통스러운 나날이었다. 낮이면 낮대로 밤이면 밤대로 다시 아침이면 아침대로 쉬지 않고 글을 써도 미래라곤 보이지 않는 여기서 나에게 친구라고는 고양이들뿐이었다. 유독 혼자였던 추석날 밤에도 고양이들에게 간식

을 주고는 달을 기다렸고, 해남에서 진도까지 18번 국도를 홀로 다 걸은 날도 고양이들에게 내가 먹을 훈제연어를 나눠주며 자축을 했었다.

나는 울었다.

엉엉 울면서 땅끝순례문학관을 돌아서 백련재로 왔는데 연재랑 회랑 수고양이가 마치 날 마중이라도 하듯 주차장으로 나오고 있었다. 잠자리를 찾으러 가는 모양이었다. 어쩌면 연재는 그 밤에 몸을 풀지도……. 배가 많이 불러 오늘내일하는 중이었다.

어두운 백련재 내 방 옆에는 까하가 앉아 있었다.

뱀을 잡아 노랑이의 복수를 해준 까하에게 간식을, 댓돌 위에 올려 놓아주었다.

다음 날 아침, 까하와 회가 내 방 툇마루 아래 웅크리고 있었다. 간식을 나눠주자 어디선가 연재도 뒤뚱거리며 나타났다.

노랑이가 떠난 지 사흘 후, 언젠가 어디론가 갈지도 모르는 까하와 회에게 간식을 주다가 둘이 노는 모습을 유심히 지켜보았다. 둘은 백련재를 벗어나 길 건너 아래 무덤가에서 놀고 있었다. 사람의 직감이란 참으로 이상하기도 하지. 난 그 비탈길을 내려갔다. 아기 고양이 두 마리는 내 발소리에 벌써 다른 데로 가버리고 무덤을 지나친 내 눈에는 노랑이가 보였다. 둘은 죽은 제 혈육 근처에서 놀고 있었던 것이었다. 놀랍게도 나는 놀라지 않았다.

"노랑이 여기 있네"

그 여리고 깜찍하던 노랑이는 뻣뻣하게 누워 있었고 그 위로 파리 두 마리가 앉아 있었다.

자동차로 가서 연장을 가져왔다. 노랑이에게 마른 검불을 덮고 무덤가 흙을 호미로 파서 손으로 퍼서 덮어주었다. 오래 쓴 오른쪽 목장갑 손가락이 쩍쩍 달라붙었지만, 흙을 퍼 나르는 데는 무리 없었다. 내 울음은 짧았다. 동그랗게 무덤 모양이 간신히 갖춰지자 톱과 낫으로 근처 벌목된 나무를 치우고 덩굴을 쳐냈다. 너무 그늘 지면 노랑이가 더 추울 것 같아서. 이름 모를 묘지도 듬성듬성 벌초했다. 노랑이 주변을 정돈해주고 싶었다. 대충 정리가 끝나고 노랑이 무덤 위에 내 방에 있던 금잔화 한 송이와 간식 일곱 알을 올려주었다. 그것으로 내 애도의식을 마쳤다.

지난 8월, 백련재 앞에는 해바라기와 코스모스가 가득 있었다. 꽃병에 꽂는 꽃 한 송이도 망설이다 이미 상한 걸 골라 꺾는 내게 밭의 코스모스는 쳐다보기만 하는 꽃이었다. 그런데 9월이 되자마자 예초기 소리가 진동하더니 코스모스밭이 싹 사라진 걸 보고는 깜짝 놀란 적이 있었다.

　소중히 여기던 생명이 사라질 때마다 놀라고 슬퍼한다. 누구의 탓도 아니지만 그래서 더욱 애달프다. 오늘 내 앞에 있는 존재에게 내어줄 수 있는 모든 사랑을 준다. 내일 어떻게 될지 아무도 모르므로.

★ 정말이지 이상한 건 노랑이 무덤 위 간식 일곱 알이 일주일이 지나도 그대로 있다는 사실이다. 동물들도 제삿밥엔 입을 대지 않나 보다.

나를 울리는 것들

해남 백련재 정원 일기 4

내 이름 앞으로 온 우편물을 받아보면 내가 그 집에 머물고 있음을 실감한다. 보통 1~3개월의 입주 기간을 주는 다른 집필실에 비해 5개월이나 살게 해주는 백련재 문학의 집에서 나는 그런 기쁨을 누렸다.

정미이모 모친의 누룽지, 피터의 커피포트, 아동문학가 정의 신간, 이다의 강화 속노랑 고구마, 석록의 울산 북구 주민투표 백서와 입주작가 토크 콘서트를 위한 〈탈핵신문〉 30부, 도반이 보내준 가을 빔과 와인과 사과와 차와 커피.

백련재에 오자마자 두 가지 우편물의 수신지를 변경했

다. 매달 오는 〈탈핵신문〉과 격월로 오는 《녹색평론》. 주소 이전은 임시숙소가 마치 거주지로 바뀌는 듯한 느낌을 주었다. 처음이었다.

11월 초에 《녹색평론》 11–12월 181호가 배송되었다. 받자마자 펼쳐 읽었다. '책을 내면서'부터 읽다가…… '그리하여 결국 30주년이라는 고비에서 1년 휴간이라는 과감한 결정을 내리게 되었다는 송구스런 말씀을 드린다'라는 문장을 맞닥뜨렸다. 순간 내 눈을 의심했다. 다시 읽어보았다. '휴간'이라고? 나는 뜨거운 기름에 물방울 튕기듯 서울 녹색평론사로 전화를 했다.

"저는 2000년부터 정기구독한 독자입니다. 실업 기간에도 구독을 끊지 않았습……"

눈물이 차올라 말문이 막혔다. 나는 어떻게 독자들의 의견을 묻지도 않고 편집위원들만의 결정으로 휴간을 할 수 있느냐고 울먹울먹 따졌다. 작년에 김종철 선생님 돌아가시고 나는 삶을 바꾸었다고, 《녹색평론》은 친자연으로 살기 위해 현실을 어렵게 지탱해나가는 이들에게 마지막 남은 희망의 끈이었다고, 휴간 도중에 아무리 좋은 단행본이 나와도 《녹색평론》과 비교할 수 없다고 말했다.

독자부 직원은 21년 정기구독자인 나를 매우 정중하고 친절하게 달랬다. 아무리 푸념과 항의를 해도 바꿀 수 없다는 건 이미 알고 있었다. 출판계 불황은 어제오늘 일이 아니다. 게다가 친환경·생태잡지라니…….

통화하는 동안 작년 늦여름에 처음으로 정읍 정원에서 훌떡 벗은 채 낫질을 하던 내가 떠올랐다. 포르르 날리던 배롱나무꽃에 반해 그 나무를 구하기 위해 낫질을 하던 내 모습이. 그때 처음으로 짙은 고동색 흙을 갈아엎으며 김종철 선생님이 못 살아보신 농업의 삶을 나라도 살아보겠다고, 그래서 그분의 뜻을 이어보겠다고 철없이 다짐했던 내가, 지난해에 정읍에서 태풍에 쓰러진 가녀린 연둣빛 줄기 뭉치를 잡초인 줄 알고 뭉텅뭉텅 뽑아내고는 올해 백련재에 와서야 그게 코스모스인 줄 알게 된 내가, 그런 주제에 정원 일기를 1년 넘게 쓰며 정원이 있는 방 한 칸을 꿈꾸는 내가 믿고 의지할 곳은 아무 데도 없었다. 팔리지 않는 생태잡지가 근근이 버텨주는 것만으로도 힘이 되어, 하도 어려워 읽고 또 읽어도 이해하기 어려웠지만, 그 난해함이 자연을 알아가는 과정이려니, 읽다 보면 어딘가엔 쌓이겠지 하며 책장을 넘기면서도 두 달에 한 번 책이 배달되면 한 권도 버리지 않고 모아두고 있었다.

비움 실천 하느라, 20년가량 해마다 사던《이상문학상 수상작품집》도 버리고 중고로 팔았으면서도 먼지 그득한《녹색평론》만큼은 손대지 않았다. 언젠가 정원이 있는 집에 책장이 생기면《녹색평론》부터 갖다 꽂아놓아야지 하던, 상패보다 먼저 진열해놓고 싶던 귀한 책들이었다. 폐간이 아닌 휴간이라 1년 후에 복간이 될지 모르겠지만 내일 일도 모르는 세상에서 1년 후를 어떻게 기약하는가. 다만 나는 절대 웹진으로 발행할 생각은 말라고 경고했다. IT도 모자라 AI까지 등장하는 세상에서《녹색평론》마저 웹진으로 발간된다면 나는 정말이지 인터넷망이 안 닿는 산골 오두막에 들어가 모든 걸 다 끊고 숨어버리고 싶다.

아침이나 오후 산책으로 녹우당 은행나무에게 간다. 가서 나무에 손을 대고 스르륵 한 바퀴 돌고 온다. 원주에 피나무가 있었듯이 해남에도 찾아갈 나무가 있다는 건 다행스럽다. 다만 너무 유명한 게 흠이라면 흠일까. 거의 매일 은행나무잎이 언제 물드나 찾아가 확인해보던 어느 날, 나는 땅에 떨어진 은행알들을 주웠다. 백련재 최 여사님이 알려주신 덕분이었다. 그렇지 않았으면 난 그것들을 주울 생각도 못 했다. 서울특별시에선 은행나무 열매가 시 재산이라 지나가는 시민들이 채취할 수 없을뿐더러 악취 때문에 낙과 전에 조기 채취해 가기도 하기 때문이다.

9월 말 이른 아침, 처음으로 녹우당 은행나무 밑에서 은행을 줍다가 충헌각 은행나무에 은행이 더 많이 떨어져 있어 그리 가서 주웠다. 그런데 동네 아저씨가 와서 나무를 흔들어주었다. 미안하지만 고맙지 않았다. 떨어진 것만 주워도 족했고, 무언가를 강제로 하는 게 마땅치 않았다.

10월 중순 주말 늦은 오후에도 녹우당 은행나무 아래에서 혼자 쭈그리고 앉아 은행을 줍고 있었다. 그런데 머리끝부터 발끝까지 눈에 띄게 말쑥한 어떤 신사가 충헌각에서 나와 내게 친절하게 말을 건넸다.

"은행 주우세요? 많이 주워 가세요."

말 건 이의 성별이 남자라는 이유로 경계하느라 샐쭉하게 쳐다보고 대꾸도 하지 않았다. 그런데 잠시 후 그 신사가 녹우당 주인이라는 사실을 알게 되었다. 말하자면 내가 줍고 있던 은행의 주인이 허락 없이 자기 재산을 주워 가는 사람에게 먼저 다가와 마음 놓고 가져가라고 허락한 셈이었다. 삼개옥문적선지가三開獄門積善之家 해남 윤씨 시조 어초은 윤효정의 자손다웠다. 그날 고산 윤선도 직계 자손의 안내로 녹우당 안채까지 관람할 수 있었다.

'입주작가 토크 콘서트'를 정미이모의 축하 연주와 함께 무사히 마친 11월 중순 주말, 은행을 주우러 갔을 때는 은행나무잎이 샛노래지기도 전에 벌써 나뭇가지 끝에서부터 떨어지기 시작하고 있었다. 아무 생각 없이 자연이 준 선물을 땅바닥에서 주워 가는 시간에 나는 밀레의 '이삭 줍는 여인' 같기도 하고 구약성경 속 '룻' 같기도 하다. 보아스를 만날 꿍꿍이는 없다. 그저 자연이 저절로 버린 것을 줍는 시간은 구차하지 않고, 충분히 여물어서 고무장갑으로 문지르기만 하면 뭉그러져 벗겨지는 은행껍질이 지금이 꼭 맞게 거둘 때라고 알려주는 듯해 자연스럽다. 그 시간의 흐름을 탐이 딱딱할 때 주워다 비닐에 넣고 억지로 뭉그러뜨리는 것보다 훨씬 마음 편하다.

은행을 다 줍고 돌아오는 길, 모르는 번호에서 전화가 와 있었다. 땅끝순례문학관에서였다. 가보니 미순이 이탈리안 피자 치즈를 챙겨주었다. 혼자 먹기엔 많아 방마다 나누어주었다.

하루 두 끼지만 오늘은 뭘 먹나 걱정 하나 없다면 거짓말일 것이다. 식탐이나 식욕이 별로 없지만, 가끔 먹고 싶은 게 있기도 하다. 치즈를 보니 스파게티를 먹고 싶었다. 하지만 내게는 통밀 국수뿐이었다. 국수를 삶아서 반병 남은 스파게티 소스에 양배추와 양파와 파를 다져 넣고 끓여 국수에 붓고 치즈를 얹어 먹는데 갑자기 눈물이 쏟아졌다. 오랜만에 맛있는 음식을 먹어서? 아니 내가 뭐라고 이런 사랑을 받나 싶어서.

그날 낮에 배추를 묶어주시던 이 주사님도 내가 낙엽을 쓸어주었다고 슬쩍 사과 한 알을 챙겨주셨다. 그분은 작가들 추울까 봐 근무시간 중과 근무시간 후의 난방예약을 다르게 조정하신다. 갑자기 무릎 관절이 아파서 못 나오시는 최 여사님은 가끔 카레나 짜장 소스를 여유 있게 만들면 한 대접씩 주셨다. 상주작가는 김치나 생채를 담그거나 수강생들이 선물을 가져오면 나눠주었다. 없는 사람 사정은 없는 사람이 알기에 입주작가들끼리도 서로 가진 것들을 조금씩 나눠 먹었다.

곳간에서 인심 난다고, 떠날 때가 다가오자 그것들이 모두 사랑이었음을 느낀다.

지난가을의 절정인 시월 초저녁에 에루화헌에 가게 되었다. 그날은 미황사 괘불재 날이었다. 그곳에서 나무와 송하를 만났다. 미황사에 있던 송하는 아쉽게도 곧 해남을 떠났지만, 나무와는 이후 종종 만나 해남과 광주와 진도 팽목항에 대한 마음을 나누었다.

광주의 딸이지만 미황사 인연으로 12년 만에 해남에 정착한 나무는 '새들의 나라 바람 공화국'인 에루화헌을 만들었고, 한국 해남과 인도 샨티니케탄을 시와 음악으로 연결해 지난 2년간 문화교류를 해왔다. 나무는 '평화의 시 마을' 해남에 상처 입었거나 쉼이 필요한 영혼들을 위한 아늑한 공간을 이루려는 원대한 꿈을 가지고 있었다. 그러면서도 깊고 너그러웠으며 세심하고도 푸근하고 따스했다.

그로부터 사 주 후 토요일, 텃밭에 가보니 가운데 있던 나무가 뎅겅 잘려 있었다. 그날은 9월부터 매달 하던 땅끝순례시문학콘서트 세 번째 마지막 날이었다.

벼르고 벼르던 시인을 만나러 책 두 권을 챙겼다. 싸 들고 다니는 스무 권 남짓한 책 중 두 권이나 그의 책이니 내 인생에 어지간한 비중인 셈이다. 2년 전만 해도 나는 그를 몰랐다. 새로운 꿈의 설계도를 그리다가 건축 불허가 난 자리에서 그의 책을 소개받았고, 예정대로 집을 나와 전국을 떠돌았다. 작년 여름에야 그의 책 두 권을 샀으며 외로울 때마다 우아하려고 기를 썼다. 거듭되는 낭패의 원인인 양 시인을 만나면 멱살이라도 잡고 싶었다. 하지만 제비꽃 주워 온 시인은 '거친 주름살이' 진 소년 같았고 막 은퇴한 교수답게 여유로웠다. 웬만한 대거리에는 꽃잎으로 뺨을 치듯 빠져나갈 게 뻔했다. 게다가 시인은 내가 가져간 자신의 시집 앞 속표지에 이렇게 적어주었다.

제 冊(책)을 두 권
들고 다니시니
세상의 어느 거리에서
다시 만나면
밥 두 그릇, 커피 두 잔
사겠습니다

시인의 그림 같은 자필을 차용증 삼아 들고 다니리라. 언젠가 다시 만나면 내 방랑을 보상받듯 꼭 밥과 커피를 얻어먹고 말리라.

그날 밤, 다시 에루화헌에 갔다. 문학 콘서트에서 음악 공연을 한 등걸이 그곳에서 머문다 했다. 모닥불을 피웠고, 잠시 후 모여든 이들의 기타 선율과 노래가 하늘 별 밭으로 올라갔다. 그리고 낮에 만난 그 시인의 시로 만든 노래가 다시 흘러나왔다.

해는
이곳에 와서 쉰다
전생과 후생
최초의 휴식(이다)

딱 한 사람만 더 있으면 완벽하게 아름다울 세상에서 나는 우아해서 서글펐다. 그래서 손수건을 두 눈에 꾹 대고 숨을 죽였다. 평소 건반을 치던 나무가 기타를 치며 '루루루루' 노래를 하고 얼마 지나지 않아 노래판은 막을 내렸다. 〈나그네 설움〉3절을 들으며 백련재로 돌아오는 길,

낯익은 거리다마는 이국보다 차워라
가야 할 지평선엔 태양도 없어
새벽 별 찬 서리가 뼈골에 스미는데
어데로 흘러가랴 흘러갈쏘냐

1940년의 백년설이 81년 후의 내 마음을 대신 노래해주누나.

위로

해남 백련재 정원 일기 5

　자, 위로에 대해 이야기할 시간이다.

　백련재 문학의 집에 살면서 태어나서 처음으로 고양이라는 동물을 좋아하게 되었다. 삼색 어미 고양이 연재, 색깔별로 이름 지어준 까하, 회, 죽은 노랑이 그리고 아비 고양이. 이 다섯 식구는 백련재에서 나를 가장 위로해준 생물들이다. 배롱나무나 상추랑 대화하던 내게 동물들과의 대화는 엄청난 교감을 선사해주었다. 아기 고양이들이 창밖이나 문 앞에 와서 "야옹" 부르면 나는 하던 일을 멈추고 간식을 주었다. 고것들은 댓돌 앞에 조로록 앉아 내 손에 든 간

식만 쳐다보다 내가 안 주고 가만히 있으면 내 발가락을 날카로운 발톱으로 툭 치곤 했다. 저들끼리 순서가 있어서 까하와 회가 그때그때 힘의 우열에 따라 먼저 먹거나 기다린다. 훌쩍훌쩍 커서 이젠 먹이 앞에서 제 어미를 밀치기도 하지만, 언제 그랬냐는 듯이 털을 핥아주며 애교를 부리고 어미 젖이 돌면 다 큰 것들이 징그럽게 빨아먹기도 한다. 어미는 새끼들이 다 먹고 나면 먹이를 먹는다. 아비는 아예 먹을 생각 못 하고 늘 뒷전에만 있다. 아비가 돼서 사냥도 안 해오지만, 연재랑 아이들이랑 살 맞대고 다정히 지낸다. 내가 방에서 나오거나 어디 갔다 오면 마중 나오듯이 나타나는 고양이들 덕에 하루에 적어도 한 번은 웃을 수 있었다.

도보순례하던 나에게 밥과 커피를 주신 할머니들과 길을 잃거나 돌아갈 일이 막막하던 나를 차에 태워주신 분들은 해남의 너른 품을 상징하는 위로였다. 그분들께 고산 윤선도 녹우당 옆 백련재 문학의 집 입주작가라고 소개할 때 당당했다. 그렇게 소개할 수 있게 해준 해남군에 감사한다. 고정희 시인과 김남주 시인의 고향이기에 가능한 일이지 싶다. 그러니 작고하신 두 분 시인들께도 고맙다.

더불어 매일 아침 툇마루를 쓸고 닦고 텃밭을 가꾸고 직원들 밥을 해주신 최 여사님, 백련재 조경 및 관리를 도맡아 하시며 내가 떠날 때 "별 선생님 생각나면 하늘의 북두칠성

을 볼게요"라고 하신 이 주사님, 뭐든지 뚝딱 다 고쳐주시
는 박 주사님, 북카페 책을 정리하고 연못 잉어들에게 모이
를 주며 땅끝순례문학관을 관리하는 오미순 님, 땅끝순례
문학관의 프로그램 기획자이자 백련재 문학의 집 입주작가
의 든든한 지원자 이유리 학예연구사님, 고산 윤선도와 윤
이후와 공재 윤두서의 자취를 알려주신 고산윤선도유물전
시관 정윤섭 박사님, 그 외 이름 모르는 분들께 고마움을 전
한다. 여러분 덕분에 정원과 텃밭을 가꾸며 편안히 집필에
몰두할 수 있었다.

배롱나무꽃이 화사하던 8월에 백련재 문학의 집에 들어
와 12월이 되었다. 내 몸은 해남에 있지만, 서울에서는 내
사진이 전시되었다. 해남에서 찍어 보낸 사진이었다. 2021
년 포토청 단체사진전의 주제는 '위로'. 전시장과 사진집에
실은 글 〈금륜이와 배롱나무〉를 여기에 옮긴다.

태어나서 처음으로 한 백팔배
내게는 오체투지와 다름없던

일지암 비장한 빗소리도
가리지 못한 통곡 소리

팽목항 보이는 대웅전 댓돌
금빛 바퀴 굴러 올라와

위로란 곁에, 있어줌
체온으로 알려준 금륜이

그리고 머무는 정원마다에 있던
자미화 백일 피는 간지럼 배롱나무

이렇듯 해남은 내게 위로를 주었다.

송, 석, 난, 매, 죽, 월실 작가라는 위로를.

녹우당 은행나무와 '다산 정약용의 《목민심서》를 만나
다'라는 위로를.

송하와 나무와 담소와 차 여사와 도보순례길의 할머니
와 법강 스님이라는 위로를.

대흥사 일지암의 금빛 위로와 미황사 자하루의 자줏빛
위로를.

다섯 달이나 나를 품어준 나의 네 번째 정원 백련재라는
위로를.

그리고 멀다 멀다 해도 서울에서 제주도도 공항에서 비
행기로 한 시간이면 가는데, 버스나 승용차로 족히 다섯 시

간은 걸리고, 기차를 타도 나주나 목포에서 한 시간이나 자동차로 와야 하는 이 먼 곳 해남에 오로지 나를 만나기 위해 찾아와준 친구들, 효도 여행과 축하 공연으로 두 번이나 찾아와 준 정미이모와 누룽지 이후 내가 해남을 떠나기 직전 이른 생일 선물로 화장품을 보내주신 모친 손숙희 님, 세상에서 제일 맛있는 멸치볶음과 노각 장아찌와 갓 구운 과자와 진도 햇김을 들고 찾아오시고 하죽도행 결정을 알리러 또 오셨던 관지와 용용, 서울에서 유명한 베이글과 크림치즈를 집필실 다른 작가들 몫까지 챙겨 온 세영, 와인과 사과와 커피와 차와 옷을 부쳐주고도 나 혼자 가지 못하는 곳에 동행해준 도반, 폭설이 내리던 날 부산에서부터 극적으로 찾아온 느리, 5개월 동안 내가 해남에서 개척해놓은 코스를 한나절에 보여줄 수 있었던 리현이라는 위로를.

해남에서 진도까지 18번 국도변 명량로와 땅끝천년 숲옛길과 땅끝길과 달마고도와 해남 구석구석에서 걸은 209.74킬로미터 길 위의 위로를.

씩씩한 고독

꼬마 정읍댁의 정원 일기 9

달그락달그락.

조심스러운 설거지 소리가 아침을 깨운다. 잠시 후 딸깍하고 현관문 닫히는 소리가 나면 몬스테라와 벵갈 고무나무와 접란이 있는 집 안은 고요하다. 잠시 빌린 어두운 방은 관 속 같고 누워 있는 나는 잠자는 도시의 공주 같다.

2021년 마지막 날에 해남 백련재 문학의 집에서 나와서 2022년 첫날부터 열흘간 하동에서 부산까지 196킬로미터 도보순례를 마치고 올라온 서울. 정기검진과 종합건강검진과 자동차검사를 했다. 예약이 밀려 두 주나 걸렸다.

그사이 깔끔하고 따뜻하고 안락한 서울 생활은 편리하고 달콤한 자본의 풍요로 나를 삽시간에 순례자에서 원래의 서울시민으로 만들었다. 인터넷 주문하면 새벽에 배송되는 유기농 생협 물품들이 차 있는 냉장고, 마음대로 쓸 수 있는 신용카드, 아무것도 하지 않아도 되는 휴식.

더 있다가는 누에고치처럼 꼼짝도 못 할 것 같았다. 어떻게 벗어난 자본의 굴레인데……. 갑갑하게 고여 있는 안정보다 자유롭게 흐르는 순례를 택한 삶 아니던가. 대자연의 풍광을 온몸으로 맡던 내가 창밖에 보이는 남의 집 옥상에 모르는 사람이 수시로 올라와 담배 피우는 광경을 관음증도 아닌데 볼 수밖에 없는 서울에서 어떻게 산단 말인가.

꼼꼼하게 나와 자동차 탈핵브리드를 샅샅이 검사하고, 깨끗하고 건강한 우리는 풀지 않은 짐을 다시 싣고 길을 떠났다.

마침 1월 25일 화요일, 탈핵 대선연대에서 하는 '고준위 핵폐기물 관리 기본계획 및 특별법안 철회 촉구 전국행동'이 여의도에서 있었다. 서울에서 할 일을 마치고 그길로 청명을 태우고 충청북도 청주시로 갔다.

청명은 냉장고도 세탁기도 없이 산다. 계절별 옷 두 벌씩이 들어 있는 트렁크와 배낭 둘과 좌식 탁자와 기도 의자와 자전거와 최소한의 주방용품이 청명의 집기이다. 20분이면 이사할 수 있다. 휴지도 쓰지 않는다. 물로 용변을 처리한다. 그날 밤에 다시 비움에 관한 사고와 행동 양식을 점검하고, 다음 날 아침 일찍 청명의 직장 앞에서 헤어졌다.

충청남도 공주시 우금티로 향했다.

동학혁명의 큰 싸움터였던 '우금치'를 공주 사람들이 원래 사용했던 '우금티'로 표기하고 있었다. 공주 시내를 관통해 다다른 산자락 우금티에서는 1894년 11월의 함성이 들리는 듯했다. 아래 이인역에서부터 우금티를 넘어야 했던 동학농민군들의 기세가. 마침 그날 진격이 시작된 시각과 같은 오전 열 시였다.

알림터에서 해설을 듣고 보고는 동학혁명군 위령탑을 지나 이슬이 촉촉한 터널 위 잔디를 걸어 산등성이까지 올라갔다. 등산화가 아닌 털고무신을 신고 있어 두리봉과 주미산까지 가볼 수는 없었지만, 그 땅에서 있었던 혈전의 숭고한 기개와 낙엽처럼 스러진 농민들의 고결한 혁명정신이 그 옛날 피에 젖은 흙에서 모락모락 솟아 올라왔다.

내가 그렇게 마음을 가다듬은 이유는 다시 정읍으로 가기 때문이었다. 세 번째였다. 처음은 재작년 늦여름의 배롱나무를 구하던 8, 9월. 다음은 작년 초인 겨울부터 추위와 외로움과 싸우며 요양 보호를 배우고 요양보호사를 하던 봄과 초여름까지의 1월부터 6월까지. 그때 만석보와 전봉준 장군 단소와 고택을 가보며 걷고 싶었던, 정읍 동학농민 혁명 '샘솟길'. 그 길을 걷기 위해 정읍으로 가면서 마음의 준비를 해야 했다.

정읍시에 들어서자마자 정읍시립중앙도서관으로 향했다. 만영재로 곧장 가면 월요일 도보순례 외엔 꼼짝도 안 할게 뻔했다. 그래서 원하는 책들을 대출하고 없는 책을 예약하고, 작년에 참가한 '2021년 책읽기 마라톤대회' 개인 10킬로미터 코스 완주증서와 기념품을 받았다.

원조 정읍댁의 친절한 문자 환대로 들어선 만영재에는 강전정된 나무들이 앙상하게 우뚝 서 있었다. 맨 먼저 상추를 심었던 자리에 가보았다. 텃밭에 네모나게 그어놓았던 줄은 흔적도 없고 잡초와 잘린 가지들이 쌓여 있었다. 정원의 배롱나무 뒤 두릅나무는 아직 올라오지 않았고, 뉘어놓았던 능소화가 줄기를 담 양쪽으로 뻗고 있었다. 노랑붓꽃 뭉치도 싹둑 잘렸다. 본채 초록 테라스 난간에 그대로 앉아 있는 나무 닭과 원숭이에게 "안녕" 하고는 쓰다듬어 거미줄을 떼어주었다.

전기계량기를 검침하고 기름보일러를 틀고 난 후 차 안의 짐을 사랑채로 옮기는 데 한참이 걸렸다. 짐을 싸고 푸는 이 일을 언제까지 해야 할까. 그래도 짐을 푸는 곳은 얼마간이라도 내가 살 집이니 깨끗하게 청소한다. 빗자루로 현관을 쓸고 실내 먼지를 청소기로 빨아들이고 바닥 걸레질을 하고 창틀까지 싹싹 닦는다. 맨 처음이라 청소기를 돌리지, 있는 동안 전기를 아끼기 위해 걸레만으로 청소하리라 마음먹는다.

두서없는 청소로 일이 늘어지자 허기가 졌다. 라면 하나도 제대로 못 끓이는 나는 국수인지 떡인지 모르게 우리밀 라면을 끓였다. 라면을 끓이는 사이, 리현이 이른 생일선물로 주문해준 커피 드리퍼와 컵이 만영재 입주를 환영하듯 도착했다. 이번에도 짐을 챙기면서 고민한 게 커피였다. 백련재 문학의 집에서는 친구들이 부쳐준 드립백 커피를 아껴 마시며 주로 커피믹스에 무항생제 우유를 섞어 마시는 게 나만의 소소한 품위 유지 방식이었다. 드립백 커피보다 경제적인 원두커피로 바꾸려고 고민 끝에 결정한 선물이었지만 짐이 느는 건 어쩔 수 없다. 종이필터를 쓰지 않으려고 스테인리스 드리퍼를 선택했는데 부피가 크고 무게가 나간다. 캠핑용이라 일상생활에선 조금 불편할 듯도 하다. 그래도 군용처럼 투박한 디자인과 카키색은 고전적이다.

해남 백련재에서 TV를 덮었던 연두색 요가 타월을 책상 위에 깔고, 친우가 작년에 정읍으로 보내준 하얀 CD 재생기 겸 라디오로 주파수를 잡아보았다. 해남에서는 목포 것도 제주 것도 잡히지 않았던 KBS 클래식 FM이 100.7메가헤르츠로 나왔다. 이제 휴대전화기 앱으로 라디오를 듣지 않아도 되니 좋았다. 다른 사람 방해하지나 않을까 조심하지 않고 틀 수 있어서 등이 좀 펴진다.

창 너머로 해가 졌다. 첫날이라 추우면 외로울까 봐 보일러를 20도 웃돌게 켰다. 먼지 뒤집어쓴 몸을 씻고 애장품 경대와 화장품을 가지런히 놓았다. 1년 사이 공정무역 스킨과 로션과 앰플 두 병이 사라졌다. 그리고 선목이 선물한 화장품 세트가 생겼다. 아이보리색 면 시트 부피가 커서 이번에 새로 마련한 짙푸른 캠핑용 면 시트를 깔았다. 젖은 머리칼로 잠깐 누웠는데 장거리 운전으로 피곤해선지 깜빡 잠들었다.

몇 시간 후 깨서 누룽지를 뿌옇게 끓여 한 대접 먹었다. 커튼을 살짝 젖히고 빼꼼히 내다본 누런 잔디가 가로등 빛을 받아 흰 눈 같다.

피터가 해남으로 선물해준 주황 커피포트에 물을 끓여

도반이 해남으로 부쳐준 얼그레이 차를 한 잔 만들고 나서야 비로소 노트북을 켜고 한글 파일을 열었다. 작년 말 백련재에서 나와서 처음이니 26일 만이다. 열흘간의 도보순례 기간에 쓸 수 없었음은 당연하고, 두 주간 서울에서 내가 쓴 거라곤 간단한 업무용 이메일과 다시 쓴 자필유서뿐이었다.

수년간 내일이 없는 것처럼 살았다.

근래에는 '만약 3개월만 살 수 있다면 무엇을 할 것인가'를 종종 생각한다.

나는 여전히 영화 〈모리의 정원〉처럼 사랑하는 사람과 정원과 텃밭을 가꾸고 손잡고 산책하며 영화 제목처럼 〈전망 좋은 방〉에서 글 쓰는 삶을 꿈꾼다. 죽기 전에 석 달만이라도 그렇게 살아보지 못한다면 얼마나 한스러운 인생인가. 그러나 사람들은 3년, 30년 뒤를 염려하여 오늘을 행복하지 못하게 살고 있다. 행복하지 않을 뿐 불행하진 않다고 자위하며, 헤어짐이 두려워 사랑하지 못하고 남의 눈이 무서워 자신의 삶을 살지 못한다.

서울에서 있던 두 주간 일곱 권의 책과 한 편의 영화를 보았다.

그중 스크로파의 《더 웜카인드》와 D. H. 로렌스의 《채털리 부인의 연인 1, 2》는 사랑과 산업화와 자본에 관한 생각을 정립하는 데 도움이 되었다.

결국 몇 가지 독특할 것 없는 감정들의 총합을 사랑이라는 미명으로 우상화하는 것은 동화적인 상상에 불과하다. 사랑은 '저항할 수 없는 마법적인' 감정보다는, 성관계가 가능하고, 감정적인 친밀감을 느낄 수 있으며, 다른 후보자들에 비해 적합한 조건을 갖고 있어 오랫동안 독점적인 관계를 유지할 의사가 있는 사람을 찾는 철저히 목적지향적인 행위에 가깝다.

스크로파의 이 말도 일리가 있다. 그러나 나를 철철 울게 한 책은 《채털리 부인의 연인》이었다. 흔히 그 책을 성애소설로 알고 있는데 작가는 남녀의 사랑이라는 당의정을 통해 탈산업화, 탈계급, 탈권력, 탈자본을 말하고 있었다.

"……뭔가 다른 거슬 위해 살자. 우리 자시늘 위해서든 다른 누구를 위한 거시든, 돈만 벌기 위해서 사는 삶을 그만두자. 지금 우리는 그러케 살도록 강요받고 있다. 우리 자시늘 위해서 눈꼽만큼 벌고 사장드레겐 거액을 버러다 바치면서 그러케 살도록 강요받고 있따. 이제 그런 삶을 그만두자! 조금씩. 그걸 멈춰나가자. 고래고래 소리치며 떠드러댈 피료가 업따. 그저 조금씩, 산업에 물든 그 모든 삶을 떨쳐버리고 본연으로 도라가자. 돈은 아주 최소한만 이쓰면 충분할 거시다. 이게 모든 사람믈, 나와 당신, 사장과 주인, 심지어 왕까지도 위하는 일이다. 돈은 정말 아주 최소한만 이쓰면 된다. 그저 그러케 하기로 결심만 해라. 그러면 당신네드른 이 더러운 수렁에서 헤어 나올 쑤 이께 된다.”

육체적인 사랑을 나눈 뒤 사냥터지기가 채털리 부인에게 한 말이다. 지금으로부터 100여 년 전인, 1928년 출판 당시에 이런 혁명적인 사고는 중산층의 허위의식을 위협하기에 충분했을 것이다. 사랑은 세기를 넘어서 사람을 감동하게 하는 순결한 감정이다. 그것은 계급과 권력과 자본의 구조를 능히 넘어설 수 있는 생명력이 있다.

한편 성관계를 하고 감정적인 친밀감을 느끼고 오래 독점적인 관계를 유지하는 게 어째서? 그것이 왜 ‘저항할 수 없는 마법적인’ 감정이 아닌가? 몸과 마음이 분리될 수 있는가? ‘성욕, 친밀감, 그리고 헌신의 합집합인 현대적인 사랑의 관념’에서 헌신을 제외하거나 헌신을 포함해서 제도화하는 순간, 그것은 ‘철저히 목적지향적인 행위’가 된다.

그러나 세상에 무목적 사랑이 있나? 사랑이시라는 하나님도 천지를 창조하시며 '보시기에 좋았더라'는 자기만족이 있으셨다. 여하튼 사랑은 애써 폄하할 것도 숭상할 것도 아니고 무엇보다 일부러 멀리할 것이 아니다. 사랑이란 감정이 없었다면 인류는 종족을 유지하지도 못했고 문화의 번영을 이루지도 못했을 것이다.

백 년도 겨우 사는 인간이, 그리고 사는 동안 계속 변화하는 인간이 풋내기 시절에 백년해로를 서약하는 건 사회제도 유지 틀에 구성원으로 끼워 맞춰지는, 그야말로 '동화적인 상상'을 강요받는 일이다. 그걸 알면서도 사랑하는 사람과 늙어서까지 손잡고 걷고 싶어 하다니 '만약 3개월만 산다면?'이라고 종종 상정하는 나조차도 얼마나 상충하는 생각을 하고 있는지. 하지만 늙어서까지 손잡고 싶지도 않은 사람과 3개월이나 어떻게 함께하겠나.

나는 저 천국의 영화를 바라며 이 땅에서 금욕하고 고행하는 삶을 버렸다. 그러자 진짜 자발적 고행이 시작되었다. 남들에게는 고행으로 보이는 이것이 내게는 행복이다. 지금 행복하지 않으면 나중도 보장할 수 없다. 내일 일도 모르는 인생 아닌가.

술을 마시지 않아도 〈어나더 라운드Another Round〉는 이미 시작되었다.

나는 오늘도 혼자다. 어쩌면 혼자라서 글을 쓸 수 있는
지도 모른다. 사랑하는 사람은 어차피 타인이라 내 마음이
나 의지대로 존재할 수 없으니 나 자신이 할 수 있는 일은
글을 쓰기 위한 방을 마련하는 일이다. 그 방에 정원이 딸려
있으면 금상첨화이니 만영재는 나의 첫 번째 정원 일기 배
경이자 시작부터 다소 호화로웠던 방이다. 작년보다 보름
늦게 입주했는데 덜 춥다. 오래 머물 예정은 아니지만 5개
월의 집필촌 생활 탓에 지금은 혼자만의 시간이 필요하다.
그 시기에 만영재는 적소이다. 사랑채는 인터넷이 되지 않
으니 더더욱 좋다.

이제 나는 그다지 외롭지 않다. 다만 고독할 뿐이다. 어
딘가에 있을 나의 정원이 있는 방을 찾아다니는 이 시간이
어찌 쓸쓸하랴. 용기 내 불을 끄고 자리에 누웠다.

귀에 익은 남자 목소리가 들린다. 눈을 뜨니 지난밤 어
둠이 무서워 틀고 잔 라디오에서 나오는 진행자의 소리다.
하얀 커튼 앞 금속공예작품 '자화상'의 나뭇가지 사이로 햇
살이 비친다. 둥근 조형선이 예쁘다. 스트레칭을 하고 108
배를 하려다 33배만 한다.

전날 먹고 남아 퉁퉁 불어난 누룽지에 물을 붓고 다시 끓여 신김치와 멸치볶음과 먹자니 기분이 처진다. 싱크대 안에서 먼지 쌓인 파란 도자기 접시를 꺼내 뽀득뽀득 닦아 빨간 사과와 연노랑 바나나와 하얗고 노랗게 삶은 달걀을 각각 잘라서 올려놓는다. 색깔만으로도 상쾌하다. 전날 온 드리퍼에 원두를 갈아 넣고 시음해본다. 미분이 있으나 맛은 좋은 편이다. 뚜껑을 덮은 채 마실 수 있는 컵은 온도를 좀 더 유지해준다. 캠핑용 스테인리스와 도자기. 둘에서 세 개로 컵이 늘어 잠시 부담스러웠으나 손님 둘이 와도 함께 마실 수 있다고 생각하니 괜찮아졌다.

어디선가 길고양이가 들어와 초록 테라스를 지나 깡뚱해진 소나무 뒤 돌담 위 기와에 앉았다. 해남 백련재 까하가 기억났다. 내 방 창 밑에서 "야옹" 하고 나를 부르고는 내가 창문을 열면 햇살 아래 뱅그르르 한 바퀴 구르고 나서 가만히 앉아 간식 줄 때까지 올려다보며 기다리던 까하. 그리고 회와 연재…….

여기선 절대 정 주지 않으리. 누구에게도 아무것에도.

그러나 내 눈길은 창밖 배롱나무 두 그루에서 떠날 줄을 모른다.

다시 어둠이 내리고 두려움과 볼에 닿는 냉기를 피하려 이불을 쓴 채 꼼짝 않고 자고 일어난 다음 날 아침, 눈을 뜨고 고개를 돌렸을 때 놀라운 현상이 일어났다.

창가의 '자화상' 속 외로운 사람이 둘이 돼 있었다. 어찌된 일인가 한참을 바라보았다. 내가 본 각도에서 한 사람이 배경을 나눠 둘이 된 공간이 빛을 투과하고 있었다. 한 사람이 둘이 되는구나. 나란히 서 있는 두 사람을 보니 마음이 포근해졌다.

스트레칭을 하고 몸을 일으켜 커피 원두를 갈고 식빵을 굽고 사과를 잘랐다. 이부자리와 빨래를 햇볕에 널었다. 정원의 굽은 소나무가 씩씩하다. 나처럼.

축생일

지났으니 부담 없이 하는 말이지만, 작년과 올해 두 번
이나 정읍에서 생일을 맞았다.

사주 명리나 별자리가 괜히 있는 게 아니듯, 내 생일은
나랑 어찌나 닮았는지 1년 중 유일하게 덜 떨어진 달에 있
다. 속마음과 달리 차가운 겉모습처럼 추운 겨울이 지나가
는 듯하지만 봄이 오려면 아직 먼. 백조처럼 생긴 숫자의 달
이라, 차가운 호수에 떠 있는 백조가 내 모습 같기도 하다.
물 밑에선 발버둥 치지만 물 위로는 고요한, 미운 오리 새끼
가 사람들의 사랑을 받기까지는 얼마나 더 긴 세월이 필요

할까 싶은.

　1년 중 혼자 있기 싫은 날을 꼽자면 예수님 생일과 자기 생일이 있을 것이다. 예수님 생일에는 예수님 탄생을 축하하기보다는 저희끼리 즐기는 게 우선이겠고, 자기 생일에는 누군가 자신의 탄생을 기뻐하고 축하하는 사람이 필요하다. 그런 사람이 세상에 한 명도 없다면 그 인생은 얼마나 쓸쓸하랴. 누군가가 서툰 솜씨로라도 미역국을 끓여주었으면 하는 마음이 들 것이다. 산후조리의 주식인 미역국을 먹으며 자신을 낳느라 힘드셨을 엄마를 기억하며 제 탄생을 기념하기 위해서.

　엄마는 요리를 잘하셨다. 열 명 넘는 대식구를 위한 국을 들통에 매일 끓이셨다. 몇 가지 안 되는 반찬이지만 날마다 뭔가를 새로 해서 밥상에 올리셨다. 할머니도 요리를 매우 잘하셨다. 교회 대표 요리사셨다. 할머니는 평생 하루도 찌개나 국이 떨어지지 않게 하셨다.

　하지만 마흔 살도 못 돼 돌아가신 엄마도 구십 살이 가까워 돌아가신 할머니도 내게 요리를 가르쳐주지는 않으셨다. 두 분 다 내가 공부 잘해서 좋은 직장에 다니는 게 소원이셨을 것이다. 그러나 나는 공부도 엄마 돌아가신 후론 썩 잘하지 못했고, 좋은 직장은커녕 비정규직 축에도 못 드는 가난한 예술가가 되었다. 차라리 요리나 배울걸, 일상생활에 필요한 것 중 운전 말고는 잘하는 게 별로 없다.

젊었을 때는 싱크대 앞에 서 있는 시간이 아까웠다. 이 시간에 일해야 하는데, 글을 써야 하는데, 그런 생각들로 인해 주방에 있으면 부아가 났다. 게다가 뭔가를 만들어도 맛있게 먹어주는 사람이 없으니 아무것도 하기 싫었다. 노동의 가치를 느끼지 못하니 자연히 그 일을 하고 싶지 않았다. 원래 손맛이 없기도 하지만 내가 요리를 못하는 데는 기껏 만든 음식을 대충 담아 더 맛없어 보이게 하는 까닭도 있다. 살림 도구에 관심을 가져본 적이 없어서 예쁜 그릇 같은 데 흥미가 없었다.

여하튼 배운 적도 관심도 없어서 요리에 젬병인 나는 재료 선택마저도 엄격하여 화학조미료는 사본 적도 없이, 친환경 유기농산물 협동조합원으로 20년 이상 살았기에 첨가물 맛없는 음식을 간신히 해 먹고 살아왔다. 그런 내가 가끔 아주 무척 드물게 요리하고 싶을 때가 있다. 사랑하는 사람이 있을 때다. 함께 장을 보고 같이 만들어 먹고 치우는 시간은 세상 어느 유명인 인터뷰를 해 기사를 쓸 때보다 더 행복하다.

핑계 같지만 그래서 나는 지금도 맛있는 요리를 하지 않는다. 맛있는 음식 앞에 있으면 사랑하는 사람과 함께하고 싶기 때문이다. 혼술, 혼밥이 유행인 요즘이지만, 그래서 나도 최소한의 품위를 지키기 위해 플라스틱이나 유리 저장 용기에 담긴 반찬을 그대로 먹는 것만큼은 되도록 안 하지만, 진짜 맛있는 음식을 혼자 먹으면 마음이 스산하여 아린다. 오죽하면 '먹방'하는 사람들이 생겼겠는가. 뭔가를 맛있게 먹을 때는 그 맛을 함께 느끼고 싶은 상대가 필요한 것이다. 미각도 발달하지 않았고 식탐도 없는 내가 맛있는 음식을 먹을 때 생각나는 사람이 있다면 그 사람은 분명히 사랑하는 사람이다. 하물며 뭔가를 요리하고 싶다면 그건 엄청난 사랑이다.

눈이 왔고, 그치나 싶으면 또 왔다.

마침내 눈이 그쳤다.

0시에 흰 눈 위에 시작된 '축 생일'은 불과 몇 시간 남지 않았다.

그 몇 시간이 지나면 다시 1년을 기다려야 그날이 온다.

같은 날 태어난 지구상의 무수한 사람들에게 그렇듯 그날은 나를 위한 날이어야 했다.

내가 태어난 나의 날.

아홉 달의 태아 기간을 거쳐, 24시간이나 엄마를 진통으로 고통스럽게 하던 내가 세상으로 나온 날.

시커먼 머리카락이 어깨까지 자라 있었다는 신생아였던 나. 가난한 형편에도 3.3킬로그램에 50센티미터라는 출생 시 기록이 있는 건강수첩으로 대변되는 가톨릭의대부속병원에서 외아들의 첫 아이로 태어나서, 남아선호사상이 만연하던 시절의 딸인데도 불구하고 온 가족의 사랑을 독차지했던 나. 그 시절은 비록 연년생 동생이 태어나 1년 10개월로 끝났지만, 이후로도 나의 유아독존은 엄마 계신 14년 동안 지속되었다. 지금도 고모들은 내가 얼마나 사랑받고 자랐는지 이야기하신다. 그분들은 지금도 나를 지극히 사랑하신다. 그분들의 사랑이 없었다면 나는 지금 이 정도의 자존감도 지켜내지 못했을 것이다. 나는 그분들에게 하나뿐인 오빠의 첫 아이이자 최초의 조카다.

초등학교 시절 전학을 다섯 번이나 다녀 친구라곤 없는 내가 할아버지 할머니 아빠 엄마 고모들에 둘러싸여 사랑만 받으며 살았으니, 갑자기 엄마 돌아가시고는 세상이 얼마나 거칠고 낯설었을까? 한 번도 바깥세상을 접해본 적이 없다가 갑자기 허허벌판에 툭 던져진 아이처럼 늘 어리둥절했고 어쩔 줄을 몰랐다. 사랑받는 게 당연하다가 사람들이 나를 사랑하지 않을 때 자존감을 상실했다. 기준이 타인에게 있기 때문이었다. 그래서 견딜 수 없으면 스스로 차단

하고 지냈다. 나는 아직도 어린애 같다.

얼마 전 생리통으로 쩔쩔매면서 진통제 안 먹고 버티는 내게 리현이 약 먹으라고 호통을 치며 컵에 물을 줄 때, "남의 컵 싫어. 내 컵으로 줘" 했더니 "어이구, 그래? 우리 ○○, 비행기, 비행기?" 하며 내 컵을 비행기처럼 빙빙 돌려 갖다주자, 좋다고 깔깔대며 행복해하는 내 모습을 순간 의식하며 속으론 흠칫 놀랐다.

'아~ 나는 아기가 되고 싶었구나.'

그런 자신이 너무 안쓰러웠다. 자기연민은 죄라고 오래전 읽은 기독교 서적에 쓰여 있었지만, 예전에 기도할 때도 늘 하나님 품에 아기처럼 고이 폭 안겨 있는 내 모습을 상상했었다. 그런 평안을 달라고 기도했었다. 나는 그 옛날 엄마 자궁 안에 담겨 있던 그때로 돌아가고 싶었다. 온전히 엄마와 나만 존재했던 그 완벽히 안전한 세계로. 그게 불가능해지니 엄마처럼 나를 포근히 안아줄 사람이 절실했다. 그래서 애교라곤 없으면서 믿을 만한 사람을 만나면 나도 모르게 어리광을 부렸다.

정상 성인이라면 누가 아기 취급하면 화를 내야 당연하다. 나는 기지도 않고 앉았다는데 대체 내 성장의 순서는 어디서부터 뒤죽박죽되었을까? 하지만 그렇게 형편없는 나라도 생일에 미역국은 먹어야 하지 않겠나.

생일을 여섯 시간 남기고 미역국을 끓였다. 있는 거라곤 해남에서 받은 여수산 미역에 구례에서 얻은 멸치액젓뿐이라 멀겋고 투명한 미역국을 끓였다. 며칠 만에 밥이라고 1인용 압력밥솥에 했는데 전기밥통이 없으니 곧 식어버렸다. 특별 요리로 뱅쇼를 끓였다. 손수 사 온 생일 케이크에 초를 꽂고 불을 붙였다. 사랑하는 사람이 맞은편에서 노래를 불러주었느냐고? 그건 비밀이다. 정말 소중한 건 꼭꼭 간직하고 있어야 한다.

다만 그날 아주 오랜 인연으로부터 저절로 끊어냄을 당했다.

때가 차면 이루어지는 이치가 순리다.

나는 인내했고 기다렸다.

그러므로 담담했다.

나도 두 해 전 누군가의 생일에 그렇게 잔인한 짓을 했으므로 똑같이 당해도 마땅했다.

생일 다음 날, 칠십 대인 큰고모가 전화하셨다. 생일에 혼자 있으니 맛있는 거라도 사 먹으라고 돈을 부치셨다고. 작년에 이어 올해도 용돈 드려야 할 나이에 아직도 돈을 받다니 면구스러웠다. 한데 그 돈으로 누구와 어디에 가서 무얼 사 먹을까? 누가 정읍까지 나와 밥 먹으러 와줄까?

생일 케이크를 일주일 넘게 먹었다. 미니 마일드 로스

트 아메리카노에 무항생제-Non GMO 우유를 타서 곁들여 마신다. 이제는 유통기한 지나도 상하지 않았으면 먹는다. 예전엔 상상도 못 하던 일이다. 그렇다고 아기가 아이가 된 걸까? 아이는 또 언제 어른이 될까? 죽기 전에 철이라도 들까? 철들면 죽는다잖아. 죽는 게 두렵진 않지만, 막상 당하면 그렇지도 않겠지.

"내년 1년만 더 살고 죽고 싶어."

"작년엔 올봄까지만 살고 싶다고 하셨잖아요. 1년 더 늘었네요?"

"죽는 게 무서워."

구십일 세 어르신과 나의 대화다.

정읍에 와서 처음으로 연락한, 지난봄 요양 보호 대상자 어르신은 나를 기억하고 반가워하셨다.

요양보호사가 오지 않는 휴일에 (유성기업에서 설 선물로 보내준) 곶감을 챙겨 들고 방문했다. 어르신은 여전히 고우셨지만, 내가 일할 때와는 달리 어질러진 집 안을 보니 마음이 좋지 않았다. 지금 오는 요양보호사는 하루에 네 집이나 다닌다고 한다. 그러니 어르신 한 분 모셨던 나와는 다를 것이다.

　며칠 치가 쌓인 설거지를 하고 수저를 삶고 쓰레기를 버리고 재활용품 분리를 하고 이부자리를 햇볕에 털어 말리고 청소를 하고 밥을 차려서 함께 식사했다. 집 안에서도 마스크를 벗지 않는 나는 내 수저를 사용했다. 반찬도 어르신 수저에 별도의 젓가락으로 놓아드리고 나는 거의 먹지 않았다. 국에 만 밥만 후다닥 먹었다. 식사 후에는 가져간 커피믹스를 내 컵에 타서 마셨다. 반년 만에 간 나는 여전히 요양보호사처럼 행동하고 있었다. 어르신은 보호 대상 1순위였으므로.

　내가 다리를 주물러드리자, 어르신은 또다시 근처에 빈집을 알아보라고 하셨다. 잠시 잠깐 근처에 집을 알아봐서 돌아가실 때까지 돌봐드릴까 하는 마음이 일었지만, 곧 아님을 알았다. 그곳은 내가 머물고 싶은 지형이 아니었다. 내게는 산책할 곳이 필요하다. 배산임수背山臨水까지는 아니라도 산은 있었으면 좋겠다. 그 동네는 허허벌판이었다. 의지할 어르신이 계심은 좋지만, 아쉽다.

　원주 할머니나 정읍 할머니 정도만 나를 좋아하셔도 곁에서 의지하고 돌봐드리며 살면 괜찮을 듯하다. 하지만 관계는 의무가 되는 순간 벗어나고 싶어진다. 언제든 떠날 수 있어야 아낌없이 잘해줄 수 있다. 타인이나 상황에 의해 책임져야 하는 순간 관계는 올무가 된다. 만약 언제든 떠날 수 있는데도 계속 머물게 되는 곳이 있다면 그곳이 바로 내 자리일 것이다.

그 가까운 이웃에 사랑하는 사람이 살았으면 좋겠다. 따뜻하고 인정 많은 할머니도 좋고, 믿음직스럽고 일 잘하는데 대화까지 잘되는 남자친구도 좋고, 건실하고 이해심 많고 말수 적은 여자친구도 좋다. 서로 떠날 걱정 하지 않고 옆집에서 든든히 지켜줄 친구가 있으면 좋겠다.

그럼 나는 김치부침개나 떡볶이나 국수를 하는 날이면 친구를 부르거나 가져가서 함께 먹을 것이다. 특별한 날에는 삼겹살이나 채끝살 정도 구워 먹을 여유가 있었으면 좋겠다. 생일에는 소고기나 홍합을 넣고 미역국도 끓여줄 것이다. 물론 내 생일엔 그 친구가 끓여줄 것이다. 내년 생일엔 누가 내 미역국을 끓여줄까. 적어도 나는 아니었으면 좋겠다.

생일이 한참 지나 정읍을 떠나기 며칠 전, 생일선물이 배달됐다.

만영재 앞 저수지 물빛 같은 포레스트 그린 블루투스 스피커였다. 훗날 작업실을 구하면 마련하고픈 물건이었는데, 친우가 미국에서 세 군데나 매장을 뒤져도 못 구한 걸 한국에 돌아와 인터넷 직구로 사서 보내주었다. 쓰러진 몸을 일으켜 씻고 유기농 우유에 뜨거운 물을 타서 인터넷이 되는 본채로 갔다. 스피커와 휴대전화기를 연결하고 첫 곡을 틀었다. 스물한 살이던 내가 가사를 쓰고 친우가 노래했던 그 곡이 흘러나왔다.

그날 새벽 믿기지 않는 비보를 접한 내 눈물 거두어 빛살가루 채우시는 그분이 보내주신 선물이었다.

낀방

남원 귀정사 정원 일기 1

삼일절을 맞아 독립의 지평을 넓혀 이사했다.

정읍을 떠나 남원 귀정사 사회연대쉼터 인드라망으로. '인드라망'은 서로를 비추는 무수한 구슬들이 엮인 관계의 그물망을 말한다고 한다. '더 나은 내일을 꿈꾸는 사회연대 쉼터는 참된 민주주의를 위해 일해온 소중한 이들, 사회적 약자와 소수자의 권익을 위해 힘써온 이들, 국가폭력과 각종 사회폭력의 피해자들, 더 많은 자유와 평등, 평화, 차별 없는 사회를 위해 사회 각 부문에서 일해온 소중한 이들을 위해 2013년에 개원한 연대 쉼터'이다.

쉼터 이용 대상 중 굳이 나를 분류하자면 자유와 평등, 평화를 위해 일해온 사람에 속할까? 잘 모르겠다. 삶을 운동이라 할 수 있는지. 다만 나와 같은 사람을 소중하다고 일정 기간 무료로 집과 밥을 주는 이곳이 고맙다.

내 방은 '낀방'. 근방과 먼방 사이에 낀 방이다.

네 평 남짓한 아궁이 황토집은 내가 제일 좋아하는 남동향. 천장이 삿갓 모양이라 층고가 여유 있고, 동쪽 문을 열고 들어가면 남쪽으로는 큰 통창이, 북쪽으론 작은 창이 나 있다.

유리와 창호지로 된 나무문을 열고 들어가면 보이는 남쪽 창 대나무에 걸린 광목 커튼이 단정한 시골 아낙의 혼수 같았다. 언젠가 갖고 싶은 작업실 조건과 얼추 들어맞았다.

창밖으로 상수리나무와 맞은편 산이 가득 찼다. 하늘이 거의 보이지 않아서 약간 아쉽지만, 단층인데도 축대 위에 있어서 차나 방문객이 지나갈 때 보이지 않는다. 공동쉼터라 사생활 보호가 관건이었는데 먼방지기가 가끔 지나치는 것 외엔 사람이 없어 좋았다.

한 달 살이라 짐을 다 내릴까 일부만 내릴까 고민하다가

취사도구만 빼고 다 내렸다.

실내에 있는 거라곤 합판으로 짠 이불 거치대와 좌탁과 좌식의자, 높게 둘 낮게 하나 매달린 대나무 봉. 이불 거치대를 창 옆으로 놓고 연두색 요가 타월을 깔아 입식 책상을 만들었다. 책상 위에 경대와 전기스탠드를 놓았다. 황토벽에 내 작약 유화를 걸어놓으니 색깔이 아주 잘 어울렸다. 마리서사 달력과 영화 〈전망 좋은 방〉 포스터도 벽에 붙였다.

마을 입구까지만 해도 잘 잡히던 라디오 주파수가 방 안에선 안 잡혀서 휴대전화기 앱과 블루투스 스피커를 연결하니 음악이 나왔다. 인터넷 되는 방을 배정해주신 덕분이다. 이용신청서에 내가 기재한 요청은 세 가지였다.

'입식 책상과 인터넷 사용이 가능하고 햇빛 가득한 작은 방 하나면 족합니다.'

방 밖으로 나가 확인해보았는데 황토가 방음도 되는지 소리가 밖으로 들리지 않는다. 들린다 해도 계곡물 소리에 묻힌다. 방 면적만큼의 자유가 확보되어 좋았다.

방 정리하다 의자를 가지러 그물코 카페에 갔다가 그곳 청소까지 해버렸다. 내가 지나간 곳이 깨끗해지는 게 좋다.

오후 세 시가 넘어 소처럼 맑고 큰 눈망울의 먼방지기 도움으로 아궁이에 불을 땠다. 마른 낙엽을 깔고 대나무를 쪼개 넣고 종이에 불을 붙여 불길이 오르면 장작을 넣으면 된다. 매일 군불 땔 생각에 신이 났다.

낮 열두 시와 저녁 여섯 시, 하루에 두 번 '공양깐'에서 점심밥과 저녁밥을 주신다. 공양주 보살님이 시간 되면 종을 쳐주신다.

이 음식 어디서 왔는가. 내 덕행으로 받기가 부끄럽네. 마음의 온갖 욕심 버리고 육신 지탱하는 약으로 알아 보리를 이루고자 공양을 받습니다.

공양간 벽에 걸린 글귀처럼 공손히 각자 밥과 반찬과 국을 떠다가 먹은 다음 또 각자 설거지를 한다. 고체 친환경 세제를 공양간에 가져다 놓았다. 맑은 개울물을 화학 세제로 오염시키지 않을 수 있어서 설거지하는 마음이 편해졌다. 함께 쓰는 식기와 주방이지만 내 집처럼 닦는다. 저녁밥을 먹고 나니 밤이 아주 깜깜했다.

욕실 겸 화장실까지는 오십 발자국. 낀방 밖 불을 두 개나 켜고 휴대 전등까지 켜야 갈 수 있다. 추위를 견딜 수 있나 시험 삼아 머리를 감아보았다. 온수가 나오니 거뜬했다. 하지만 매일 샤워는 일찌감치 포기했다.

불기가 들어온 황토방은 따끈했다. 이렇게 따뜻한 방이 얼마 만인가. 기름보일러나 도시가스라면 어림없다. 나무를 준 산에게 고맙다. 음악과 젖은 머리칼의 춤과 글, 충분하다. 새로 온 방의 첫날이 무섭지 않기는 처음이다.

동쪽 문밖에서 귀여운 새소리가 잠을 깨운다. 문을 여니 아기 다람쥐가 먼방 앞에 가만히 서 있다.

세상에~ 여기가 이승인가?

하지만 순간, 같은 쥐 종류인데 다람쥐는 사랑받고 들쥐는 미움받는 게 마땅한가 싶었다.

비스듬한 햇빛이 창 안으로 직진해 들어온다. 창을 통해 작은 새가 숲 사이로 날아다니는 게 눈앞에서 보인다. 살아 있는 것이 움직이자 눈물이 솟았다.

정읍을 떠나기 직전에 이다로부터 받은 동백 화분을 낀 방 앞 나무 의자에 올려놓고 햇볕 샤워를 시켜주었다. 빨간 동백이 두세 송이 피어나고 있었다. 이부자리도 햇볕에 말렸다. 바깥 빨랫줄에 빨래를 널 수만 있어도 활개가 펴진다.

알록달록 꽃들이 피어나는 계절 아닌가. 숲의 새소리가 얼마나 현란한지 아는가. 우리 즐거운 인생이 얼마 남지 않았다. 무릎 관절이 성할 때 걷고 춤추리라.

참, 이곳에도 고양이가 한 마리 있다. 이름은 보리. 얼룩

덜룩 예쁘고 소리도 곱다. (목소리는 사람에 한정한다는데, 울음소리라고 하기엔 동물 소리를 왜 '울음'으로 규정짓는지 모르겠기에.)

"아옹~ 아옹~"

방 밖에서 사람을 부른다. 나는 먹을 걸 주지 않는다. 그런데도 내게 달려와 다리에 몸을 부비고 간다. 새나 다람쥐도 잡아먹는다는 보리는 사람들이 밥을 먹으면 공양간 앞에서 안을 쳐다보며 부른다. 맛있는 간식을 기다리는 것이다. 첫날 저녁에 조용히 밥만 먹고 나가다가, 공양간 문을 열자마자 기다렸다는 듯 안으로 쏜살같이 들어온 그 녀석 때문에 내 목소리와 어투를 들켰다. 보리는 내가 아궁이 불을 때거나 화장실이나 공양간에 가려고 방을 나오면 어디선가 나타난다. 한번은 방 안으로 폴짝 들어와 배낭 뒤에 웅크리고 앉아서 나가질 않았다. 말로 안 돼서 등을 잡아 올려 밖으로 내놓았다. 고양이를 든 건 처음이었다.

낮에 만행산 천황봉에 올랐다가 저만치 지리산 천왕봉을 보고 내려온, 별이 초롱초롱 밝았던 그 밤, 울다가 밖에서 고양이 울음소리가 나자 하마터면 문을 열고 방으로 들일 뻔했다. 오만 군데 다 다닌 반야생인 그 녀석이라도 곁에 두고 싶었다.

남원시 산동면 귀정사에는 산동이가 산다. 산동이는 집행위원장인 쉼터지기님 집에 사는 개다. 그런데 해남 대흥사 일지암의 금륜이와 같은 웰시코기. 인연이 닿은 두 절에 같은 종의 개라니, 신기했다.

　　낀방에 입주한 지 열흘쯤 된 어느 날, 점심 식사 후 산동이 목줄을 끌고 절 구석구석을 산책했다. 오랜만의 산책이었는지 배변을 네 번이나 했다.

　　다음 날은 산동이가 가자는 대로 가보았다. 목줄만 잡고 산동이가 가면 나도 가고 산동이가 멈추면 나도 멈추었다. 산동이를 따라가면서 내게도 나와 같은 이가 있었으면 좋겠다는 생각이 들었다. 내가 어딜 가든지 묵묵히 따라와주고 든든히 나를 지켜줄 사람 하나. 그런데 목줄에 묶인 산동이는 나와 산책하는 시간만 마음대로 다닐 뿐, 누군가 데리고 나오기 전에는 개집에 묶여 있어야 한다는 데 생각이 미쳤다.

　　전에 산동이는 목줄 없이 마음껏 다녔다고 한다. 천황봉도 마을에도. 그러다 작년인가 아랫마을 큰 개한테 목을 물려 기도가 손상되어 죽을 뻔했다가 살았다고 한다. 이후 목줄에 묶여, 누가 데리고 나가기 전에는 집에만 있는 신세가 되었다.

자유와 안정감은 상충한다. 둘 중 하나를 택하라고 한다면 글쎄…… 아직은 자유다.

귀정사는 백제 무령왕 15년(서기 515년)에 현오 국사가 창건한 사찰로 본래는 만행사萬行寺였다. 그 후에 백제의 왕이 절에 참배를 와서 고승高僧의 설법에 탄복하여 3일간 절에 머무르며 국정을 살피고 돌아갔다 하여 귀정사歸政寺라 고쳐 불렀다고 한다. '고려 시대와 조선 시대에 여러 차례 고쳐 세웠는데, 한때는 승려가 200명 넘을 정도로 위용이 대단했다고 한다. 임진왜란과 정유재란 때 불에 타서 사라졌다. 이후 사찰의 상당 부분을 복구하였으나 6·25 한국전쟁 때 공비 토벌을 위해 UN군이 모두 불태웠다.' 외세에 의해 두 번이나 불탄 귀정사는 1960년 이후 다시 지어졌으나 지금 옛 자취는 없다.

대한불교 조계종이지만 일주문도 사천왕상도 스님도 없는 이 절은 혼탁한 권력의 흔적도 없이 청정하고 소소蕭蕭했다. 실은 공동화장실 사용이 자신 없어서 입주 전 유일하게 미리 와본 귀정사는 쉼터만 보일 뿐 절은 보이지도 않았고 주차장 위 대숲이 내 마음을 끌었다. 그 대숲 뒤에 절이 있었다.

월요일과 목요일 오후 두 시, 보광전 왼쪽 옆 관음전에서 명상 시간이 있다. 템플스테이 프로그램인데 쉼터 이용자에게도 허락되었다.

중묵 처사님이 마음 알아차림의 목적은 '괴로움의 소멸'이라고 하셨다.

괴로움은 모두 여덟 가지인데 생生, 노老, 병病, 사死와 싫어하는 이와 만나야 하는 원증회고怨憎會苦, 사랑하는 이와 헤어지는 애별리고愛別離苦, 구하나 얻지 못하는 구불득고求不得苦, 오온五蘊(인간을 구성하는 다섯 가지 요소)에 집착이 생기는 오음성고五陰盛苦. 이 8고苦의 원인은 성냄, 욕심, 어리석음이라고 한다.

훈련되지 않은 마음은 통제할 수 없고, 좋고 싫음으로 판단하고, 조건반사적인 마음인데 내 마음이 꼭 그랬다. 그러니 마음 가는 대로 휘둘리고 있었다. 그 마음을 호흡에 몰두해서 잠시 잊는 것이 명상의 시작이었다. 명상은 잡념 덩어리인 내게 정녕 쉽지 않았다.

다음 날, 그물코 카페에서 책 정리를 하다가 읽고 싶던 책을 발견했다. 《가네코 후미코》. 내게는 박열보다 더 멋진 진정한 아나키스트. 여자임을 거부했던 동거인. 책을 읽다 말고 카페 커튼을 빨았다. 명상은커녕 여전히 산만했다.

두 번째 주말에 첫 손님으로 남원의 나무가 방문했다. 내가 귀정사에 시주할 유기농 쌀 10킬로그램을 부탁했기 때문이었다. 전북 농민회장인 나무는 근처 장수군에 볼 일을 마치고 잠깐 들러서 쌀을 놓고 갔다. 그런데 쌀값을 받아가지 않았다. 1년 농사지은 쌀을 거저 받아서 미안했지만, 한편으론 나무 이름으로 시주한 셈이니 절에 공덕을 쌓은 이는 나무였다. 앞으로 5년간 험난할 전국농민회 그리고 나무에게 부처님의 가호가 함께하시기를 기원한다.

무슨 전조였을까? 대통령선거일 밤에 잠들려고 전기스탠드를 켰는데 불이 들어오지 않았다. 새로 고친 지 얼마 지나지도 않았고, 정읍에서 새 전구를 사다 끼운 지 몇 주 되지도 않은 상태였다. 나는 세상이 무너진 듯 목놓아 울었다.

그 전기스탠드는 10년 된 것이다. 떠돌이로 사는 몇 년 동안, 부피도 크고 포장도 어려워서 갖고 다니기 가장 힘들었다. 하지만 매일 밤 형광등과 어둠 사이 두려움의 간극을 메워주는 유일한 물건이었다. 언젠가 자세히 설명할 날이 있겠지만, 그 전기스탠드는 내 포기한 꿈과 좌절된 욕망과 내 소소한 소원을 이루어주던 만능 친구의 정성이었다.

대선 다음 날부터 암담함이 시작되었다.

그런데 사흘째 되던 날 공양간에서, 서울에서 남원 귀정사 쉼터까지 오토바이를 타고 오신 분이 마을에 나가니 필요한 게 있으면 말하라고 했다. 나는 무슨 생각에선지 전기스탠드에 불이 들어오지 않는다고 말했다. 그런데 그분 전공이 전기라고 했다. 그분은 내가 가져다준 전기스탠드를 분해해 보더니 간단하게 전구 문제인 것 같다고 했다. 그러더니 다음 날 오전에 공양간에 전구 두 개를 사다 놓았다는 문자를 똑. 똑. 보냈다.

100미터도 넘는 거리의 공양간까지 한달음에 가서 전구를 가져다 끼웠다.

전원을 연결하고, 심호흡을 하고 나서 톡톡톡 두드려보았다.

불이…… 들어왔다.

구슬을 터치할 때마다 삼단 그대로 밝아졌다.

불빛 따라 눈물이 번졌다. 아직은 우리가 헤어질 때가 아니었다. 암흑세상이 왔지만 불은 켜졌다. 비록 책 읽을 정도의 밝기도 안 되는 옅고 은은한 불빛이지만 내게는 그 정도의 불빛도 마음의 온기로 다가왔다.

'어둠은 빛을 이길 수 없다.'

그날, 마침내 비가 내렸다. 울진에서 삼척까지 그 긴 숲을 태우던 불이 전소될 비였다.

울진은 핵발전소 여섯 기가 있고, 당시 두 기가 시험 운전 중이고 건설 중인 곳이다.

2022년 3월 4일에 산불이 발생했을 때는 핵발전소까지 불이 번질까 봐 공포였고, 이후 9일간은 산불이 번지는 내내 내가 걸었던 그 길의 숲이 떠올라 견딜 수가 없었다.

2020년 여름, 고성의 시커멓게 불탄 숲에서 인간의 잘못을 얼마나 서늘하게 속죄했던가. 그리고 그 숲이 부활하기를 얼마나 간절히 기원했던가. 그런데 똑같은 사고가 3년 만에 또 일어났다. 대체 인간은 같은 실수를 언제까지 반복하는 종족인가.

비가 내리던 그날, 노래가 하나 떠올랐다.

고등학교 2학년 때인 그날도 비가 왔었다. 평소에 사담이라곤 안 하시던 수학 선생님이 갑자기 물으셨다.

"비에 관한 팝송 하나 아는 거 있는 사람?"

맨 앞줄에 앉아 있던 나는 들릴락 말락 하게 두어 번 말했다.

"아프로디테스 차일드Aphrodite's Child의 〈레인 앤 티얼스 Rain and Tears〉요."

그러나 우리를 무시하기로 작정한 듯한 선생님은 비웃

듯이 말씀하셨다.

"야, 어떻게 비 오는 날 생각나는 팝송 하나 있는 사람이 없냐?"

들으려는 마음 없이는 남의 소리가 잘 들리지 않는다. 말하지 않는다고 해서, 들리지 않는다고 해서 그게 전부는 아니다.

그로부터 한 세대가 넘은 날, 하늘의 눈물 같은 비를 맞고 강원도의 숲이 깊은 숨을 쉬기를 기도한다. 아직 끝나지 않았다. 자연의 생명력을 믿는다.

이틀간 내리던 비가 그치고 화창한 봄날, 산동이를 목욕시켰다. 쉼터에 온 동물권 활동가와 함께. 두 해 만이라는 목욕 후 드라이기로 털을 말리고 세탁해서 젖은 하네스를 햇볕에 말리는 도중, 산동이는 내 손길이 떨어지면 짖기를 반복하며 계속 만져달라고 했다. 하염없이 쓰다듬어주기를 바라는 산동이를 보면서 또 어쩌나 싶었다.

'지금, 여기, 이 순간.'

명상 시간에 배웠다. 전에도 많이 듣던 말이다.

우리는 만난 지 얼마 되지 않았고, 산동이는 모르지만

나는 보름 후에 내가 떠날 것을 안다. 남겨질 산동이가 안쓰러워 지금 잘해주지 않으면 그게 그 애를 위하는 것인가? 그렇지 않다. 함께 있을 때 사랑해주는 것이 사랑받은 기억을 남겨주는 것이다. 안 받아본 것보다는 받아본 적 있는 게 산동이에게도 낫다는 결론을 내렸다.

그날 밤에 깜깜한 길을 내려가서 낮에 세탁해 널어놓은 담요를 접어 산동이 집 안에 깔아주었다. 쓰다듬어주는 건 덤이었다. 내가 다가갈 때 반가워 짖던 산동이는 멀어질 때 짖지 않았다. 어쩌면 산동이는 그동안의 경험을 통해, 수많은 쉼터 사람들이 왔다가 사라짐을 알고 있을 것이다. 일주일이든 한 달이든 함께 있는 동안이라도 사랑받는 게 안 받는 것보다 최선임을 알고 있을지도 모른다.

'지금' 잘해주자. '여기'서 잘해주자. 나중에 더 잘해줄걸, 후회하지 않도록 '이 순간'에.

유성기업 친구들이 금요일에 왔다. 작년 늦봄에 정읍에도 와서, 태어나서 최초로 해보는 육체노동과 그보다 더 힘든 외로움으로 지친 내게 밥을 사주고 만영재의 웃자란 배롱나무 가지를 쳐주고 갔는데 더 먼 남원 산골짜기 귀정사까지 왔다. 일로 만나도 우정을 키울 수 있음을 그들을 통해 본다.

잠깐 사이 장작을 패준 그들과 함께 처음으로 남원 시내에 식사하러 낀방을 떠날 때, 인드라망 옆에서 목줄 풀린 산동이가 날 내려다보고 있었다. 그 눈빛이 하도 슬퍼 운전하다 말고 사진을 찍었다.

그날 결국 유성기업 친구들은 밥 먹다 말고 나를 울렸다. 그들은 10년의 노조 투쟁에 승리했다고 함께했던 친구들을 찾아다니며 감사의 선물을 전해주던 차 나에게까지 온 것이었다. 맹세코 돈을 바라고 그들과 함께했던 4년이 아니었기에 당황해서 난색을 표했다. 하지만 잠시 후 우정이란 이름의 봉투를 고이 받아 필요한 이에게 귀하게 쓰리라고 배낭에 넣어두었다.

주말 지난 월요일에 산동이가 보이지 않았다. 오전이 지나고 오후가 되어 쉼터지기님이 동네를 찾아다녀도 못 찾았다. 명상 시간 내내 멍했다.

저녁 공양간에 가기 전, 산동이 집으로 내려갔다. 오래전 제작했던 〈경찰 24시〉 방송 경력을 되살려 산동이에게서 분리된 하네스와 목줄을 살펴보았다. 낡아서 해진 이음새가 뜯겨 있었다. 누가 풀어준 게 아니라 산동이 스스로 풀고 간 거였다. 사고가 나거나 누가 데려가지만 않았다면 산동이가 제집 찾아오기를 바라야 한다고 유추하고 있었다.

그때 멀리서 트럭 소리가 났다. 혹시나 하고 내다보았다. 쉼터지기님의 하얀 트럭이 올라오고 있었다. 그리고 집칸에 산동이가 타고 있었다.

"산동아~"

나는 이산가족 만나듯 오열하며 산동이를 불렀다.

"어디 갔었어? 어디 갔다 온 거야?"

쉼터지기님이 동네 사람 전화 받고 간 마을에서 찾으셨다는 산동이.

밤이 깊고 멀리서 산동이 짖는 소리가 들린다. 마음이 놓인다. 20일 만에 흠뻑 든 정. 만약 사람이라면 그랬을까? 쉼터는 며칠이나 일주일마다 사람이 바뀐다. 그때마다 소개와 환영식을 하는 건 내게는 버겁다.

그런데 귀정사에는 매주 목요일 아침 아홉 시에 울력(여러 사람이 힘을 합해 하거나 이루는 일 또는 그 힘)이 있다. 처음엔 장작으로 땔 폐목재를 날랐다. 두 번째는 씨감자를 심었다. 세 번째는 쓰레기를 치웠다. 울력 외에도 텃밭에 멀칭 비닐을 치기도 하고, 주차장에 빨랫줄로 울타리를 치고는 가지고 있던 깃발, 등, 몸자보 같은 노동·탈핵 상징물을 걸어놓기도 했다. 사람들과 함께해서 좋을 때는 그런 때이다. 무언가를 힘 모아 할 때.

하지만 산동이는 다르다. 말하지 않아도 서로 알아보는 동물과 나.

중묵 처사님께 내가 가는 곳마다 동물에게 각별한 애정을 쏟아서 떠날 때마다 그들에게 죄책감을 느낀다고 하자, 모든 것을 사랑함과 모든 것에 무심함은 같다고 하셨다. 그것은 내 입장에선 사랑, 불교에선 자비라고. 어떤 것은 좋아하고 어떤 것은 싫어하는 게 문제이지, 모든 것에 자비심을 갖는 건 괜찮다고.

무심하게 사랑하기. 햇빛처럼 비처럼 공평하게. 사랑하는 것들에게서 한 발씩 멀어져야겠다. 너무 사랑하면 집착하게 되고 그것은 곧 고통이니까.

물건도 오래 쓰다 보면 집착하게 된다.

귀정사에서 여러 물건들과 만나고 헤어졌다. 도보순례 내내 필수품이던 스테인리스 컵 손잡이가 오자마자 위쪽, 두 주 지나 아래쪽이 떨어졌다. 손잡이를 땜질한 구멍 둘에서 액체가 새서 못 쓴다. 컵이 다시 두 개가 된 것은 좋았으나, 수명 다한 정든 컵을 아쉬워서 버리지 못하고 있다.

수명이 다한 것으로 순면 속옷도 있다. 낡아서 늘어지고 구멍 뽕뽕뽕 난 모양은 할 일 다 마치고 때를 알아서 떠나는 노인의 모습과도 같다. 우리 할머니가 그러셨다. 가족들 생로병사 다 챙기시고 전날까지도 손수 밥해 드시다가 자식들 힘들지 않게, 평생 기도하시던 대로 주무시다가 돌아가셨다.

2017년 세월호 가족들과 함께하는 성탄 예배 담요를 산동이 깔아주겠다던 동물권 활동가의 담요가 아까워서 교환했다. 오지랖과 탐심이 초래한 결과였으므로 내려놓기로 했다.

소비할 일이 없는 이곳에서 새로 산 물건도 있다. 귀정사에서 승련사까지 산 넘어가는 길에 보고 첫눈에 반한 무쇠 조선낫. 한 번 꽂히면 기어이 마련하고야 마는 성미라 남원 시내 대장간까지 가서 모셔 왔다. 밥그릇도 없으면서 연장만 몇 개인가. 정원도 없는 주제에.

제주 백패킹 도보순례를 위한 텐트 에어매트. 요가 매트보다 작고 가벼운 게 필요했으나 지레 걱정이 가져온 짐이 되었다. 부질없이 물품들을 2인용으로 준비했었다. 하중에 무너질 어깨와 후들거릴 무릎이 눈에 훤하다.

한 달을 살면서도 귀정사에 내 이름 앞으로 온 물품들이 있다.

막냇동생이 (독립 축하) 선물로 재입고를 기다려 부쳐준 커피 글라인더. 인간의 오감은 어찌나 간사한지 원두를 분쇄하는 순간, 고급스러움을 몸이 느꼈다. 스르르 갈리는 부드러움이 정말 좋았지만, 그 좋은 감각을 알아가는 게 우려스럽기도 했다. 탐심이란 한도 끝도 없기 때문이다.

정미이모가 '조카~ 세월을 아니?' 헌법 전문 읽기 소개 선물로 보내준 드립 커피도 둔한 미각을 점점 깨운다. 그럴 때마다 커피믹스로 미각의 평준화를 유지한다.

공양주 보살님과 냉이 캐던 날 도착한, 서울로 간 동물권 활동가가 부쳐준 산동이와 보리의 빗과 책 두 권과 숲을 살리는 달력.

《아무튼, 비건》은 2016년 여름부터 2년간 윤리적 채식주의를 하다가 포기한 내게 다시금 채식에 대해 고찰하게 했다. 지난날 나는 붉은 살 육류와 수입 밀을 금하면서 무리하게 현미밥까지 강행해서 실패했었다. 비윤리적 공장식 축산에 대한 저항으로 소비하지 않음을 선택했으나 조류까지는 허용한 범위였다. 선천적 채식주의자가 아니었기에 육식에 대한 입맛이 남아 있어서 힘들었고, 주변 어른들의 노화와 동물성 단백질이 필요하다는 염려가 압박으로 들어왔었다. 현장에서 마주하는 밥상과 근력 부족도 이유였다. 하지만 귀정사에 와서 공양주 보살님이 농사지으신 식재료와 정성으로 차려진 채식 식단 덕분인지 뒤 목덜미에 두툼했던 살이 만져지지 않는다.

《새벽 세 시의 몸들에게》는 '질병, 돌봄, 노년에 대한 다른 이야기'이다. 돌연히 돌봄을 직업으로 삼을 뻔했었다. 조부모와 부모에 고모 한 분 돌봄과 장례도 모자라, 남의 부모까지 돌보겠다고 겁도 없이 나섰다가 부득의하게 거절당했다. 내 일생에 개인적인 돌봄은 할당량을 채웠나 보다.

이제 나는 서서히 돌봄을 받을 세대로 들어갈 터이다. 늙음을 빌미로 젊은 시절의 의무를 내세워 누군가에게 짐되지 않겠다는 다짐을 하곤 한다. 장기기증등록도 했고 연명치료도 거부한다고 누누이 말해두었다. 유서도 썼고 장지와 비석도 미리 정해두었다.

돌봄은 스스로 하다가 사회가 정책적으로 책임져야 할 분야이지, 구습대로 더는 개인과 가정에 희생을 강요해서는 안 된다. 그건 의식 있는 어른들이 나서서 바꾸어나가야할 문화이기도 하다.

받기 전에 읽고 기증하겠다고 했으니, 얇은 달력만 갖고 다 읽은 책 두 권은 어딘가로 갈 것이다. 다만 비스와바 쉼보르스카의 유고 시집《충분하다》에 실린 시〈십대 소녀〉중 한 구절은 마음에 담는다.

우리의 대화가 자꾸만 끊긴다.
그 애의 초라한 손목시계 위에서
시간은 여전히 싸구려인 데다 불안정하다.
내 시간은 훨씬 값비싸고, 정확한 데 반해.

작별의 인사도 없는 짧은 미소.
아무런 감흥도 없다.

비우던 물건들이 하나둘 구색을 갖춰간다. 점점 짐 싸고 푸는 게 설레기보다는 힘겹다. 내가 머물 자리를 찾을 때가 다가오고 있다.

꿈꾸던 작업실이 있었다. 설계도도 그리고 있었다. 그러나 번번이 일방적인 한순간에 물거품이 되고 말았다.

성냄은 탐심 때문이고, 탐심의 근원은 어리석은 마음이라고 했다.

천하에 내 것이 없음은 알겠으나 소유욕이 없다고 해서

원함도 없는 건 아니다.

　원하는 것을 잃고 귀정사에 왔는데 이곳에서 더 많은 것을 잃었다.

　원하는 것을 얻지 못할 바에야 차라리 소망하지 않는 편이 낫겠다.

　낀방 퇴소일 일주일 전 아침, 지난 2월 25일 부산 한진중공업(당시 HJ중공업) 김진숙 명예복직 및 퇴직 기념식에서 조우한 보인으로부터 온 메시지를 보고는 귀정사에서 일찍 떠나기로 작정했다. 어딘가에 입소해서 퇴소예정일 전에 나감은 처음이다. 그러나 이곳에서 뜨끈하게 편히 지낼 며칠을 영광, 광주, 진도 팽목항에서 할 '봄바람' 도보순례와 바꾸기로 했다.

　귀정사 텃밭은 내 정원이 될 수 없었다. 가꿀 여지가 없었으므로. 대신 날마다 오후 서너 시면 낀방 아궁이 정원에서 불꽃을 피웠다. 마른 낙엽과 잘게 자른 대나무와 폐목재를 불태우는 노동이 없으면 냉방에서 자야 하는 냉엄한 꽃샘추위 현실 속에서 한 달 가까이 뜨끈뜨끈하게 잤으니 아주 살뜰히 불꽃을 살린 셈이다.

매일 활활 타오르는 불꽃을 보면서 똑같은 생각을 했다.

불꽃처럼 재가 되도록 뜨겁게 사랑해보지 못했음이 슬프다고.

수천의 생을 반복한다 해도
사랑하는 사람과
다시 만난다는 것은 드문 일이다.
그러므로
지금 후회 없이 사랑하라.
사랑할 시간은 그리 많지 않다.

—《입보리행론》

이제 내 몸에서도 불과 재 냄새가 나려나.
귀정사에 매화가 피었다.
산동이와 마지막 산책을 해야겠다.
지금 여기 이 순간에.

안녕

진도 하얀집 정원 일기

〈모리의 정원〉이라는 일본 영화가 있다.

전남편이 싫지 않지만 이혼한 여자와 한 남자가 30년 동안 정원 있는 집에서 나오지 않고 살아가는 이야기이다. 남자는 온종일 정원만 쳐다본다. 정확히 말하면 정원의 풀과 꽃뿐만 아니라 개미도 관찰한다. 땅을 깊이 파고 연못을 만들어 그 안에 들어가 앉아 있는다. 그 남자는 저명한 화가이며 문패를 만들어놓기가 무섭게 사람들이 훔쳐 가는 명필가이다.

그렇게 엉뚱하고 유명해서가 아니었다. 젓가락질도 제

대로 할 줄 모르는 남자가 여자가 해준 카레 우동을 집어먹지 못하고 주루룩 주루룩 국물 튀기며 흘리는 장면에서, 나는 그런 남자에게 국수를 만들어주고 함께 먹고 싶었다. 훈장을 줘도 사람들이 찾아올까 봐 마다하는 그런 멋진 남자와 그 남자가 살아갈 수 있는 모든 방편인 사랑스럽고 지혜로운 여자가 되어서 살고 싶었다. 그게 내 '정원' 꿈의 시작이었다.

그해 김종철 선생님이 작고하셨다. 나는 정원을 가꾸며 선생님이 소원하시던 농사도 텃밭에 지어보고 싶었다.

그렇게 정원을 찾아다닌 지 2년. 겁이 많은 나는 의지할 할머니나 남자친구가 필요했다.

무슨 뜻인지 아직은 알 수 없습니다.
거침없이 걸어가던 제 발걸음을 왜 멈추게 하셨는지, 그리고 왜 여기에 머물게 하셨는지 지금은 모릅니다. 어쩐지 지난 2년간 가열차게 해온 나만의 순례가 이곳을 나서면서 잠시 멈추지 않을까 싶습니다. 돌이켜보면 몇 년간 아픈 적이 없었습니다. 그러니 그렇게 줄창 떠돌았겠죠.
걷는 날을 빼곤 하루도 글을 쓰지 않은 날이 없었는데 그것조차 못 했습니다.
이상한 나날이었습니다.

......

(늑대와) 빨간 모자처럼 지낸 일주일과 사흘이었습니다.

2022년의 4월 절반을 제주에서 보내고 갑니다.

지금의 이 돌연한 일이 제 인생에 어떤 영향을 미칠지 궁금
합니다.

......

아마 아주 오래 기억하며 두고두고 곱씹을 듯합니다.

이제 저는 앞일을 알 수 없는 세상으로 나갑니다.

　　귀정사에서 나와 봄바람 순례단과 함께 사흘간 영광, 순
천, 광주, 장성, 진도, 목포를 순례하고, 4·3항쟁 추모 도보
순례를 하러 4월에 제주도로 갔다. 그 섬에서 90킬로미터를
걷고는 발이 묶여 있다가 빠져나오기 직전에 남긴 글이다.

　　진도 팽목항 세월호 참사 8주기 기억식에서 하죽도에
들어갔다가 진도 관지의 하얀집으로 왔다.

　　남향은 아니었지만 살 수 없는 북향도 아니고 살기 힘든
서향도 아닌 동향집이었다. 서쪽으로도 창이 많아 집이 밝
았다. 창가 책상 앞에 펼쳐진 정원 너머로 초록 논과 그 뒤
에 송전탑 하나 없이 너른 앞산과 완만한 뒷산. 사람이 거의
지나다니지 않지만 외딴집도 아니고, 무엇보다 관지가 사
셨던 곳이니 안심이 되었다.

차 안의 짐을 풀지 않았다. 휴대전화기 연락처를 모두 삭제하고 전원을 껐다. 성경 읽고 기도하고 글을 쓰며 최소한으로 먹었다. 다행히 내게는 쌀과 김치가 있었다. 관지가 하죽도에서 주신 자연산 돌김도 있었다. 관지가 집에 있는 것 다 먹어도 된다고 하셔서 냉동 얼갈이배추로 된장국도 끓여 먹었다. 가끔 뒤꼍 텃밭에 자라난 머위를 뜯어서 찌거나 데쳐 먹었다. 평소 먹는 데 연연하지 않아 전혀 불편함이 없었다.

성경을 다 읽고도 기도가 되지 않던 어느 날, 책을 한 권 펼쳐 들었다.

《메르헨, 자아를 찾아가는 빛》이었다.

빨간 모자는 특히 할머니에게 사랑받고 있었습니다. 인적이 끊긴 숲속 집에 살고 있는 할머니라는 것은 동화에서 자주 등장하는 상징적인 존재입니다. 매우 친절하고 현명하며 도움을 주거나 충고를 해주는 사람입니다. 말하자면 모성을 나타내는 사람이라고도 할 수 있지요. 즉, 어린이들 마음속의 이상적인 어머니 모습은 이와 같은 '숲속의 할머니' 모습입니다. 자기를 위해 뭐든지 해주고 어떠한 짓을 해도 용서해주는 '그레이트 마더'로서, 현실의 어머니가 아닌, 사람과 동떨어진 존재인 것입니다.

그러나 뭐든지 해주는 어머니가 어린아이를 끌어안아 집어삼켜버리는 마녀가 될 수도 있는 것입니다. 사실 빨간 모자가 찾아갔을 때 숲속 할머니 모습을 하고 있던 것은 늑대였습니다. 여기서 늑대는 이미 지적한 대로 '그레이트 마더'의 또 다른 측면을 나타낸다고 할 수 있습니다.

……

늑대에게 잡아먹힌 후의 어둠의 세계는 이를테면 태어나기 전의 모태로 돌아간 상태입니다. 그러고 나서 빨간 모자가 늑대의 뱃속에서 나오는데 이는 빨간 모자의 '죽음과 재생'을 상징합니다. 즉, 빨간 모자는 지금까지 어머니와 유지하던 공서 관계를 어찌 됐든 한 번은 타파하지 않으면 안 되었던 것이고 그럼으로써 비로소 한 사람으로 설 수 있게 됩니다. 늑대의 뱃속에서 뛰쳐나온 빨간 모자의 "아아, 무서웠어요. 늑대 뱃속은 정말 깜깜했어요"라는 외침에는 새로 태어난 자의 기쁨이 배어 있습니다.

재미있는 것은 늑대의 뱃속에서 나온 빨간 모자가 활발하고 적극적으로 행동한다는 점입니다. 빨간 모자는 서둘러 커다란 돌 몇 개를 가져와 늑대의 뱃속에 채워 넣습니다. 눈을 뜬 늑대는 재빨리 도망치려 했지만 뱃속의 돌 무게 때문에 쓰러져 그만 죽어버렸습니다. 이렇게 해서 빨간 모자는 인생의 난관에 부딪혀 주저앉지 않고 자립적으로 맞서는 법을 배우기 시작합니다.

그간 전국의 할머니에게 관심을 보였던 내 심리가 파악되는 순간이었다. 나는 자기를 위해 뭐든지 해주고 어떠한 짓을 해도 용서해주는 '그레이트 마더'로서, 현실의 어머니가 아닌, 사람과 동떨어진 존재를 찾아 헤맸던 것이었다.

칩거 일주일 만에 우수영 성당에서 기적처럼 기도 응답을 받았다.

다음 날, 큰고모가 걱정하실까 봐 외우고 있던 번호로 전화했다. 우리 할머니처럼 새벽기도 하시는 큰고모는 내게 기도 제목을 물어보셨다. 두 가지였다. 우선 하나님께 영광이 되고 사람들에게 도움이 되는 글을 쓰고 싶다고 했다. 가난하고 병들고 소외된 자들을 위한 글.

"너네. 가난하고 소외된 사람"

듣고 보니 그랬다. 그렇다면 그동안 나는 아주 잘 산 셈이다. 공장에 위장 취업해서 노동운동 한 번 못 해보고 야학 교사 한 번 못 해보고 대학 생활을 했다. 이제야 비로소 말로만 듣던 가난하고 소외된 삶을 살아보았다. 청담동에서 영국 유학파 헤어디자이너에게 머리를 맡기고 부암동 의상실의 역시 영국 유학파 디자이너 옷을 입던 나는 일주일 내내 등산복 한 벌로 지낼 수 있게 되었다.

자동차 한 대 달랑 몰고 집을 나왔다. 비움 실천 한다고 소유물을 차 한 대로 축소하는 게 목적이었다. 돈 없이도 여기저기서 잘 먹고 잘 자고 잘 걸으며 쉬지 않고 글을 썼다. 가난해도 비굴하지 않고 거짓말하지 않고 하고 싶은 일 하면서 살았으면 잘 산 것 아닌가.

이제 나는 소외된 사람들이 어떻게 사는지 조금은 알 듯하다. 집도 없고 직장도 없고 빽 있는 가족이나 친척도 없는 사람들이 어떻게 사는지, 국가와 사회가 정상이라고 규정짓는 틀 밖의 사람들이 어떤 시선을 받는지 경험해보았다.

2년 가까이 정원을 찾아 헤맸다. 지나고 보니 나는 〈모리의 정원〉 속 여자주인공이 되고 싶었으나 남자주인공의 삶이 맞았다. 가만히 사물이나 사람을 관찰하고 작품으로 만드는 일이 내가 할 수 있는 일이고 그런 나를 돌봐줄 사람이 필요했다.

사랑하는 사람과 살고 싶은 기도 제목은 현재로선 단념, 훗날을 위해선 보류.

진도 하얀집에서 성경 읽기와 기도와 집필 외 공사도 했다. 마침 집 뒤 배관 덮개 시멘트 공사가 거주 일과 겹쳐서 공사를 지켜보고, 주방 수도꼭지와 형광등을 교체했다. 관지가 내 집처럼 쓰라고 하셨으니 내 집처럼 고쳤다. 마당과 돌담과 계단과 텃밭 벌초도 대충은 했다.

12일, 인생의 암흑기를 이곳에서 딛고 나아간다. 절대 고독의 시간이었다.

도착하자마자 전화기를 끄기 전, 두려워하는 내게 관지가 그러셨다.

"내가 너와 함께 있어."

쉽게 나올 수도 없는 하죽도에서 말이다. 성령처럼. 마음으로. 기도로. 엄마 아빠 기일을 이곳에서 보냈다. 엄마와 아빠도 나와 함께 계셨다. 기억했으니까. 혼자 있다고 해서 혼자가 아니었다. 긴급 기도 부탁했던 분들 모두 나와 함께 계셨다. 나의 주님도.

이젠 조금 오래 머물 정원이 필요하다. 물론 소유주가 되고 싶은 생각은 아직도 없다. 남의 것이니까 알뜰살뜰 가꿨지 내 것이라면 그렇게까지 애착이 갈지 잘 모르겠다. 집 주인이 좋아할 모습을 기대하며 잘했던, 떠날 것들에게 아낌없이 사랑을 베푸는, 그게 내 방식의 정원 사랑이었는지도 모른다.

이제 나는 할머니나 남자친구가 있는 정원을 구하지 않겠다. 정원 하나 구하기도 힘든데 옵션이 너무 많았다. (사실 내가 원한 건 거창한 정원이 아니었다. 꽃과 채소 조금 심을 흙이면 충분했다.) 대신 기도하고 싶을 때 가서 기도할 수 있는 작은 성전 가까이에 집이 있으면 좋겠다. 눈치 보지 않고 아무 때나 가서 내 이야기를 털어놓을 수 있는 친구가 사는 집 옆에 내 정원이 있으면 좋겠다. 하지만 그 또한 주어지지 않는다면 진도 하얀집처럼 기도실이 방이라 하더라도 그걸로 족하리라.

정원을 찾습니다

굴뚝새의 모험 3

주인은 정원을 찾아다녔고 정원을 옮길 때면 걸었다.

2020년 원주에서 나와서는 삼척부터 고성까지 걸었고, 2021년 정읍에서 나와서는 해남부터 하동 거쳐 구례까지, 곡성에서는 구례부터 보성까지, 다시 해남에서는 진도까지 18번 국도와 땅끝천년숲옛길과 달마고도를 완주했다. 2022년 해남에서 나와서는 하동에서 부산까지 걸은 후 정읍 동학농민혁명 길을 걸어 남원으로 갔다. 그리고 제주 거쳐 진도에 잠시 머물렀다.

주인이 남도를 두 발로 걸어 연결하는 동안 코로나19 백신 인증이 없으면 식당 출입도 할 수 없었다. 네 명까지만 모일 수 있었다. 다행히도 주인은 인원수 제한 염려 없는 혼자였다. 그리고 아무도 인원수로 세지 않는 내가 항상 그 목에 걸려 있었다. 은으로 된 굴뚝새인 나는 날 수 없지만 걷는 주인 덕분에 세상 구경을 하며 다녔다.

가만히 귀 기울여보면, 주인은 사랑하는 사람과 함께 정원과 텃밭을 가꾸고 손잡고 산책하며 전망 좋은 방에서 글 쓰는 삶을 꿈꾼다. 하지만 방역의 일환인 사회적 거리 두기는 주인을 더욱 혼자로 만든다. 어쩌면 그런 이 사회가 주인에게 잘 맞는지도 모르겠다. 글을 쓰기에는 혼자가 최적이니까.

내 멋진 주인은 나에게는 둥지다. 움직이는 둥지.

내 둥지가 된 주인이 머물 정원이 있는 방을 나도 꿈꾼다. 언젠가 주인이 정원을 찾으면 나는 그 정원에서 주인과 함께 자유롭게 날아다닐 것이다.

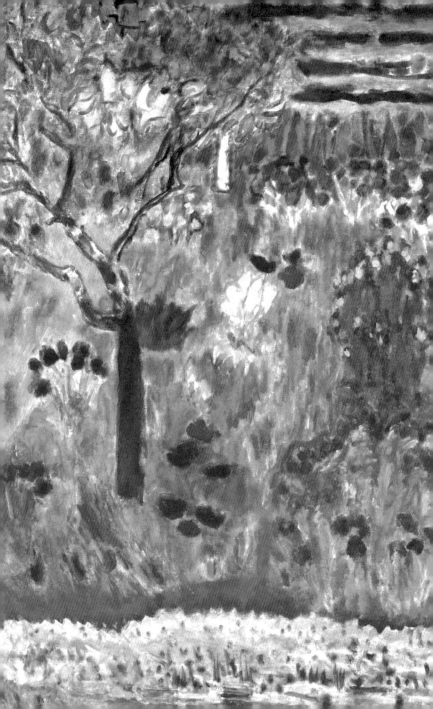

3
부

———

정원의 감사

참꽃마리

담양 글을낳는집 정원 일기 1

그 정원은 그동안 거쳐온 다른 정원과는 달랐다.

각종 꽃과 나무와 다양한 야생화로 잘 가꾼 완벽한 정원이었다. 텃밭도 어찌나 깔끔한지 상추를 비롯한 온갖 쌈 채소에서 빛이 났다. 그곳에는 촌장님과 사모님과 개 두 마리와 고양이 세 마리가 살고 있었다.

담양의 그 정원은 작가들에게 집필실을 제공해주고 음식도 챙겨주는 집필촌이었다.

이름은 글을낳는집.

다섯 개의 방에 화장실이 세 개인 한 채와 본채에 딸려 화장실 하나를 공동 사용하는 방 둘이 집필실이었다. 입주작가 성별 비율에 따라 매달 집필실이 바뀌는데 내가 입주할 당시에는 여성 작가 수가 많아 여자 다섯 명이 한 채를 썼다.

오월의 첫날 오후 늦게 도착한 나는 남은 방 둘 중 햇빛이 더 들어오는 서향 방을 택했다.

아무르강, 그방, 고래뱃속, 도청. 유독 내 방에만 이름이 없었다.

무명, 나쁘지 않았다.

매일 아침에 사모님이 만들어 날라 오시는 국과 반찬은 요리연구가의 솜씨였다. 약초와 유기농 채소와 직접 키우신 닭의 알 등을 이용한 요리는 가히 일류 한식집 수준이었다. 5대 영양소와 자연색소를 이용한 화려한 색감이 꽉 찬 그 음식을 먹고도 대작을 낳지 않으면 미안할 만큼 황송한 대접이었다.

입주작가 중 강원도에서 감자만두와 감자떡을 가져온 분이 있었다. 덕분에 입주 직후 저녁 식사를 다 함께 모여하게 되었다. 김치만두와 곤드레 고기만두는 별미였고 알록달록 감자떡도 일품이었다. 그날 촌장님의 새 시집 출판을 축하하며 입주작가들이 돌아가며 그분의 시를 낭송했다. 밤이 깊어지며 서로 낯섦이 한 꺼풀 벗겨졌다. 자연스러운 입소식 및 환영회 겸 축하 자리였다.

하루는 낮에 작가들이 모두 모여 삶은 머윗대 껍질 까는 일이 있었다. 노닥노닥 머윗대를 까고 있자니 사모님이 맨드라미 레몬차를 타 오셨다. 정열적인 빨간 빛깔이 카르멘의 옷자락처럼 예술이었다.

다음 날 머윗대와 방풍잎이 가득한 오리탕이 나왔다. 어디서도 쉽게 먹어보지 못한 귀한 음식이었다. 오랜만의 보식補食이었다. 수년간 수천 킬로미터를 걸어온 기나긴 길 위에서 알게 모르게 쌓인 여독이 풀리기 시작하는 듯했다.

저녁이 어스름한데 사모님이 꽃밭에 앉아계셨다. 가까이 가보니 강원도에서 온 노루오줌을 심고 계셨다. 봄에는 햇살이 강해서 저녁때 꽃을 심고 가을에는 오전에 꽃을 심는다고 하셨다. 맨손으로 꽃을 심고 잡초를 뽑으셨다. 조리에 물을 한가득 담아 와 흠뻑 주셨다.

그 옆에 불두화가 있었다. 두 해 전 화려한 불두화의 낙화를 본 적이 있었다. 그때도 오월이었다.

사모님은 참꽃마리와 등심붓꽃도 곧 꽃을 피울 거라고 하셨다. 막 피어난 연푸른빛 참꽃마리는 자잘하고 고왔다.

들꽃이 관상용 화초보다 더 예쁘게 가득한 정원이었다. 그 중 소나무는 촌장님 내외분의 금실과 닮은 연리지였다.

어린이날이 창평 장날이었다.

사람 북적이는 날 나갈 생각은 없었는데 무선 키보드 건전지가 수명을 다했다. AAA 건전지 두 개 사러 창평으로 나갔다. 장을 한 바퀴 돌고 슬로시티에 가보았다.

남극루 앞 아름드리나무 아래 한참을 앉아 있었다. 햇빛 강도가 줄어들 즈음 돌담을 따라 한옥 마을을 휘 둘러보고 성당처럼 보이는 교회에 들어갔다. 105년이 된 창평교회였다. 문이 열려 있었다. 안에 들어가 오른쪽 맨 앞자리에 앉았다. 두 손을 모으고 기도했다. 내 뜻이 아닌 신의 뜻대로 되기를. 지천명이면 하늘 뜻을 알 나이인데 아직도 내 뜻과 하늘 뜻 사이에는 큰 차이가 있는 듯하다. 이제는 어린아이 같은 내 주장을 멈춘다.

글을낳는집에 돌아와 노루오줌이 자리를 잡았나 들여다보고 나서 밭으로 갔다. 쌈 채소밭을 지나 파밭으로 갔다. 멀칭 비닐 구멍 사이사이 촘촘히도 난 잡초를 잡아 뽑는 일은 오랜만이었지만 손맛이 있었다. 한참을 허리 숙여 뽑고 나니 네 이랑이 깔끔해지고 내 허리는 지끈거렸다.

마당을 돌아오는 길, 연푸른빛 참꽃마리가 전날보다 더 자잘하게 피어나 있었다.

그날 늦은 밤, 처음으로 밖에 나와 하늘을 올려다보았다. 집필실 바로 위에 북두칠성이 떠 있었다. 해마다 머리 위에서 북두칠성을 보는 달은 오월이었다.

입주하자마자 택배가 두 번 왔다. 한 번은 사흘째, 또 한 번은 엿새째. 막냇동생이 보낸 선물이었다. 지난 정원에서 받은 커피 그라인더–핸드밀 원두 분쇄기와 같은 브랜드로 맞춘 도자기 핸드 드리퍼와 유리 서버와 드립 스탠드와 필터와 필터 홀드, 우드 커피 스쿱과 동생이 직접 볶은 커피 원두였다.

마침 탈핵 순례 르포의 마지막 원고 교정을 보던 때였다. 5년간 연재하던 글을 마무리하는 데 근사한 의식이 필요했다. 커피 원두를 갈아 드리퍼에 끼운 종이필터에 붓고, 끓인 물을 부어 뜸 들인 후 다시 내려 커피를 마셨다. 로스팅한 지 5일 된 에티오피아 G1 예가체프의 맛은 약간 산미가 있으면서 깔끔했다.

커피를 마시면서 생각을 정리했다. 초고를 그대로 실을 것인가, 아니면 감출 것은 조금 삭제할 것인가. 말하지 않으면 솔직하지 않다고 생각하는 내 정직 강박증은 무방비 상태로 글에 자신을 노출했다.

어느 심사평에 그런 문장이 있었다.

치기를 아무렇지도 않게 내보이면 읽는 사람은 수치를 느끼게 된다.

남의 추문을 퍼뜨리면서 누군가를 공격하는 동시에 자신의 잘못을 무마하려는 사람들, 혹은 세상을 죄악으로 물들여 도덕적으로 하향 평준화하려는 사람들에 비하면 제 잘못을 까발리는 사람들은 양호한 편이다. 그러나 정제되지 않은 감정이 휩쓸고 지나간 뒤에 남는 상처는 오롯이 듣거나 보는 사람이 감내해야 한다. 차라리 보지 말고 듣지 말 것을 하면서.

커피를 마시면서 적당히 삭제하는 편을 택하기로 했다. 그러고는 집필실로 들어와 마지막 수정본을 송고했다.

다음 날, 길도 없는 뒷산에 기어 올라갔다. 인제 그만 걸어야 했는데도 미지의 세계가 자꾸만 나를 불렀다. 산길을 헤치다가 건드리는 식물들에서 뿌연 가루가 퍼져나갔다. 포자식물의 번식을 사람인 내가 왕성하게 도와주고 있는 셈이었다.

거칠고 험한 산을 오르고 또 올라 산등성이 가까이 가니 커다란 바위를 쪼개고 우뚝 서 있는 소나무 한 그루가 있었다. 아무 바탕 없이 황량한 바닥에서 혼자 여기까지 온 내 모습처럼 보였다. 소리 내 칭찬해주었다. 마치 나도 그 모습을 닮고 싶다는 듯.

"멋져요, 소나무."

내려오는 길, 글을낳는집 파란 지붕이 보일 때쯤 땅바닥에 옅은 푸른빛이 아른아른거렸다. 고개 숙여 보니 정원에 있던 참꽃마리였다. 하늘하늘 두 송이씩 피어난 야생화 참꽃마리. 꽃말은 '행복의 열쇠'와 '가련'.

글을낳는집은 산자락을 정원에 옮겨놓은 곳이었다. 그 산의 기운을 받아 포자처럼 내 글도 여러 사람에게 퍼져나가려나. 오월 산에서 정원을 느낀다.

선물

담양 글을낳는집 정원 일기 2

오월 중순에 글집 내 앞으로 시집 한 권이 선물로 왔다.

《꿈꾸는 소리 하고 자빠졌네》창비시선 475 송경동 시집이었다.

침대 위에서 꼼짝 않고 읽기 시작했다. 읽는데 욕이 나오는 시는 좋은 시인가 나쁜 시인가. 읽다가 자꾸 눈물이 울컥울컥 나오는 시는 대체 어떤 시인가. 열혈 투지 부동의 자세로 단숨에 몰아 읽고는 이런 시를 쓰면 어떡하냐고, 나더러 어떻게 하라는 거냐고 따져 묻고 싶은 시, '계속 꿈꾸는 소리나 하다 저 거리에서 자빠지겠네'라는 시인의 목소리가 듣고 싶어지는 시, 기어이 오열하게 만드는 시를 전부 읽고는 자동차로 갔다. 밀폐된 공간에서 엉엉 소리 내어 울었다. 숨겨둔 맥주 캔 하나를 마셨다는 건 굳이 밝히고 싶지 않지만.

그즈음 나는 글을낳는집 주변을 산책할 때마다 쓰레기를 주우며 다녔다. 지나고 보니 나 역시 쓰레기와 다름없었다는 참회의 몸짓이었다. 버려진 나를 줍듯 쓰레기를 주워 담았다. 적어도 다른 곳에 방해가 되게 해서는 안 된다는 생각의 실천이었다. 시집이 온 다음 날, 용대리 일대를 왕복 8킬로미터 걸으며 길에 떨어진 비닐봉투에 쓰레기를 주워 가득 채우고 또 채우며 산책하고 오니 커다란 선물 상자 택배가 하나 와있었다.

엘리트 초콜릿, 프링글스, 푸딩, 견과류, 구미구미, 빠삭칩스, 트루팁스 말랑, 데니시타 쿠키, 맛밤, 으아~ 내가 제일 좋아하는 간식 맥스봉.

쿠키 상자에 분홍 포스트잇이 붙어 있었다.

글을 쓰는 일은 고독한 일인 것 같다고, 그 고독을 도반으로 삼아 글을 낳는 일에 에너지가 되길 바란다고, 그렇지만 안 써져도 너무 애쓰지 말고 그냥 즐기길 바란다고.

'햇살 좋은 오월에 보인'이었다.

누군가로부터 사랑받음은 참 좋다. 든든하기 때문이다.

그리고 자랑스럽다. 그 자랑스러움에 보인이 보내주신 간식을 입주작가들과 나눠 먹었다. 그러곤 곧 미안해졌다. 영남대 의료원 해고노동자 박문진 보건의료노조 전 지도위원이었던 보인이 고공에 있던 227일 동안 나는 무얼 해드렸나.

전국 집필실 중 글을낳는집에서 가장 훌륭한 점을 꼽는다면 단연 사모님의 음식이다. 사모님은 각 작가의 체질에 맞는 음식을 해주신다. 덕분에 몸이 찬 나는 사모님이 해주신 열이 나는 음식을 여름 내내 먹어 추위를 덜 타게 되었다. 공해와 오염에 찌든 현대인의 혀를 깨끗하게 씻어주는 세설洗舌이 들꽃 가득한 글을낳는집 정원에서 사모님이 음식으로 베풀어주시는 융숭한 덕이었다. 사모님은 입주작가 식사 말고도 따로 발효식품을 제조해서 판매하신다. 나는 장기농성 투쟁으로 건강이 많이 상하셨을 보인에게 사모님이 만드신 마늘 꾸지뽕 약선 고추장을 보내드렸다.

5월 말에 송별회를 무려 세 번이나 했다. 한 번은 수요일 저녁, 한 번은 갤러리 기역+책방 개업식으로 광주 나들이 다녀온 토요일 저녁, 마지막은 모두 떠나기 전날인 월요일 저녁.

퇴소일에는 사모님이 겹작약꽃차와 산목련차를 내어 오셨다.

육십 넘은 시골 출신 시인 남편 앞장세워 아무것도 모르던 도시 여자가 산골에 자리를 잡았다. 그렇게 12년 전 이곳에 자리 잡고서 첫 추운 겨울을 모질게 나고 산에 오르셨는데 노루귀가 피어 있었단다. 미나리아재비과의 여러해살이풀로 나무 밑에서 자라는 노루귀가 하도 기특해서 '노루귀도 저렇게 겨울을 이기고 살아남았는데……' 하며 기운 내셨다는 사모님.

그렇게 담양 글을낳는집을 지켜오신 사모님의 아름다운 꽃차를 마시고 4~5월 입주작가 시인 릴리가 떠나셨다. 젊은 시절 매우 어려운 형편에서도 백합 한 송이를 샀다고 해서 내가 붙여준, 그이의 이름 릴리. 입소하자마자 야외 테이블 위에 올려놓은 내 동백 화분 옆에 어느 날 릴리도 작은 허브 화분을 놓으셨다. 그 애 이름이 '이사도라'였다. 그래서 그 옆에 있던 내 동백 이름을 '덩컨'이라고 지었다. 이사도라와 함께 릴리는 떠나셨다. 내 동백 덩컨은 다시 혼자 남았다. 하지만 릴리가 두고 가신 유산균 살아 있는 요거트는 이후에도 글집 작가들의 장 건강을 책임지는 선물이었다.

매월 말 퇴소와 입소 사이에는 빨래가 산더미다. 각자 깔고 덮던 이부자리를 빨아놓고 가야 하기 때문이다. 하필이면 말일 전날, 보슬비가 왔다. 새벽부터 세탁기는 쉬지 않고 도는데 빨래를 넣어도 마를 기미가 보이지 않았다. 말일 퇴소와 첫날 입소 사이에는 청소와 소독도 거행된다. 사모님 혼자 알코올 소독과 유한락스 청소까지 하시는데 고되어 보였다. 나는 옆방 커튼을 분리해 세탁하고 유리창을 닦았다. 6월에 새로 입주할 작가에게 미리 한 선물이었다. 사모님은 나를 곁에 두고 살고 싶다고 하셨다. 정말 고마운 말씀이다.

　매일 서쪽 창으로 해가 졌다. 연둣빛이 초록으로 짙어지며 해 지는 시각은 조금씩 느려졌고 햇살 세기는 차차 더 강해졌다. 갈수록 잠드는 시각이 점점 늦어졌다. 그럴수록 일어나는 시각도 늦어졌다.

　집필실의 좋은 점은 방 안에 있을 때 거의 방해받지 않는다는 것이다. 작업 특성상 서로의 예민함을 알기에. 함부로 노크하거나 문을 열지 않는다. 타인의 생활에 불쑥불쑥 들어가지 않는다. 자신의 사생활을 보호받고 싶은 만큼 타인의 생활도 보호한다. 그건 불문율이다. 가끔 경계를 넘어서는 작가들이 생기면 집필촌의 경고를 받는다. 정도가 심하면 퇴실 조치도 당한다. 그럼에도 경계를 넘는 사람은 어디에나 있지만.

심야에 작업하고 하루 두 끼 식사하는 나는 세 끼 드시는 다른 작가들과 늘 비낀 시간에 밥을 먹었다. 가끔 아침에 선잠이 깨면 나 깰까 봐 조심조심 대화하며 식사하는 작가들 목소리가 속닥속닥 들렸다. 작가들 상상력의 도마 위에 올라갈지언정 새로운 인연을 만들고 싶지 않았다. 그렇게 티 날 듯 말 듯 피해 다니던 어느 날이었다.

주말에 다들 집으로 돌아가고 둘만 남았다. 밤이 되면 뭔가 은밀한 이야기를 하고 싶게 만드는 분위기에 휩싸인다. 그러나 그날 밤 시인 시아에게서 본 건 유달리 재주와 강인함이 엿보이는 기다란 손가락과 반가사유상처럼 은은한 미소.

다음 날 우리는 화순군 이서면 야사리로 갔다. 누룩 꽃이 핀다는 시골 빵집이 목적지였다. 그런데 나는 그 옆 천년 나무에게 소원을 빌었다. 사라진 줄 알았다가 담양에서 다시 생긴 소원이었다. 헤어진 줄 알았던 인연 둘이 담양에서 다시 이어졌기 때문이었다. 물염정에 가고 오는 길에 비가 내렸다.

유월 마지막 화요일에 시아와 광양으로 갔다. 릴리를 만나기 위해. 새벽까지 서류를 작성하고, 아침에 쪽잠을 잔후, 오전에 서류를 접수하고 운전대를 잡았다. 다음 날 멀리가는 시아가 운전하시게 할 순 없었다.

광양 유당공원은 사뭇 원림과도 같이 연못이 있는 정원모양이었다. 공덕비도 있었다. 릴리가 안내하신 식당 별실에서 얇게 저며 살짝 양념을 입힌 쇠고기가 나왔다. 옆자리릴리가 엄마처럼 쇠고기를 숯불에 구워 접시 위에 가위로잘라 올려주셨다. 나는 파채와 쇠고기 조각을 상추쌈에 얹어 아이처럼 날름날름 먹기만 했다.

전남도립미술관은 작년 6월, 순천에서 광양으로 걸어오자마자 마주한 건물이었다. 그때 들어가보고 싶었던 곳을다음 해 현지 작가 안내로 가게 될 줄 어찌 알았을까. 소장품 상설전인〈흙과 몸〉중에 제주 작가 강요배의 그림〈산방산〉이 있었다. 그걸로 족했다. 박치호 개인전〈BIG MAN〈빅맨〉〉은 회화, 조각, 드로잉 등 70여 점으로 구성되었는데 일단 거대한 크기로 압도했고,〈부유〉드로잉을 나무에 조각해우레탄 페인팅을 한 다양한 기법과 전시 방식이 돋보였다.

빨간 새가 있는 잔디밭을 지나 광양예술창고에 들어갔

다. 전이수 작가의 그림이 가득한 카페에서 따뜻한 카페라테 위 하얀 하트를 마셨다. 셋은 손등 위에 붙인 전남도립미술관 스티커를 모아 사진을 찍었다. 우정은 때론 앙증맞은 행위로 상징된다. 비록 오륙십 대지만 우리는 소녀 중의 소녀들이었다.

다음 코스를 정할 무렵, 두 분이 내 의사를 물어보셨다. 섬진강 드라이브 코스를 준비하신 릴리에게 하동 박경리 문학관까지 갈 수 있으시냐고 물었다. 다음 날 시아는 장거리 운전으로 집에 가셔야 하고 릴리도 여행 계획이 있었지만, 우리는 릴리의 운전으로 빗길을 달려 박경리 문학관에 갔다.

작년 여름 도보순례 때 '난 특별히 문학을 내 인생과 갈라놓지 않습니다. 내 인생이 문학이고, 지금 문학이 내 인생입니다'라고, 마치 비극적 운명을 예견하듯 보여주신 박경리 선생님을 다시 뵈었다.

나는 문학관이 아닌 화장실 옆에 붙은 '다시 태어나면 일 잘하는 사내를 만나 깊고 깊은 산골에서 농사짓고 살고 싶다'고 하신 선생님의 마음을 잘 알 듯했다. 나 역시 그러고 싶은 마음이니까. 하지만 1년 후 그곳에 다시 불러주신 선생님의 뜻을 살펴 나 역시 남은 인생 문학인의 길을 가게 될 듯한 상서로움에 몸을 움츠렸다.

문학관에서 나와서야 알게 되었다. 시아는 두 달 전에, 릴리는 불과 며칠 전에 그곳에 오셨던 적이 있음을. 두 분은 내가 미안하거나 불편할까 봐 여정이 끝날 때까지 그 사실을 말하지 않으셨을 것이다. 재방문도 함구도 모두 사랑과 배려의 감동 선물이었다.

다음 날인 비 오는 수요일에 시아는 남은 드립 커피를 몽땅 내게 주고 떠나셨다. 윤과 나는 산책하다가 소나기를 쫄딱 맞았다. 비가 오는데도 뛰지 않을 만큼 우리의 이별은 한차례 폭우 같았다.

이틀 후 윤도 가셨다. 글집에서 주문해 입으시던 채도 낮은 분홍빛 블라우스를 예쁘게 접어 선물로, 옷과 함께 적어주신 귀여운 글씨의 메모지에는 함께했던 시간에 대한 소중한 마음을 담아주고 가셨다.

그렇게 입주작가들의 언니 사랑을 풍성히 받던 담양의 5, 6월이 지나갔다. 이후 언니 작가들이 산책길에 사 오시던 이웃의 달걀 한 판도 함께 사라졌다.

7월 첫날, 나는 윤이 주시고 간 블라우스를 입고 광주 갤러리 기억으로 갔다.

강재훈 사진전 〈지율 스님의 경經〉.

선생님 작품을 광주 작은 갤러리에서 만날 줄이야. 사진 아카데미 사람들을 광주에서 만날 줄이야. 제자가 개관한 갤러리에 기꺼이 작품을 내어주신 이번 전시회는 이전 서울의 대규모 사진전들과는 달라 내게는 결 맞는 충격이었다. 파괴되는 자연 생태계에 대한 엄중한 경고가 천성산과 내성천의 아름다움과 지율 스님 맨발의 숭고함으로 그려져서 이율배반적이었다.

'사진보다 사람이 먼저다'라는 강재훈 선생님과 목숨 걸고 천성산과 내성천을 지킨 지율 스님. 두 인물의 만남이 강모래 위 십자가처럼 청미했다. 그 가르침이 선연했다.

강재훈 선생님의 글은 사진 못지않게 유려하다. 그래서 글 쓰는 나는 전시회마다 선생님의 사진보다 글이 더 궁금하다. 그때마다 내 감상은 이렇다.

시가 담긴 가슴이 시적인 사진을 찍는다.

이번 선생님 작품은 막 세상에 나오려고 하는 내 글이 가야 할 길에 대한 지표나 예시 같았다. 언젠가 나만의 정원이 생기면 그 집에 꼭 걸고 싶은 사진들이었다. 이후 담양에서 남은 한 달은 선생님 작품 중 어느 작품을 소장할까 내내 고민하는 나날이 되었다.

글집 친구들

담양 글을낳는집 정원 일기 3

내 방에서 보이는 닭장에는 닭들이 산다. 수탉 한 마리에 암탉 열두 마리 정도 되는갑다. 모이 주러 갈 때마다 아무리 세어봐도 그때마다 다르다. 그런데 그중 몇몇 닭의 등은 털이 홀랑 벗겨져 붉은 살이 보인다.

사모님은 수탉이 편애한다고 하셨다. 미워서 털을 뽑는다는 줄 알았는데 실은 올라탄다는 것이었다. 즉 교미한다는. 홍삼 등 좋은 걸 많이도 먹였더니 수탉의 기운이 넘친단다. 나는 닭이 어떻게 사랑을 나누는지 모른다. 수탉의 사랑을 듬뿍 받아 등털이 뽑힌다면 암탉 입장에선 행복일까, 불행일까? 만약 남편 사랑 많이 받은 아내의 머리카락이 홀라 당 뽑힌다면? 민머리가 되더라도 섹스하려고 할까?

텃밭의 상추를 뽑다가 먹기엔 좀 시든 게 있거나, 수박을 썰거나 먹고 남은 부분을 닭들에게 가져다주면 닭들이 몰려온다. 용기 있는 암탉 몇 마리가 오고 곧이어 수탉이 와서 '꼬끼오' 하고 울어준다. 다른 닭들에게 먹어도 된다는 신호인지, 먹을 게 와서 좋다는 표현인지 모르겠다. 여하튼 수탉과 친한 닭들은 먹이가 왔을 때 거리낌 없이 달려와 쪼아 먹는다.

그런데 유일하게 오지 않는 닭이 있다. 하얗고 작은 닭이다. 식탐을 보이지 않는 품이 도도해 보이기도 하고 무리와 어울리지 않고 따로 노는 게 내 모습 보는 것 같아서 어떻게든 그 닭을 먹이려고 시도해봤다. 그러나 하얀 닭은 한 번도 먹는 모습을 보여주지 않았다. 사모님이 그 닭은 오골계라고 하셨다. 겉은 하얗고 속은 까만 오골계.

회색 몸에 까만 머리 물까치는 까맣고 하얀 까치보다 몸통이 작고 날렵하다. 내 방 근처에 물까치가 자주 온다. 토독토독 양계장 양철지붕을 밟기도 하고 고양이 먹이를 탐내기도 한다. 한두 마리에서 서너 마리 떼 지어 올 때도 있다. 기껏 이불 빨래를 해서 건조대에 널어놓으면 거기 앉아 똥을 싸놓고 가기도 한다.

2년 전 토지문화관 매지사 동남향 방에 있을 때도 창문 너머 전기선에 물까치가 날아와 앉아 있는 걸 매일 보았다. 그때는 아주 먼 물까치였지만 지금은 내 방 창문 위아래로 연신 날아온다. 창 아래 둔 고양이 사료를 먹으러 오기 때문이다.

물까치는 매우 시끄럽다. 꽥꽥거리며 우는 게 날렵한 생김새와 어울리지 않는다. 만약 물까치가 꾀꼬리처럼 운다면 얼마나 좋을까? 청각이 민감한 내 마음에 들기에는 부족하지만, 물까치와 함께 사는 게 싫진 않다. 새를 이렇게 가까이서 볼 수 있는 생활이 어찌 싫으랴.

글집의 터줏대감은 고양이 방울이다. 노란 얼룩이인데 귀는 찌그러졌고 왼쪽 눈도 부었다. 하지만 이 고양이는 애교 대장이다. 처음 그네에 앉아 있던 나를 만나자마자 그네로 올라와 내 허벅지에 제 머리를 올려놓았다. 그땐 너무 더러워 만질 수가 없었다.

"부담스러워. 부담스러워."

그렇게 몸을 멀리했었다.

그러다 어느 낮에 풀밭에 발라당 누운 녀석의 배를 문질러주었다. 녀석은 애무를 받는 듯 하염없이 이리 뒤척 저리 뒤척 몸을 돌리며 누워 있었다. 한 달이 넘자 녀석 몸에 착 달라붙어 있는 진드기를 잡아 떼주었다. 가끔 초저녁 산책길에서 돌아올 때 집을 나서는 녀석을 길에서 만났다. 그럼 녀석은 콘크리트 바닥에 또 발라당 눕는다. 만져달라는 신호다. 이 녀석이 내 손맛을 보더니 어떻게 알았는지 주차된 여러 자동차 중 꼭 내 차 지붕 위에 올라가 웅크리고 낮잠을 잔다. 밤늦은 시각 창 아래 와서 울기도 한다. 그래도 절대 나가보지 않는다.

그런데 이 녀석이 온 동네 암고양이들을 다 휘젓고 다닌단다. 밖에서는 무얼 하는지는 모르겠다. 내가 아는 건 이 녀석의 아내가 죽고 딸과의 사이에서 새끼가 있었는데 어느 날 그 손녀와도 정을 통했다는 사실이다. 누가 딸이고 누가 손녀인지 모르겠지만 둘 다 아내가 된 건 맞다. 엉망진창인 근친상간을 개족보라고 하는지 모르겠는데 내가 본 바로는 고양이족보가 더하다.

유월 말쯤 가느다란 아기 고양이 소리가 나기 시작했다. 닭장 앞 덤불 위에 노란 아기 고양이 두 마리가 똑같이 생긴 어미랑 있었다. 어미는 쉬지 않고 새끼들을 핥아주었다. 사람들이 많이 기웃거리면 장소를 옮기기도 한다는데 한 번 옮긴 그 자리에서 계속 있었다.

칠월 중순이 넘었을 때 나는 고양이 간식을 구해 와 몇 알씩 주었다. 녀석들은 야생이라 해남 백련재 고양이들 같지 않고 거리를 멀리 두었다. 여차하면 달아날 궁리하는 게 역력했다. 그런데 존재 자체가 귀여운 노란 아기 고양이 두 마리에게 간식을 줄 때면 저만치 장작더미에서 내 쪽을 바라보는 얼룩 아기 고양이 한 마리가 있었다. 그 녀석의 어미는 유월 말에 글집 어미 개 까미에게 물려 죽었다. 아비는 방울이다. 아비가 같은 세 마리 중 노랑 두 마리는 어미가 있어서 늘 셋이 붙어 있는데 얼룩 한 마리만 따로 있다. 돌봐주는 어미도 아비도 없으니 당연히 경계심이 더 많다. 먹이를 먹으러 갈 때도 직진으로 가지 않고 장애물을 돌아서 간다. 그 모습에서 나를 보았다.

나는 길을 갈 때 사람 많은 대로를 놔두고 늘 사람 없는 골목으로 돌아서 다녔다. 누가 나를 쳐다보는 게 싫었다. 어린 시절 사람들이 쑥덕이던, "쟤네 엄마 돌아가셨다지?" 혹은 "쟤 엄마 없는 애야" 같은 말이 들리는 듯했다. 그런 눈초리를 받는 게 죽기보다 싫었다.

그 일이 있기 전까지는 동정받을 이유가 없었다. 공부도 잘했고 이쁘장했고 선생님 말씀도 잘 들었다. 반에서는 인기투표 1위였고 어른들은 항상 칭찬을 해주셨다. 그랬던 내가 어느 날 갑자기 엄마 돌아가시고 불쌍한 아이가 되어버렸다. 천성이 깔끔해서 구분이 심했지만, 그때부터는 더욱 외톨이로 지냈다.

얼룩 아기 고양이가 내가 놓아둔 간식을 먹는 걸 보는데 문득 고등학교 때 기억이 떠올랐다.

이름도 기억나지 않는 어떤 아이가 내 앞에서 자기 엄마 이야기를 했다. 엄마 무릎에 누우면 엄마가 제 얼굴에 난 여드름을 모나미 볼펜 끝으로 짜준다는.

나는 친구들에게 중학교 때 엄마 돌아가신 이야기를 터놓고 한 적이 없었다. 그 아이는 다른 중학교 출신이었고 전혀 친한 사이가 아니었기에 내게 엄마가 안 계신 줄 모르고 아무렇지도 않게 그런 이야기를 했을 것이다. 얼굴이 희고 몸집이 통통하고 공부는 그다지 잘하지 못했던 그 아이가 그렇게 부러울 수가 없었다. 그때 그 부러웠던 기억과 감정이 얼룩 아기 고양이를 보는데 불쑥 떠올랐다.

노란 아기 고양이 두 마리가 엄마 품에서 장난칠 때 그 모습을 지켜보는 얼룩 아기 고양이는 얼마나 외롭고 쓸쓸하고 가슴 아플까? 게다가 그 얼룩 아기 고양이는 제 어미를 물어 죽인 개와 한집에서 살고 있다. 다른 곳에 가서 살

능력이 되지 않기 때문이다. 촌장님이 사료 주시는 이곳을 떠나선 살 수 없을 것이다. 아직은 너무 어리니까.

얼룩 아기 고양이는 벌써 나무를 탄다. 비록 놓치지만 새를 잡으려고 살금살금 기어갈 줄도 안다. 노란 아기 고양이들보다 훨씬 민첩하다. 첫눈에 보기에는 노란 아기 고양이가 귀엽지만, 가만 보면 얼룩 아기 고양이도 못지않다.

내가 이 글집에 있는 동안은 얼룩 아기 고양이를 더 챙겨야겠다. 엄마가 되어줄 순 없지만 너를 더 사랑하는 존재가 있다는 걸 알려주고 싶다.

7월 들어 옆방에 온 헤아려준은 세월호 생일시 앨범 프로젝트를 제작하고, 자동차에 노란 리본 스티커를 붙이고 다녀, 그것만으로 호감이 생기기에 충분했다. 하지만 그럼에도 좋아하지 않을 만한 이유가 있었다. 그건 어떤 분야 종사자에 대한 피해의식이었다.

사람이나 사물에 다가갈 때는 모험이 필요하다. 가까이 할 사람인가 믿을 만한 사람인가 등등 타진의 시간이 필요 조건이다. 정해진 시간이 지나면 우리는 헤어질 것이었고 그 후론 모르거나 잊어도 될 사람이었다.

마지막 날 우리는 많은 이야기를 했다. 나는 한 번 더 인간을 믿어보기로 했다. 그건 헤아려준의 열린 마음 덕분이었다.

논둑을 걸어갔다 돌아오는 길, 밤이 깊었다. 논 옆에 물 대는 곳에서 뭔가 반짝반짝거렸다.

반딧불이였다.

축복이었다.

사람을 다시 한 번 믿기를 잘하였노라.

그건 축하였다.

'따뜻해졌어', 마음이.

그 꽃병은 서울을 떠나기 전 내가 가장 사랑하던 공간에 있던 것이었다. 중국제 같은 청색 문양이 흰 바탕에 구불구불 이어진 꽃병이었다. 그 공간에 마지막까지 남아 있던 물건이 내게로 와 내 공간의 아름다움을 장식해주고 있었다. 아무리 누추한 공간이라도 그 꽃병에 들꽃 한 송이 꽂아놓으면 내가 있는 공간은 공방이나 화실이나 서점이나 카페가 되었다.

진도에서도 내놓지 않았었다.

담양에서도 한동안은 꺼내지 않았었다.

내 취향을 남의 방에 부려놓고 싶지 않았었다. 그런데 방에서 꽃을 보고 싶었다. 잘 가꾼 정원에 가득한 꽃은 나를 위로해주지 못했다. 그래서 차 안에 있던 꽃병을 꺼내놓았다. 처음 한동안은 쑥갓꽃을 꽂아놓았다. 쑥갓꽃이 시들 무렵엔 도라지꽃을 꺾어다 두었다.

장기 외출하기 직전이었다. 꽃병을 비워 평소 놓던 자리가 아닌 곳에 두었다. 지연된 약속 시각에 미적거리던 시간, 문득 그날 일정을 소화하려면 비타민 C 영양제를 먹어야겠다는 생각이 들었다. 영양제가 든 가방을 앞으로 잡아끄는 순간 옆에 있던 뭔가가 바닥으로 떨어져 산산조각이 났다.

건드릴 줄은 몰랐다. 40센티미터 높이에서 떨어졌다고 깨지는 건 너무했다. 꽃병은 붙일 수도 없이 조각조각이 나버렸다. 받아들이기에는 가슴이 심하게 아팠다. 하지만 남원 귀정사에서 전기스탠드에 불이 들어오지 않았을 때처럼 울지는 않았다. 뜨듯해진 눈시울로 꽃병 조각을 오래 입어 늘어나고 찢어진 생리 팬티로 감쌌다. 파편에 누구라도 다칠까 봐 비닐에 싸고 또 쌌다. 그러곤 닭장 옆 아궁이 앞 종량제봉투에 넣었다.

자동차로 떠나면서 뒤늦게 생각이 났다. 차라리 글집 어느 나무 아래 묻을걸, 그래서 나중에 아주 나중에 이곳에 다시 오면 흙을 파서 찾아볼걸. 그러나 그 또한 무슨 미련이랴. 깨진 조각을 붙일 수 없듯이 떠나간 인연은 잡을 수 없다. 아무리 아쉬워도 떠난 사람에게 갈 수는 없다. 떠난 사람이 찾아오기 전에는 만날 수 없다.

타월로 된 갈색 샤워가운이 있다. 하도 오래 입어 색이 바래고 올이 풀린 것도 모자라 지난해 해남에선 목덜미에 곰팡이가 시커멓게 슬었다. 여름 습기가 그렇게 옷감을 망치는지 처음 알았다.

담양에 와서 곰팡이를 견디지 못하고 칼라 부분을 칼로 잘라냈다. 그리고 자른 단면을 실로 시쳤다. 듬성듬성한 바느질은 중력을 견디지 못한 목덜미 부분이 찢어지는 걸 막지 못했다. 구질구질하고 낡은 샤워가운은 새 정원이 생기면 잘라서 걸레로 쓸 것이다. 그래도 10년간 잘 썼고 특히 정원을 찾아다닌 지난 2년 동안 어디에 있든 내 몸을 소중하게 감싸는 데 소용되었으니 옷으로서는 그 어떤 것보다 소임을 다했다.

저녁 식사 후에 잠시 글집 앞을 걷는데 하늘에 분홍색 구름이 군데군데 퍼져 있었다. 처음 보는 홍색이 점점 진해져 진홍색 새들 같은 구름이었다. 구름을 사진으로 남겨보려고 발길을 돌려 집으로 향했다.

　불과 몇 초 사이였다. 사진기를 챙겨 나오자 하늘엔 분홍 구름이 사라지고 없었다. 기록이 뭐라고 그 순간을 충분히 즐기지 못하다니.

　갑자기 인생이 덧없어졌다. 우주의 시간에서 보면 흔적 없이 순식간에 사라질 인생, 뭐 그리 아등바등 애걸복걸 사는가.

　5월에 심은 고추, 가지, 오이, 옥수수 중 옥수수를 7월에 수확했다. 다른 것들은 사모님이 반찬으로 만들어주셨고 옥수수는 함께 땄다. 사모님께서 내가 심은 것을 가기 전에 먹어보게 하신다고 서둘러 익은 것만 따게 해주셨다.

　옥수수 따는 법은 다음과 같다.

　삐져나온 수염이 까맣게 마른 것을 아래로 휙 꺾으면 뚝

부러진다.

겉껍질을 벗기고 속껍질을 얇게 남긴다.

수염은 껍질이 거의 다 벗겨졌을 때 잡아당기면 후두둑 뽑힌다.

우리가 딴 옥수수는 사모님 표로 알맞게 삶아져 식탁 위에 올라왔다. 심고 거두는 기쁨을 담양 글을낳는집에서 달콤하게 맛본다.

이곳에는 내가 아는 두 나무가 있다.

한 그루는 은행나무로 텃밭 가는 입구에 있다. 한 그루인 듯 두 그루인 나무다. 또 한 그루는 내 방 창에서 보이는 단풍나무다. 단풍나무는 언젠가부터 세상에서 제일 싫어하게 된 나무다. 어느 날 보니 단풍나무로 웬 가시나무 세 줄기가 올라가고 있었다. 남 괴롭히는 건 못 참아 차에서 낫을 가져왔다. 가시에 찔려가며 세 그루를 다 베어냈다. 베어내면서 생각했다.

'대체 너는 그렇게 싫어하는 단풍나무를 왜 돕는 거냐……'

그것은 좋고 싫음보다 옳고 그름에 기우는 성향이나 자

신과 타자를 동시에 생각하는 인류애 때문이다. 때로 그러한 특성은 나 자신을 무척 힘들게 한다.

내친김에 근처에 있는 관목들도 베어냈다. 나중에 사모님께 보고하니 가시나무는 찔레였고 촌장님이 꽃 본다고 놔두신 거라며 미소 지으셨다.

아이고 이를 어째~.

담양을 떠나기 직전, 집 앞 다리 위에서 개천을 내려다보았다.

하트 모양의 돌이 있었다.

밭과 나무를 괴롭히는 번식의 왕 환삼덩굴이 어쩌다 만든 사랑.

담양 글을낳는집이 떠나는 내게 준 선물이었다.

둥글레방과 그분방

남원 귀정사 정원 일기 2

산동이가 제일 보고 싶었다.

쉼터지기님 집 앞에 정차하고 산동이를 부르며 간식을 들고 갔다. 산동이는 나를 알아보고 짖기 시작했다. 간식을 줘도 먹지 않고 떨어뜨렸다. 개가 먹을 것보다 사람을 더 원하다니 놀라운 현상이었다. 5개월 만에 다시 만난 산동이는 만져주기 힘들 만큼 냄새가 심했다. 연두색 눈곱도 양쪽 눈 가운데 쪽에 덕지덕지 붙어 있었다. 개집 앞에 교회 의자처럼 긴 의자가 생겼는데 그 위로 털이 가득했다. 개집은 눅눅해 보였다. 습진이 생길 것 같았다. 바싹 마른날이 오면 목욕을 시켜줘야겠다.

귀정사 쉼터로 올라왔다. 이번에 머물 곳은 예전에 도법 스님이 지내셨던 둥글레방이었다. 동쪽 창호지문으로 들어가면 남쪽과 서쪽 아궁이 위로 작은 창이 두 개 있었다. 흙집 지붕에 덧댄 양철 차양. 그 위로 비가 따각따각 소리를 내며 집중해서 내렸다.

차에 있는 짐을 최소한으로만 내렸다. 둥글레방부터 귀정사 담장 옆에 주차한 자동차까지 50미터는 족히 되는 데다 경사도 심하고 잡풀이 억세게 자라 있어서 오르내리기가 쉽지 않았다. 몇 번 왔다 갔다 했는데 도보 앱상 2킬로미터를 걸었다.

저녁 여섯 시 종소리에 저녁밥을 먹었다. 가지전이 나왔다. 비 오는 날 기름진 음식을 먹으니 맛이 좋았다. 밥 먹고 이 닦고 카페에서 의자를 가져왔는데 690미터를 걸었다. 운동엔 최고다. 〈나는 자연인이다〉 촬영 같았다.

창문과 방문을 활짝 열고 음악을 들을 만한 크기로 틀어도 눈치 보이지 않아 좋았다. 창밖으로 숲과 지붕 사이 세모꼴 하늘이 보인다. 다섯 명이 집 한 채에 있다가 혼자 있으니 좋았다. 다만 어둠 속에서 화장실 갈 일이 암담했다. 화장실 가고 싶어질까 봐 일찌감치 잤다. 불을 켜 둔 채였다.

몸에서 열이 폭발했다. 모든 땀구멍에서 땀이 쭈욱 쭈욱 솟아올랐다. 갱년기 증세였다. 밤에 땀이 쭈욱 날 때마다 피부 자극 때문에 깼다. 그때마다 옷은 흥건히 젖어 있었다. 그래서 자주 샤워를 해야만 했다. 그런데 둥글레방부터 욕실까지는 80~100미터. 따로 있는 화장실도 마찬가지였다. 여기 오는 현대인들은 이 불편함을 찾아 일부러 깊은 산속 절까지 온다.

다음 날 일어나 보니 여섯 시 반쯤. 촬촬 물 흐르는 소리가 시끄러웠다. 시골은 고요하지 않다. 누워 있는데 문득 책상이 눈에 들어왔다. 봄에 이 방에는 책상이 없었다. 내가 온다고 책상을 놓아주신 것이었다.

귀정사. 티 내지 않는 정이 느껴지는 곳이다.

점심밥은 풍성했다. 밥, 김치, 호박 부침, 양념깻잎, 호박잎, 두부조림. 전날 저녁에도 가지 부침이 나왔는데 매끼 손이 많이 가는 음식이 나온다. 허리도 구부정한 팔십 대 공양주 보살님 노동이 보배롭다.

또 비가 내린다. 쏴아 쏴아 숲이 젖는다. 산동이 산책을 시켜줘야 하는데 비가 온다. 비가 이리 풍성히 오니 산비탈에 잡풀이 더 무성해지겠구나. 170 걸음 떨어진 욕실과 근처 화장실 가는 내 신발과 발목은 더 젖겠구나.

몸에서 땀이 빠져나온다. 땀이 삐져나올 때 열이 나며 피부가 아프다. 낮밤 가리지 않고 그런다. 그때마다 샤워해야 하는데 욕실이 너무 멀다. 정말 너무 덥다. 원고에 집중해야 하는데 여러모로 불편하다. 모기에 물린 피부는 긁으니 화농이 된다. 화장실과 욕실이 한 공간에 있는 쾌적한 곳으로 가고 싶다.

눈을 뜨면 숲 소리가 들린다. 일어나 풀숲을 걸어 내려가 샤워를 한다. 닷새째 냉수욕이다. 찬물로 몸을 씻고 머리를 감다 보면 차력사가 될 것 같은 기분이다. 몸의 물기를 닦고 옷을 입을 때부터 찐득거리다가 다시 둥글레방으로 올라오면 몸과 옷은 다시 젖는다. 숲의 모든 습기에 몸 안의 물기가 섞여 몸이 늘 젖어 있다. 그런데도 산동이와 산책을 하자마자 식사 후 왕복 5킬로미터를 더 걸었다.

저녁에 드디어 선풍기가 생겼다. 결국은 전기와 기계의 도움을 받는구나. 인간의 나약함을 절감한다.

엿새째, 욕실에 온수가 나왔다. LPG 가스를 새로 주문해주신 거다. 감사했다.

이레째, 요사채 맨 왼쪽 그분방으로 옮겼다. 지행 님이 책상과 의자를 지게로 지어 날라주셨다. 장판도 깔끔하고 벽지도 깨끗하다. 방문은 서쪽인데 창이 동쪽과 북쪽으로 두 개다. 통풍이 잘된다. 대신 와이파이가 연결되지 않는다. 방문 앞으로는 귀정사에 오가는 사람들이 더러 있다. 방충망이 있어도 들여다보인다. 내 주거기준 일 순위가 외부로부터 내부가 보이지 않아 사생활이 보호되는 것이지만 모두 좋을 순 없으니 견뎌보도록 한다.

방문을 향하게 책상을 놓으니 울창한 배롱나무가 보인다. 배롱나무 가지가 나를 감춰준다. 배롱에 의지해서 남은 날들을 살아야겠다. 길어야 삼 주. 그 안에 내 거처가 생길 것이다.

비가 온다. 전기 패널을 켜니 바닥이 따뜻해진다. 불 때던 수고에 비하면 쉬워도 너무 쉽게 더워진다.

둥글레방에 있던 이불과 매트를 빨아 바닥과 책상에 놓고 말린다. 사람이 자주 바뀌면서 침구도 그때마다 세탁을 해주면 쾌적한 귀정사 인드라망 쉼터가 될 것이다.

여드레째, 그분방에 다른 이들이 쓰고 간 요, 이불, 베갯잇 각 두 장씩을 세탁해 널어 말려 보관장소에 가져다 둔다. 내가 쓴 것도 아닌데 왜 내가 하나 싶다가 공짜로 방을 쓰는데 이 정도도 못 하나 하는 생각으로 마음을 다스린다.

책상을 북향 창 아래 구석으로 옮겼다. 동쪽 창밖과 북쪽 창밖에 은행나무가 한 그루씩 서 있다. 서쪽 방문 밖에는 배롱나무가 있고, 동쪽 창틀에는 동백 화분까지 있으니 내가 좋아하는 나무들이 다 있다. 대단한 호강이다. 동쪽 창 너머로 하늘이 삼각형으로 보인다. 그 정도 하늘만 보여도 살 만하다.

며칠 후 책상을 다시 서쪽 방문 쪽으로 옮겼다. 인터넷 망이 닿지 않기 때문이다. 방문 앞에서도 겨우 연결되거나 안 된다.

보름째, 마침내 낫을 들었다. 빨랫줄 아래 무성한 풀이 빨랫감에 닿아 그 풀들을 벴다. 은행나무를 타고 오르는 덩굴도 베어냈다.

열이레째, 오랜만에 다른 지역으로 나갔다. 새롭게 시작할 직장 일 때문이었다. 남원역에 주차하고 무궁화호 타고 버스 타고 현대식 건물에서 태국 음식도 먹었다.

일을 마치고 미리 연락해놓은 부동산을 통해 집을 알아보았다. 차도마다 꽉 막힌 차량, 빼곡한 집들, 허다해서 존재감 없는 사람들. 어서 그곳을 떠나고 싶다는 생각뿐이었다. 불과 한나절이었는데도 산과 풀과 새소리와 심지어는 밤에 세면장에 다녀올 때 풀밭 위 댓돌 옆에 나와 있는 개구리마저 그리웠다.

남원역에 기다리고 있던 내 차에 올라 서서히 운전했다. 차도는 매우 깜깜했다. 암흑일 줄 알았던 요동마을에서부터 귀정사까지 산길엔 가로등이 두 개나 켜 있었다.

귀정사 담장에 차를 세우고 한참을 앉아 있었다. 헤드라이트가 꺼지자 마침내 암흑이 펼쳐졌다. 휴대전화기 전등을 켜지 않으면 요사채 그분방까지 갈 수 없다. 차에서 내려 무심코 위를 올려다보았다. 무성한 귀정사 수풀을 가장자리로 한 하늘에 별. 별들이 초롱초롱 무수히 펼쳐져 있었다.

며칠째 보광전, 관음전, 만행당, 요사채에 혼자다. 화장실 가려고 자정 무렵 밖에 나오면 세상에 다른 색이라곤 없는 먹색이다. 그 어둠이 무섭지 않았다. 왜냐면 저 아래위 쉼터와 템플스테이 어딘가에 사람들이 있기 때문이었다. 무서운 사람, 나쁜 사람이 쉽게 오지 않을 거란 믿음이 있기에. 그래서 나처럼 겁 많은 사람이 밤에도 방문을 잠그지 않고 잘 수 있었다.

다음 날, 목요일 아침 여덟 시. 울력하러 모였다. 새벽까지 집필하느라 두 주를 거르고 처음 나갔다. 고추 따고 고춧대와 잡초 뽑고 들깨 순 지르기를 하는 날이었다. 나는 들깨 원순을 또각또각 따서 한 포대 반을 담고는 잡초를 뽑다가 만행당 정리를 하겠다고 했다. 쓴 침구는 세탁기로 빨고 흐트러진 침구와 물품을 종류별로 깔끔하게 정리하고 바닥을 쓸고 닦았다. 구석의 먼지를 닦아내면 거미가 놀란다.

내 걸레는 다 떨어진 회색 면 소매 없는 티셔츠. 이제 입던 옷들이 하나둘 걸레가 되어간다. 찢어졌다고 홀랑 버려지지 않고 걸레로라도 쓰이니 얼마나 다행인가.

물건의 효용과 사람의 쓸모는 환경에 따라 달라진다. 이전의 나는 손 하나 까딱 안 하는 공주 과였다. 이곳저곳 떠돌면서 꼼짝 안 하면 욕만 먹는다는 걸 알게 되었다. 한 사람에 대한 평가는 그 사람이 지나간 후에 남는다. 내가 지나간 곳이 깨끗하게 정리되는 게 좋듯이 내가 떠나고 난 후에 나에 대한 평가가 기분 좋길 바란다. 참 얌전하고 단정하고 깔끔하며 허튼소리 하지 않고 심지가 굳고 때론 경쾌하며 몸 사리지 않고 일도 잘하고 무엇보다 또 왔으면 좋겠다는 소리를 듣고 싶다.

지행 님에게 취업 소식을 전하자 귀정사에서 출퇴근하라신다. 오후에는 처음으로 만든 의자를 고쳐다 주셨다. 그물코 카페에서 가져온 접이식 의자를 쓰다가 바꿨다. 안정적이었다.

낮에 갑자기 목줄 풀린 산동이가 왔다. 툇마루에 엎드려 쉬는 산동이와 나. 세상 평화롭다.

금요일, 옆방인 정분방에 새로운 분이 오셨다. 건반을 들고 연습하러 오셨다. 옆방에 누가 온다기에 깨끗하게 걸레질을 해두었는데 음악하는 분이 오셔서 매우 좋았다.

그분을 맞이하러 쉼터지기님이 오신 김에 전날 정황을 말씀드렸다. 대전에 취업이 됐고 집을 알아봤는데 도시에선 못 살 것 같다고. 집을 구할 때까지 더 있어도 되겠냐고. 그러라고 하셨다.

큰고모가 집 문제를 꼭 상의하라고 문자를 보내셨다. 통화하니 귀정사에선 밥을 주니 거기 있으면서 강의와 강의 사이에 모텔을 이용하라고 하셨다. 시간표가 월, 금으로 결정됐다. 모텔 이용은 불가.

저녁밥을 먹는데 눈물이 쏟아지기 시작했다. 폭풍처럼. 아무도 모른다. 정원을 찾아 떠도는 이 생활이 얼마나 힘든지. 내 마음은 어딘가 일터가 생기면 그 근처에 잠시라도 정착하고 싶었다. 내겐 밥보다 이젠 그만 머물 곳이 필요했다.

그런데 그날 밤에 처음 뵙는 스님마저도 내게 귀정사에 있으라고 하셨다. 하루에 네 사람이 똑같이 자동차로 출퇴근하며 귀정사에 있으라고 하신다.

울다 잠들고 아침 일찍 깼다. 전날 빨아 말린 찢어진 요 커버를 산동이 집에 깔아주었다. 젖은 담요는 꺼내 버렸다. 산동이를 데리고 경내로 올라왔다. 긴 줄을 배롱나무 앞 의자에 묶어놓으니 툇마루에 엎드려 있다.

일단 귀정사에서 출퇴근하며 탈고하고 지리산에 가기로

결정했다.

토요일엔 공양간에서 종을 치지 않는다. 옆 정분방지기가 밥 먹는 데 함께 있어주었다. 보답으로 자동차 트렁크에 있는 커피 도구상자를 꺼내 툇마루에 앉아 원두커피를 내려주었다. 블루투스 스피커로 쇼팽의 빗방울 전주곡도 틀어주었다. 좋아했다. 나도 좋았다.

누군가를 특별하게 대해주고 그 사람이 좋아하는 게 좋다. 다른 말로 바꾸면 그건 귀한 대접이다. 화들짝한 환대와는 또 다른 정성스러운 대접. 남을 공경하는 마음과 태도. 상대가 귀해짐은 자신도 귀해짐이다.

빗소리와 커피와 피아노 치는 아름다운 여인과 나지막한 대화. 참 좋았다.

저녁에 정분방지기가 된장찌개와 김치볶음을 했다. 나는 옆에서 거들기만 하고 맛있는 저녁을 함께 먹었다.

샴푸바가 닳아 없어졌다. 지난주 옆방에 오셨던 분들이 쓰고 가셨다. 공용욕실을 쓰니 어쩔 수 없다. 세안용 물 세제를 다 썼다. 누가 두고 간 손가락 두 마디만 한 업소용 비누를 쓴다. 곧 바디오일도 다 쓸 듯하다. 다이아몬드 리페어 퍼펙트 세럼 45밀리리터를 다 썼다. 아이크림도 다 썼다. 아직 린스바와 새 비누가 남았다. 친환경 액상세제도 남았다.

아침에 욕실에 가니 내 욕실용품 쪽에 샴푸와 목욕 세제

샘플 두 병이 있었다. 퇴실하는 정분방지기가 둔 것이었다. 그이는 내가 천연세제를 쓰는 걸 알고 있었고 그게 떨어진 것도 알았다. 자기 건 화학 세제지만 그래도 없는 것보다 나으니 둔 것이었다.

남원에 외식하러 나간다는 쉼터 사람들 대신 나와 있기를 택한 정분방지기는 된장수제비를 해주었다. 밥하기 싫어 여기까지 왔다는데, 와서는 두 끼나 식사 준비를 했다.

식사 후 전날처럼 툇마루에서 원두커피를 내려주었다. 이번엔 작은 상에 레이스 손수건을 깔아주었다. 그이가 좋아한다는 드뷔시의 〈달빛〉도 틀어주었다. 우리 앞에는 분홍 꽃 몇 송이 남은 배롱나무가 우뚝 서 있었다.

군산에 산다는 그이는 초등학교 교사이면서 등산을 좋아하고, 하고 싶은 게 아주 많은 사람이었다. 그중에 글쓰기가 있었다. 의욕이 넘치고 쾌활한 그이는 군산에 오면 연락하라며 연락처를 적어주고 떠났다. 그이의 이름은 '바다별'. 2박 3일의 명랑함이 건반 실은 빨간 소형차와 함께 떠났다. 암흑 속 심야에 화장실 가려고 바깥에 나가면 옆방에 누군가 있어서 안심되던 이틀이 지나갔다. 바다별이 치던 동요들이 듣고 싶어질 것이다.

저녁 공양 때 공양주 보살님이 한 쉼터 남자에게 한소리 하셨다. 고양이 보리에게 캔을 하루 세 개나 주지 말라고. 평소에도 그는 보리에게 캔을 주면서 밥을 안 먹는다고 걱정하곤 했다. 자기가 떠나면 보리를 어쩌냐고. 보리는 새도 쥐도 잡아먹는 고양이다. 누가 돌봐줄 필요가 없다.

그러고 보니 나도 마찬가지였다. 나도 나 없으면 누가 산동이를 산책시켜주나 걱정하고 있었다. 개나 고양이는, 특히 이렇게 사람이 많이 드나드는 곳에 사는 개나 고양이는 모든 사람을 잘 따른다. 특정한 누구 하나 없어도 잘 산다. 그래서 지난 3월에 내가 산동이 걱정을 하자 처사님이 그런 걱정할 필요 없다고 하신 거였다. 5개월 만에 다시 와서 깨달음을 얻었다.

사료 먹어도 되는 고양이에게 간식 캔을 하루에 몇 개씩 주는 건 고양이를 위한 게 아니다. 영양상으로도 나쁘지만, 평소 식습관을 깨기도 한다. 아기에게 사탕이나 과자만 먹이고 밥 안 먹는다고 걱정하는 것과 똑같다. 그건 그저 고양이의 환심을 사려는 술책일 뿐이다.

누군가 자신을 대할 때 지나친 칭찬이나 단 소리만을 한다면 그 사람 역시 마찬가지다. 누군가에게 물질로 잘해줘서 마음을 얻으려고 한다면 그건 거래다. 누군가에게 도움을 주는 행위 속에도 어찌 보면 사랑과 인정을 받고 싶은 자신을 위한 마음이 없지 않다.

그분방 앞에는 배롱나무가 한 그루 있다. 휘영청 늘어져 운치도 있고 내 방을 가려줘 안심되게도 했었다. 그런데 그 나뭇가지를 쳐주신다고 하늘소와 지행 님이 왔다. 나만을 위해 막을 수는 없으니 나도 톱을 들고 나섰다. 보광전을 가리고 있던 배롱나무 큰 가지들이 잘려나갔다. 사다리를 타고 올라가 나뭇가지를 베는데 별담리 생각이 났다.

그날 만행당의 요와 이불을 햇볕에 널었다 그분방으로 들어왔다. 귀정사에서 한 달 되기 전에 나가려고 그동안 이부자리를 쓰지 않고 있었다. 매트를 깔고 시트만 덮고 잤었다. 그런데 이튿째 아침에 쌀쌀했다. 이제 이곳에서 언제 나갈지 기약이 없다. 남도가 나를 놓아주지 않는구나.

귀정사에 최초 코로나19 바이러스 확진자가 나왔다. 격리 기간 동안 그곳을 빠져나왔다. 떠도는 것도 서러운데 병까지 얻으면 그보다 더 비참한 게 없음을 경험으로 안다.

숨도 못 쉴 줄 알았던 서울, 인사동 '열시꽃'에서 미국

뉴욕에서 오신 분을 만났다. 내 정원 일기를 읽고 나를 만나고 싶다고 하신 분이었다. 우리는 5년 동안 같은 매체 필진이었고 창간호부터 함께 연재해온 사이였다.

그분과 조계사에 가서 회화나무를 만져보았다. 나는 그분에게 그분방 앞 배롱나무 꽃잎 두 장을 드렸고, 그분은 내게 카모마일 차를 선물로 주셨다. 그분과 헤어지고 청와대까지 걸어갔다. 기품 때문이었는지 여운이 오래 남았다. 그리고 미처 못 한 말 때문에 가슴이 아렸다.

그럴 계획이 아니었는데 갑작스러운 일들이 순식간에 일어났다.

태어나서 처음 해보는 일들이었다.

그중 하나는 한 극장에서 하루에 영화를 세 편 연달아 본 것이었다.

오후 한 시대 〈사랑할 땐 누구나 최악이 된다〉, 세 시대 〈헤어질 결심〉, 여섯 시대 〈그 여름, 가장 조용한 바다〉.

셋 중 가장 좋았던 〈사랑할 땐 누구나 최악이 된다〉의 원제는 '세상에서 최악인 사람The Worst Person in the World'. 그런데 주인공 율리에는 가장 행복한 얼굴로 대로를 뛰어간다. 그 사랑이 최악의 선택이라 해도 어쩔 수 없지 않을까.

연필과 추석

남원 귀정사 정원 일기 3

일주일 만에 돌아왔다.

남원역에서 나를 기다리던 자동차는 내가 너무 늦게 와서 심통이라도 났는지 시동이 걸리지 않았다. 밤 아홉 시 넘어 긴급출동서비스를 불렀다. 방전이란다. 무엇 때문이었을까?

남원역에서 25킬로미터, 그중 깜깜한 산길을 2.5킬로미터 올라와 귀정사에 다다르니 세찬 바람에 나무가 운다.

숲이 운다. 윙윙.

보광전과 관음전과 맞은편 만행당과 내가 있는 요사채.

건물 넷의 형체가 보이지 않을 정도로 깜깜하다. 하늘엔 구름 사이 별 하나가 보였다. 담력 테스트를 하듯 그 어둠을 뚫고 옆 건물에서 샤워를 했다.

다음 날이 밝자 여섯 시쯤 화장실에 가려고 밖으로 나왔다. 요사채를 도는데 종이 보였다. 관목들이 싹 잘린 것이었다. 일찍 돌아오신 하늘소 작품이었다. 서울에서 받아 온 카모마일 차를 마시고, 나도 배롱나무 죽은 가지 하나를 톱으로 잘라내었다.

점심 식사 후 문득 그림이 그리고 싶어졌다. 다섯 달 만이었다. 툇마루에 작은 상을 펴고 새로 산 A6 스케치북과 색연필을 꺼냈다.

첫 스케치북을 지난 3월 귀정사에서 다 쓰고 새 스케치북을 서울 교보문고에서 골랐다. 몰스킨MOLESKINE을 마다하고 산 하네뮬레Hahnemühle인데 첫 국산 스케치북과 쌍둥이처럼 크기가 딱 맞았다. 눈대중으로 골랐기에 두 수첩을 대보니 속도와 강도가 딱 맞는 뽀뽀처럼 기분이 좋았다.

내가 그리고 싶은 건 당연히 그분방 앞 배롱나무였다. 8월에 꽃잎이 지는 줄 알았는데 9월에 더 붉어진 배롱나무. 두어 시간 후 색연필을 칼로 깎았다. 그동안은 연필깎이 기계로 깎았는데 칼로 깎아보고 싶었다.

초등학교에 입학하자 엄마는 매일 밤 연필을 칼로 깎아

필통에 네댓 자루를 나란히 넣어주셨다. 그 연필 끝부분에는 나무를 잘라 내 이름을 써준 엄마의 글씨가 있었다. 학교에서 공부하고 돌아오면 연필심은 뭉뚝해져 있었고 그건 내가 필기를 얼마나 많이, 공부를 얼마나 열심히 했는지 말해주는 뿌듯한 증거가 되었다.

엄마는 저녁밥을 먹고 설거지를 다 하고 나면 연필들을 깎아 필통에 가지런히 꽂아주셨다. 아직 막내가 태어나기 전 방 한 칸에 다섯 식구가 살던 그 시절이 내 기억엔 가장 행복했다. 우리만 있었으니까.

초등학교 3학년 때 대가족이 되고 나서 우리의 단란하던 생활은 엄마의 중노동으로 이어졌다. 두 배는 더 되는 요리를 해야 했고 청소도 빨래도 양이 훨씬 많아졌으니까. 살림만 하던 엄마가 가내수공업까지 도와야 했으니까. 그렇게 악착같이 벌어서 전셋집 그만 전전하고 내 집 마련을 해야 했으니까. 그리고 내 집을 사자마자 2년 만에 돌아가셨으니까.

저녁밥을 먹으러 공양간에 갔다. 휴가 가셨던 공양주 보살님이 하루 일찍 오셨다. 따순 밥과 호박볶음과 김치 콩나물국이 새삼 맛있었다. 일주일 만에 산동이에게 갔다. 반가워 짖는 산동이를 데리고 마을 어귀까지 내려갔다 왔다. 우산을 쓰고.

드디어 남원 귀정사에서 대전으로 주 2회 출퇴근을 시작했다. 나에게도 직장이 생긴 것이다. 비록 1년짜리지만 계약서를 쓰고 당당히 출근한다. 잡지 취재기자와 출판 편집부원에서 방송작가에서 르포작가에서 요양보호사에서 대학교 겸임교수라니 참으로 각색 깃털이 한 몸뚱이에 붙은 공작새 같다.

빗속에 왕복 네 시간. 긴 거리와 시간이지만 할 만했다. 거처가 없는 지금, 이 정도만 해도 감사하다. 게다가 내가 잘할 수 있고 학생들에게 도움이 되는 전공을 살리는 일이라니, 하늘은 내게 가장 좋은 것을 허락하셨다.

그사이 언제가 될지 모르겠지만 만행산 천황봉 올라가서 별 보기 목록이 생겼다. 누구와 갈지 궁금하다.

아침나절에 깨끗이 샤워하고 차례상을 차렸다.

송편과 배와 사과와 복숭아와 구운 달걀과 캔커피와 주스. 가지고 있는 음식들을 작은 상에 골고루 올려놓았다. 복숭아는 제상에 올리지 않는 품목이지만 내가 좋아하는 과일이니까 올렸다.

마침 옆 보광전에서 목탁소리와 함께 제 올리는 소리가

들렸다. 할아버지, 할머니, 아빠, 엄마를 다 추모하고도 제는 계속되었다. 이상하게 가보고 싶었다. 지난봄과 올여름과 가을, 두 달 넘게 있으면서 한 번도 들어가본 적 없는 대웅전인 보광전이었다. 열린 문으로 슬쩍 들여다보았는데 위패에 글씨가 눈에 들어왔다.

先(선) 세월호 여객선 희생자 靈駕(영가)

법당 안으로 들어갔다. 중묵 처사님이 오른쪽에, 한 남자분이 왼쪽 조금 뒤에 앉아계셨다. 세월호 희생자 추모제를 지낸다니, 8월 말에 떠날 계획이었던 귀정사에 계속 머물게 된 이유를 알 듯했다.

귀정사는 설, 백중, 추석, 이렇게 연 3회 세월호 희생자들을 위한 추모제를 지낸다고 한다. 지난 음력 7월 보름이 백중이었다. 그날 나는 외출했었다. 지루한 장마 중 유일하게 반짝 비가 그친 날이었다.

달을 기다렸다.

하늘엔 구름이 많았고 귀정사엔 나무들이 많았다. 숲이 우거져 작년 해남보다도 훨씬 늦게 뜬 달을 기다렸다.

마침내 달이 떴다.

달에게 빈 소원은 '하늘 뜻대로 이루어지이다'.

요즘 나는 소원을 빌지 않는다. 순리, 무욕. 하늘 뜻을 아는 나이이지 않은가. 내 뜻이 하늘 뜻이고 하늘 뜻이 내 뜻이다.

일요일에 오신다던 공양주 보살님이 편찮으셔서 따님 보살님이 사흘간 공양주로 원정 오셨다. 유일하게 쉼터에 있는 내가 돕는 게 당연했다. 죽순 무침과 버섯과 무조림과 콩나물 김칫국 등 저녁밥이 아주 맛있었다. 그런데 밥을 다 먹고 이틀 전에 내가 끓여놓은 된장국이 아까워 두부와 호박을 건져다 먹었다. 너무 짰다. 그 짠맛이 밤새 몸을 괴롭혔다. 맛있는 음식을 먹고 나서 아깝다고 맛없는 음식을 먹어 몸과 마음을 망치는 나를 보았다. 절약이 언제나 미덕은 아니었다. 그동안의 노력과 정성이 아깝다고 이미 지난 것에 연연하지 말자. 깨달음을 얻었다. 마음과 몸의 소리를 듣고자 여기까지 왔다.

고고한 귀정사 어둠 속에. 전생을 끊고 후생으로 나아가는 지점에.

본격적으로는 2년 넘게, 거슬러 올라가면 7년째 한 발 한 발 밟아온 과정이다.

이 도도한 흐름의 끝에 무엇이 있을지 모른다. 다만 흘러갈 뿐이다. 흐름이 인생이라면 그 물살에 나를 맡기는 수밖에 없다. 어린 시절, 가수 민해경은 '내 인생은 나의 것'이라고 비장하게 노래했지만 내 인생이 어디 나만의 것이던가. 내 뜻대로 되지 않는 게 인생이고 그걸 받아들임도 인생이다. 이제 나는 내 뜻을 주장하지 않는다. 내가 원하는 게 모두 좋으리라는 확신도 없다. 순간순간 진심을 감지하고, 하루하루 최선을 다해 살 뿐이다. 그러다 보면 가장 좋은 길로 인도되리라는 막연한 믿음을 갖는다. 요즘 항상 마음에 되새기는 말씀은 이것이다.

정직한 영을 새롭게 하소서.

밤새 바람이 세게 불어 무서웠다. 새벽 세 시 쾅쾅 문 부딪히는 소리에 잠에서 깼다. 요의가 느껴졌다. 해 뜰 때까지 참아보려 했는데 힘겨웠다. 30여 분 지나 방문을 열어보니 보광전 가운데 문이 열려 법당에 있는 전기촛불 빛이 새어나왔다. 방 유리창 문도 열려 있었다. 창문은 닫았는데 보광전 문은 닫으러 갈 수가 없었다. 이미 이른 밤에 오른쪽 문을 닫으러 간 적이 있었다. 황금빛 어른거리는 불상 셋을 또 볼 자신이 없었다. 내가 불자라면 아무렇지도 않았을 것이다. 그런데 나는 개신교 모태신앙이다. 내 안에 신상神像이 있다면 예수상이나 십자가다. 이성적으로는 모든 종교를 존중하지만, 결정적 순간에 감정은 정직하게 드러난다. 아무리 오전 열 시와 오후 다섯 시에 중묵 처사님이 치는 종소리에서 편안함을 느낀다 하더라도 뼛속 깊은 신앙심을 지울 순 없던 것이다.

다음 날 오후, 우크라이나 평화를 위해 무언가를 하려다 고통스러운 실패로 끝났다.

처음엔 내 불찰이라고 자책했다. 도움이 필요하지 않은데 도우려고 한 자신에 대한 질책이었다. 지독히 놀라고 당황스럽고 무안하고 부끄러워 방에 돌아와 블랑쇼의《카오스의 글쓰기》한 권을 독파했다. 어디든 생각을 돌릴 데가 필요했기 때문이었다. 그러나 그 두꺼운 책의 어느 한 줄 감동이 없었다.

살기 위해 생각했다. 부처에게 찾아와 욕설을 퍼부었던 제자의 아버지가 떠올랐다. 부처님은 잔칫상을 잘 차려놓아도 먹지 않으면 차린 사람 몫이라는 비유를 하셨다.

귀정사에 너무 오래 있었다. 이제 떠날 때가 되었다.

주말에 이다가 왔다.

이다를 맞아서 간 남원역 앞 추어탕 집 옆자리에서 지난 3월에 만났던 먼방지기와 어머니를 만났다. 인연이란 바로 그런 우연이다. 식사 후 계산을 하려고 하니 먼저 일어나신 어머니가 우리 자리 밥값을 미리 지불하셨다고 했다. 깜짝 놀라 쫓아 나가서 밖에 서 계신 모자에게 왜 그러셨냐고 묻자, 아들이 웃으며 답했다.

"어머니가 사드리고 싶다고 하셨어요."

아들 암 투병을 위해 함께 절에서 지내시며 공양주를 하시는 중이셨는데 무슨 여유가 있다고 내게 베푸셨을까. 아들의 선한 미소가 어머니와 닮아 있었다. (그 만남이 마지막이 될 줄 그때는 몰랐다.)

텐트를 배낭에 넣고 천황봉으로 향했다. 별 보러 하는 산행인데 하늘엔 구름이 잔뜩이었다. 두 시간 내내 오른 산길 끝 정상에는 노을이 막 지고 있었고 동쪽으로는 무지개가 떠 있었다. 텐트를 치고 맥주 캔을 따자마자 빗방울이 떨어졌다.

앉아 있기 힘든 텐트라 누워서 밤 아홉 시도 되기 전에 잠이 들었다. 새벽에 깨니 한 시 반. 이런저런 이야기를 하다 세 시쯤 다시 잠이 들었다. 그만 일어나라는 소리에 깨보니 아침 여덟 시가 넘어 있었다.

"이러니 그동안 어디서든 살았지."

참 잘도 자는 내게 하는 소리였다.

우리는 산에서 내려와 백년초 콩국수를 먹고 오름 커피를 마시며 당근 케이크에 촛불을 켜고 불었다. 내 책《일곱째별의 탈핵 순례》출간과 취업 축하였다. 내 성공에 자기 일처럼 기뻐해주는 이다. 진정한 친구의 모습이다.

귀정사 예술제를 앞두고 산동이를 목욕시켰다.

예술제에는 해남의 나무가 초대가수로 왔다. 반년 만의 해후였다.

다음 날 우리는 순천으로 갔다.

나무가 용화사에서 합창단 반주를 하는 사이 산책 후 호연 스님과 차를 마셨다.

합창연습이 끝나고 우리는 함께 순천 사랑어린학교로 갔다. 거기 관옥나무도서관에서 스티븐 핑커의《우리 본성의 선한 천사》를 만났다.

두 주 동안 스캇 펙의《거짓의 사람들》을 두 번 읽었다.

악을 분별하려던 나는 사랑과 희생에 대해 숙고한다.

그리고 마지막 밤, 드디어 마르셀 프루스트의《한권으로 읽는 잃어버린 시간을 찾아서》를 완독했다.

2년 3개월.

참으로 오래오래 걸렸다.

이제는 자리 잡을 때가 되었다.

언제든 뛰어갈 수 있는 성전 옆에 내 정원이 있으면 좋겠다고 생각했었다. 그런데 나는 절에 와 있었다. 산속 흙집인 둥글레방에서 일주일, 배롱나무가 앞에 있는 대웅전인 보광전 옆 요사채 그분방에서 두 달. 올해도 무와 배추를 심었고, 옷깃의 도움으로 하얀 앞치마를 손바느질로 만들며, 스태들러와 파버카스텔과 함께, '푸른 옷소매'와 '남원시립 김병종미술관'에서 보낸 아름답고 고운 시간도 있었다. 머무는 동안 거의 매일 산동이 산책을 시켰는데, 정말 다행스럽게도 귀정사 예술제 후에 산동이를 산책시켜줄 분이 나타나셨다. 무엇보다 내가 머물기를 바라는 고마운 마음들이 소중했다.

귀정사에서 받은 은혜를 다 갚을 수는 없지만, 취업 기념 십일조 개념으로 업소용 가스레인지를 선물했다. 그동안 점화도 제대로 되지 않는 가정용 가스레인지로 수백 수천 명의 밥을 해주신 공양주 보살님에 대한 감사였다.

그리고 대책 없이 나왔다. 떠나야 할 때 떠날 줄 아는 모습이 아름답다고 되뇌며.

마지막 인사를 나눌 때 눈으로 말한다는 게 무엇인지 비로소 알았다.

날이 막 추워지기 직전인 시월 중순이었다.

두 번째 참사

눈물겨운 정원 일기

갈 곳이 없었다.

4월에 진도에서 나와 담양과 남원을 거쳐 6개월이 지났지만.

일단 원주로 갔다.

유네스코 문학 창의도시 원주 문학의 달 '작가와 북토크'를 하기 위해.

고속도로를 달려 녹음이 사방으로 에워싼 원주에 들어서자 숨이 트였다. 살 것 같았다.

2년 전 집을 나와 처음으로 간 곳이 원주 토지문화관이었다. 시작점에 다시 오니 종착점을 향해 가는 기분이었다. 게다가 원주는 무위당 장일순 선생님이라는 존재 한 분만으로도 생명력이 느껴지는 곳이다. 내가 좋아했던 할머니는 장일순 선생님의 생명 사상이 담긴 한살림에 농산물을 생산해서 공급해주시는 분이셨다.

맨 먼저 그 할머니께 갔다. 현관문이 열려 있었고 할머니는 마당에서, 헤어진 그때처럼 마늘을 다듬고 계셨다. 할머니는 2년 4개월 만에 찾아뵌 나를 알아보셨다. 그때 찍었던 사진을 인화해서 갖고 다니다가 드디어 드렸다. 하지만 할머니는 노안이라 잘 안 보인다고 하셨다. 곧 책이 나올 예정이라고 말씀드렸지만, 눈이 안 보여 못 본다고 하셨다. 할머니는 내 작업물에는 아무 관심이 없으셨다. 다만 말씀하셨다.

"만두 끓여줄 테니 먹고 가."

그게 할머니 식의 마음 표현인 줄 알면서도 다음 일정 때문에 아쉽게 못 먹고 서둘러 성황당 옆 칠성목에게 갔다. 2년 전처럼 손을 위로 활짝 올려 인사를 하고, 나무에 기대앉아 보았다. 내려가다 낙엽에 미끄러졌다. 이젠 내가 2년 어렸던 그때처럼 받아주지 않는 듯했다.

할머니와 하얀 개 순둥이에게 다시 인사를 하고, 두 해 전 내가 떠날 때 눈물로 배웅해주셨던 분이 계신 토지문화관에도 잠깐 들러 인사만 하고 나왔다.

저녁 일곱 시에 동네책방 코이노니아에서 〈바이러스와 전쟁 시대의 생명 평화〉 강연을 했다. 토지문화관에서 만나 친구가 되었고 이후 원주에 정착한 정과 담양에서 알게 된 시아와 해남에서 인연이 된 송하도 만났다. 모두 원주 북토크 덕분이었다. 강연 초청뿐만 아니라 숙식과 관광을 모두 제공해주신 시아 덕분이었다.

이후 논산에 있는 수도원에서 2박 3일 개인 침묵 피정을 했다.

> 하느님은 외로운 이들에게 집을 마련해주시고 사로잡힌 이 들을 행복으로 이끌어내시는 분이시다. (시편 68:7)

성경을 몇 번이나 통독했지만 처음 보는 말씀이었다. 이 보다 더 확실한 기도 응답은 없었다.

8월 초 무더위에 선풍기도 없는 남원 귀정사 흙집에서 혼절하기 직전에 떠올랐던 생태마을이 있었다. 직접 찾아 가본 생태마을은 매우 조용했다. 아담한 산에 둘러싸여 거실에서 보이는 정원과 산자락이 아늑했다. 태양열과 태양광과 지하수 사용과 전선 지중화로 친자연적인 점이 훌륭했다. 하지만 공동체 마을이라 원하는 만큼의 사생활 보호가 되지 않고, 매매만 가능하여 내가 결심했던 사유재산 무소유 기준에도 어긋났다. 그러나 기울어진 마음으로 인해 이후 다른 집은 눈에 들어오지 않았다.

　다시 가본 생태마을 집은 그때까지 비어 있었다. 시월 말까지 비어 있으면 인연이 있는 집이라고 생각하리라 했었다.

　현관문을 열자마자 계단으로 막혀 있는 입구와 그 뒤 화장실 구조, 침실 외 글쓰기에는 작은 방, 지나치게 높은 천장. 그럼에도 천장에 천이라도 드리워 어떻게든 층고를 낮추고 거실에 책장과 책상을 놓고 정원을 바라보면서 글을 쓰리라 생각했었다. 다만 정원 정면에 보이는 단풍나무 한 그루가 거슬렸다. 내 성격상 그것도 생명이니 베어버리지는 못한 채 볼 때마다 불쾌한 감정이 올라올 게 뻔했다. 그럼에도 눈 질끈 감고 그 너머 야트막한 산 능선을 보면서 안정감을 찾으리라. 다락방은 기도실로 쓰다가 손님이 오면 내어주리라 상상했었다. 공동체 마을에 시골 특성상 자유롭지는 않겠지만, 대신 안전이 확보된다고 생각했다. 자동차로 조금만 가면 치유의 숲이 있고, 조금 더 가면 2년 전부터 마음의 빚이었던 화력발전소 송전탑 때문에 신음하는 주민의 이웃이 된다는 대의명분도 있었다.

모든 게 순조로웠다. 몇 년 만에 최고로 행복했다. 앞날이 호수에 비친 윤슬처럼 반짝였다.

그날 밤.

공주 마곡사로 갔다.

논산 수도원 근처 신원사 앞 현수막에서 본 마곡사 산사 음악회에 오실, 10년 전 다큐멘터리 방송 출연자를 만나기 위해서였다. 공연이 끝나고 출연자와 일순 인사를 하고는 일별했다. 그러고는 주차장에 망연히 있었다. 어디로 갈지 막막했다.

이미 밤 열 시 무렵. 짐이 가득한 무거운 차를 몰고 직장 근처로 가기에는 너무 늦었다. 가도 머물 곳이 없었다. 내처 달렸다. 무엇이 끌어당겼을까? 자정쯤엔 한강 다리를 넘고 있었다.

그리고.

한 시간쯤 후 어둠 속에서 젊은 목소리로부터 이태원 핼러윈 축제에서 사람들이 압사당했다는 말을 얼핏 들었다. 너무나 말도 안 되는 소리라 무서워서 그리고 짙은 피곤함에 까무룩 잠으로 도피했다.

다음 날 아침, 친구에게서 온 문자 알림 소리에 반짝 눈을 떴다.

'무사하니?'

무슨 말인가 싶어 확인한 희생자 또래는 무분별한 유튜브 동영상을 보다가 새벽에 구토했다고 했다. 그이는 그즈음 일상을 멈추고 집에 있었다. 만약 특수한 상황이 아니었다면 그이도 그날 그 장소에 갔을지 모른다. TV가 없는 상황에서 뉴스도 잘 보지 않는 나는 그때까지도 사태의 심각성을 모르고 있었다.

월요일 강의를 마치고 화요일에 돈을 구하러 갔다. 생태마을 입주 자금을 마련하기 위해서였다. 어찌어찌 눈물 바람에 무이자 10년 상환 조건으로 자금 마련이 가능했다. 그 주말에 할 계약만 남았다.

그런데 그때.

운명의 조종弔鐘처럼 전화가 울렸다.

내용은 2학기부터 하고 있던 대학 강의 종강 일주일 후인 12월 중순부터 1월 초까지 삼 주간 계절학기 매일 출근이었다. 한 달 반만 주 2회 출퇴근하면 겨우내 쉴 거라던 예상이 완전히 빗나갔다. 생태마을에서 편도 110킬로미터 거리. 매일 출퇴근은 불가능했다. 게다가 다시 생각해보니 작금의 고금리 시대에 아무리 가까운 사이라 해도 남의 돈을 장기간 묶어놓는 건 민폐였다. 나 하나 때문에 여러 사람이 무리하고 있다는 자각이 왔다.

　제정신이었는지 아니었는지, 그날 밤 갑자기 급한 마음에 평소 보지 않는 인터넷 사이트 부동산을 찾아보았다. 그때 출퇴근 한 시간 이내 거리에 있는 2층 단독주택이 눈에 띄었다. 20평 조금 넘는 2층 전체가 비어 있는데 남향이었다. 거실에 햇살이 한가득 들어오고 있었다. 창밖 전망으로 밭과 멀리 산이 보였다. 2층이라 밖에서 안을 볼 수 없을 터였다. 동쪽과 서쪽으로 널찍한 방 두 개에 베란다마다 붙박이장도 있었다. 주방과 다용도실도 넓었고, 화장실에는 욕조도 있었다. 3인 가구가 살아도 넉넉할 크기였다. 전체적으로 깨끗했고 무엇보다 집이 반듯했다. 마당은 보통 시골집 같지 않게 잔디 깔린 정원이었다. 마당 가운데와 가장자리로 화단이 있었고 구석엔 정자도 있었다. 부동산에 전화해보니 주인이 1층에 사는데 주말에만 오신다고 했다. 산은 집 뒤에는 없었지만, 옆에 있었다. 한적한 시골 마을에 인가가 드물어 독립된 공간이었다. 다만 대문이 없었다. 치안이 염려됐다. 안전과 자유 중 무엇을 택할 것인가. 경제적으로는 남의 도움 받지 않고 스스로 마련할 수 있는 딱 그만큼의 보증금과 월세였다. 결정적으로, 소유하지 않아도 됐다.

　중대한 결정을 앞두고는 신중에 신중을 기해야 했다. 그러나 경거망동으로 생태마을 인연이 끊어졌다. 설명할 기회도 못 얻은 채 내침 당한 써늘한 차단과 동시에 정신이 번쩍 들었다.

10월 29일. 참사에서 불과 사나흘. 나는 집 구하는 데 온 정신을 뺏기고 있었다. 8년 전의 나라면 아마 종일 울고 있었을 텐데 내가 나 같지 않았다. 밥벌이와 주거의 생존 앞에서 인지 감수성은 바닥에 추락해 있었다. 그런 자신이 수치스럽고 혐오스러워 견딜 수가 없었다.

내 집은 어디일까? 내 정원이 있기는 할까?

나는 어디에 있는 것인가? 나는 누구인가?

참사 6일 후인 금요일 밤, 사고 현장에 가보았다.

이태원역 1번 출구에서 불과 몇 미터. 그 좁은 골목에서 156명 사망이라니……. 상상할 수조차 없는 참사였다. 침통한 추모객 사이에서 눈물도 나오지 않았다. 그저 골목을 응시한 채 한참을 서 있었다.

다음 날인 토요일 오전, 서울시청 앞 분향소로 갔다.

분향 후 한국작가회의 연대활동위원회 성명서 낭독 대열에 어설프게 끼어 있었다. 추모시를 낭송하는 작가들의 울분과 슬픔이 막막하게만 느껴졌다. 은행잎이 노랗게 물든 광화문을 걸어가면서 8년 전처럼 솟구치던 마음이 사라졌다. 서울에서 내가 할 일은 없었다. 실은 동력이 될 만한 에너지가 하나도 남지 않았다. 심리상태는 불안과 스트레스와 트라우마로 공황장애 직전까지 치닫고 있었다.

세월호 참사 희생자 나이의 젊은이들이 이태원에서 또 참사를 당했다. 세월호 참사 이후 8년간 급물살을 타고 지금까지 흘러온 내 인생, 그리고 이태원 참사. 게다가 나는 지금 희생자 또래의 젊은이들과 만나고 있다. 젊은이의 심신이 아픔을 목도하고 있다. 그런데 그들을 보호하고 보살펴야 할 어른인 나는 공포에 사로잡혔다. 두려움이 극심해지면 분노도 차오르지 않는다. 그저 얼어붙을 뿐. 애도는 시간이 지난 후에야 간신히 할 수 있는 위령慰靈이다. 단 며칠을 국가가 지정해서 할 수 있는 게 아니다.

한두 주가 흘러서야 이태원 참사를 다룬 대한민국 3개 방송사 탐사다큐멘터리를 분석했다.

앞뒤 가리지 않고 뛰쳐나가기 급급했던 나는 감정 폭발보다 논리적 사고를 택했다. 이 나라에서 재난안전사고로 인한 죽음이 더 발생하지 않게 하려면 정쟁政爭이 아닌 현실 분석과 대안 마련이 필요했다. 아니 그보다는 이전과 다른 방식의 애도를 해야 했다. 서울시의회 앞에 조촐하게 차려진 '세월호 기억관'과 그 옆에 세워진 '코로나19 백신 희생자 합동 분향소'와 서울지하철 4호선에서 불시에 한 '전국장애인차별철폐연대시위'처럼 오래도록 질기고 끈덕지게. 아직 분노를 표출할 수 없다. 이 슬픔은 끝을 알 수 없이 깊고 아득하다.

그 후 사십구재가 되어서야 비로소 현장에서 애곡할 수 있었다.

삼가 희생자들의 명복을 빕니다.

기찻길 옆 사랑방

대전 사랑방 정원 일기 1

미역국 때문이었다.

새벽에 일어나 종일 굶고 일한 후 늦은 오후에 첫 끼니로 맞이한 미역국. 연한 소고기와 부드러운 미역이 깊고 뿌연 바닷물에서 춤을 추다 뱃속으로 들어와 위로해주는 듯한 미역국. 맛은 예술이고 느낌은 감동인 미역국.

그 국을 먹으며 정원 일기를 다시 연재해야겠다고 마음먹었다.

이유는 전과 같았다.

정원을 빌려준 주인에게 은혜 갚는 방법으로 내가 할 수 있는 최선은 글을 쓰는 것이기 때문이니까. 그렇게 진도 하얀집 정원 일기 이후로 8개월간 쉬고 있던 정원 일기를 담양 편부터 다시 쓰기 시작했다.

상상도 못 했었다. 왜가리 아파트 작은방에 들어가리라고는.

그런데 그 일이 벌어졌다.

비밀번호를 알려주셨다.

원조 정읍댁과 청명과 관지에 이어 네 번째다. 자기 집 비밀번호를 알려주고 들어가라는 사람.

그런 사람은 집에 숨겨둔 값비싼 물건이 없는 소박한 사람일 것이다. 그리고 남을 잘 믿는 순진한 사람일 것이다. 자신이 어떻게 사는지 남에게 알려져도 상관없는 배포 있는 사람일 것이다. 나로서는 상상도 할 수 없는 크기의 마음이다.

왜가리 아파트에 처음 왔을 때 주인 없는 집에 나 혼자 들어왔다. 이후에도 계속 그랬다. 심지어는 주인이 들어왔을 때 피곤해서 자고 있던 적도 있었다. 어떤 날엔 일어나 보니 왜가리가 출근하고 안 계신 적도 있었다. 나는 긴장을 전혀 하지 않고 편하게 지냈다.

이제는 누군가와 함께 살 수 없으리라고 생각했었다. 그런 내가 별로 친하지도 않은 남과 한집에서 살고 있었다. 어떻게 이런 일이 가능할 수 있었을까?

우리는 2019년 2월 10일 겨울 탈핵희망국토도보순례 당시 삼례에서 처음 만났다.

왜가리는 아침 여덟 시대에 견과류 스낵과 약식과 한라봉을 가져온 대전 원도심레츠 일원이었다. 그리고 탈핵희망국토도보순례 두 번째 전단지를 디자인해준 분이셨다.

이후 벚꽃이 화려한 4월에 청명이 내게 좋은 사람들을 소개해주고 싶다며 진해로 초청하는 바람에 다시 만났다. 잘 모르는 사람들과의 동행이 힘겨웠던 내게 마지막 생태숲에서 왜가리가 인디언 수니의 〈나무의 꿈〉을 들려주었는데, 그때 내가 "이거 한 곡 들으려고 진해에 왔구나" 감탄하며 말했던 게 생생하다.

정읍에 거주하던 2021년 5월, 탈석탄·탈송전탑 도보순례로 홍천 등지에서 만났을 때 왜가리는 막 캠핑용품을 장착하기 시작하셨다. 그때 새로 장만하신 인텐스 블루 아반떼 트렁크가 마치 《알리바바와 40인의 도둑》에 나오는 동굴처럼 열렸고, 왜가리는 거기서 나온 음식물로 도보순례에서는 대하기 쉽지 않은 근사한 밥상을 차려놓고도 "차린

게 변변치 않아서"란 겸양 표현으로 순례자들을 뒤집어놓으셨다.

지난해 4월 세월호 8주기 때 우리는 팽목항에서 청명 등과 함께 다시 만났고, '기억의 숲'에 들러, 왜가리가 예약해놓으신 진도 휴양림에 갔었다. 그즈음 왜가리는 캠핑의 달인이 되어 있었다. 그이가 가는 곳에는 언제나 풍성한 먹을거리가 끝도 없이 요리되어 차려졌다.

왜가리와 나는 그렇게 도보순례에서 가끔 만나는 여러 사람 중 한 명에 불과했다. 그런 나에게 대전에 직장이 생기던 2022년 8월 말부터 왜가리는 아파트에 방이 한 칸 남으니 집을 구할 때까지 들어와 있으라고 하셨다.

내 생각에 우리는 그럴 만한 사이가 아니었다. 그리고 내 성격상 남과 함께, 그것도 아파트에서? 그때는 상상할 수도 없는 일이었다.

간절히 가고자 했던 생태마을 집 계약 직전에 계절학기 책임교수가 되었고, 매일 출퇴근 불가능한 거리가 즉흥적으로 다른 집을 알아보게 했으며, 인자한 집주인 노부부가 나를 보시자마자 입주하기를 반겼던 이층집이 있었지만 결국 아무 집도 선택하지 못한 상태로 개강을 맞았다.

단기임대나 숙박업소보다 나을 듯해 왜가리의 복도식 아파트 작은방으로 들어왔다. 그런데 예상을 뒤엎고, 정말 편안했다. 그때 알았다. 빈집을 전전하던 나는 손때 묻은 가정 분위기와 사람의 온기가 그리웠음을.

다섯 개의 방이 나란히 붙어 있는 해남이나 한집에서 다섯 명이 살던 담양에서는 옆방에 사람이 있는 게 신경 쓰였다. 그런데 왜가리의 아파트는 방이 붙어 있지 않았다. 화장실 한 칸의 사이 공간이 있으니 소리가 들릴까 염려하지 않아도 됐다.

전라남도 나주시에 가면 목사내아라는 관가가 있다. 지금은 숙박업소로 사용되고 있다. 거실을 사이에 두고 방 한 칸씩 뚝뚝 떨어져 있는 남방형 가옥구조가 특이하다. 그런 구조에서 사랑하는 사람과 살고 싶었다. 가운데 다실에서 차를 마시고 담소를 나누다가 각자 방으로 들어가서 자면 좋을 것 같았다. 바로 옆에 붙어 있는 두 집에서 각자 사는 것도 좋겠지만, 한 지붕 아래에서 숨소리를 느끼는 게 더 안심된다.

지난 2년 동안 잘 해낸다고 여겼었다. 그런데 그동안 많이 약해져 있었다. 외로움과 두려움에 질려 혼자 살 자신감을 아예 상실했다. 낯선 시골에서 남의 집을 전전하며 해가 지고 어둠이 내리면 방 밖으로 못 나가는 공포심이 생겨버렸다. 그 당시 나는 매우 불안했다. 사랑하는 사람들이 마음대로 찾아올 수 없는 생태마을, 아무도 찾아오지 않는 2층

빈집에서 혼자 있다가 공황장애가 오면? 그게 정원 있는 어느 집도 결정하지 못한 이유였다.

살고자 하는 본능은 자유와 독립을 부르짖던 자아를 잠재운다. 나는 돌봐야 하는 존재가 아닌 나를 돌봐줄 존재가 필요하다. 그게 내 마음의 소리였다.

왜가리는 계절학기 시작 한 주 전인 2학기 종강 다음 날, 〈2022 정태춘·박은옥 초청 찬란하고 정의로웠던 우리들의 송년회〉 콘서트를 보여주셨다.

2022년 12월 10일 토요일 목원대학교 콘서트홀에서 나는 2018년 6월 말의 초저녁을 만났다.

영광 핵발전소에서부터 순례를 시작해 함평군 월야면에서 멈추고 자동차로 평택을 지나며 듣던 그 노래들.

〈서해에서〉 〈촛불〉 〈회상〉 〈북한강에서〉 〈시인의 마을〉 〈떠나가는 배〉 〈92년 장마, 종로에서〉……

4년 반 전에 나는 이렇게 썼다.

정태춘·박은옥 20년 골든음반의 첫 번째 CD가 좀 지겹다고 느껴질 즈음, 두 번째 CD를 플레이어에 넣었다. 처음 듣는 노래들이었다. 그러다 트랙 8번이 들려오면서부터 가슴이 핵분열처럼 뛰었다. 막 핏빛으로 물드는 태양이 서해를 향해 곤두박질치는 시간에 하필이면 평택 미군기지를 지나고 있었고 지난 5월에 광주에 다녀온 기억이 솟아나더니 눈물이 철철 흐르기 시작하면서 한마디가 떠올랐다.

'살육의 시대.'

총칼로 짓밟히던 시절을 지나 핵무기와 핵발전소로 생명을 위협당하는 시대에 우리는 살고 있는 것이었다.

음유시인 가수 정태춘은 스스로 부적응자라고 했고 한 10년은 음악 활동을 쉬기도 했다. 음악 하는 사람이 음악 없이 어떻게 그 긴 시간을 살아냈을까? 나는 그의 절망에 사로잡혔다. 그러나 박은옥 표현의 그 "괴팍한 천재"는 다시 일어섰고 대중 앞에 굳건히 서 있었다.

그리고 그만큼 고뇌하지도 않은 나는 황망히 과거 속으로 던져졌다. 불과 몇 년 전의 과거, 내 인생에 본격적인 균열이 일어나기 시작하던 그 시절로.

그때부터 나는 걷기 시작했고 2년 후 집을 나왔다. 그리고 정원을 찾아다녔다.

왜가리는 출판업자이면서 대전 지역품앗이 문화교육공동체인 원도심레츠에서 밥을 해서 많은 사람을 먹이신다. 매일 계절 음식을 요리하시고도 보수는 지역 화폐 '두루' 몇 푼이다. 거의 자원활동을 하시면서도 노후에 함께할 친구들이 있으니 그걸로 족하다고 하신다.

집에서 살림하지 않은 지 오래된 왜가리는 사무실과 원도심레츠에서 살림 도구를 가져오기 시작하셨다. 압력밥솥과 전동 커피 그라인더, 스테인리스 드리퍼, 유리 서버, 목이 가늘고 긴 주전자와 고급 원두, 낮에 남겨둔 국과 반찬.

집은 씻고 잠만 자는 곳이었던 왜가리가 나를 위해 집에서 살림을 하기 시작하셨다. 아침 일찍 지리산 쌀로 밥을 지어 식탁을 차려주셨다. 누군가가 나를 위해 매일 아침 밥상을 차려준 게 얼마 만인가. 열네 살부터 스물여덟 살까지 할머니가 차려주신 아침 밥상이 떠올랐다. 그런데 상대는 티도 생색도 내지 않으신다. 무심한 듯 무뚝뚝한 듯 세심하게 나를 살피고 계심이 보인다. 꼬마 정읍댁의 정원 일기 10화 '축 생일'을 다시 보니 내가 곁에 살고 싶은 사람 중 하나는 '건실하고 이해심 많고 말수 적은 여자친구'라고 썼는데, 왜가리가 딱 그랬다.

밤새 리코타 치즈를 만들어두시고, 샐러드용 채소와 김치를 썰어놓으시고, 커피 원두를 채워놓으시고, 점심과 저녁 먹을거리를 챙겨두시고, 자동차로 학교까지 태워다 주시니 이보다 더 좋은 집이 어디 있을까.

남서향 8층 베란다 밖 하늘이 홍시 색으로 물들고 저 멀리 도시의 스카이라인이 검게 서면 나는 치매 노인들에게 빈번히 발생하는 석양 증후군을 앓듯 우울해지기 십상이다. 그러나 라디오를 벗 삼아 밥을 먹으면서 우울하지 않을 수 있는 이유는 밤 열한 시가 넘으면 왜가리가 오시기 때문이었다. 집 옆에 철길이 있어 심심찮게 기차 지나가는 소리가 들리지만, 그조차도 거슬리지 않은 것으로 보아 나는 그 집에 있는 게 꽤 좋았다.

2년 전과 최근에 두 번이나 읽은 배르벨 바르데츠키의 《사랑한다고 상처를 허락하지 마라》에서는 자유로운 삶을 위한 여섯 가지 태도 중 새 인생을 준비하려면 정서적인 측면이나 경제적인 측면에서의 독립적인 태도를 고수하고 새로 살 집을 준비해야 한다고 강력하게 주장한다. 하지만 기찻길 옆집에 사랑방 손님으로 있으면서 알게 된 사실은 2년 반이나 투쟁했지만 내게는 아직 혼자 살 자신이 없다는 것이었다.

곰곰이 기억을 더듬어 보니 나는 독립이 아닌 사랑하는

사람과 함께 살기를 꿈꾸었다. 그러나 동거인을 찾기는 정말 쉽지 않다. 사랑하는 사람을 만나기도, 그 사람과 함께 살기도 가뭄에 콩 나듯 어렵다.

게다가 그런 모험을 하기에 나는 걱정이 지나치게 많고, 겉으론 제 생각만 하는 듯 보이지만 실은 주위 사람들 모두를 만족시키려고 한다. 이러지도 못하고 저러지도 못하는 '자기 고문 게임'을 하고 있는 형국이었다. 그런 내게는 강력하게 권고해주는 사람이 필요했다.

"내 집에 들어와 마음 편히 있어요."

왜가리가 그러셨다. 그 집에 있는 걸 마음대로 써도 되고 먹어도 되었다. 그러면서 아무것도 요구하지 않았다. 모든 게 풍요로웠다. 무엇보다 안심이 되었다. 왜가리의 안정된 파장이 내게 좋은 영향을 미치고 있었다. 도도히 흐르는 물과 같은 내가 든든한 흙을 찾는 명리命理와 마찬가지였다.

그렇게 불안한 나를 안정시켜준 왜가리에게 무얼 해드릴 수 있을까? 왜가리가 집에 오시면 맨발에 밟히는 게 없도록 해주고 싶었다. 그래서 날마다 청소기를 돌렸다. 바쁜 왜가리가 미처 신경 쓰지 못하시던 세면대 배수관을 고쳤고 싱크대 수납장을 정리하고 창틀을 닦았다. 그러고는 매일 밤 왜가리를 기다렸다. 그러면서 알았다. 내겐 주부가 어울린다는 사실을. 그런데 현모양처를 꿈꾸던 내가, 누군가가 나를 사랑한다면 그를 세상 누구보다 행복하게 해줄 수 있을 것만 같았던 내가, 30년 후인 지금은 안락한 가정을 박차고 나와 떠돌고 있다.

다른 삶을 살아보겠다고 집을 나왔지만 실은 나는 한 번도 독립을 해본 적이 없던 미숙아였다. 자취 한 번 안 해보고 가정이란 울타리 안에서 살았었다. 홀로 여행은 꿈도 못 꾸었었다. 그러던 내가 지금은 모르는 길을 걷고 이 집 저 집 전전하며 살고 있다. 아무 데서나 주는 밥 먹으며 머리만 닿으면 잔다. 이제는 처음 보는 사람과 노닥거릴 줄도 안다. 물론 내가 먼저 말 거는 경우는 드물지만.

그래서 뭐가 남았을까? 어쭙잖게 발전했다 쳐도 아직도 턱도 없는 사회성? 선천적으로 결여된 줄 알았던 눈치? 어느 날부터 시작한 정리정돈과 청소 기술? 아하~ 전국의 길, 적어도 내가 밟았던 길만큼은 알게 된 경험. 그래서? 국토부나 도로교통공단에서 일할 것도 아니고 지자체를 위한 행정 공무를 할 일도 없는데?

계절학기 중에 원도심레츠 송년회가 있었다.

육개장과 굴전과 매생이전과 잡채와 찐 대하를 먹고,

'산호여인숙'을 시작으로 2016년 전후에는 '대동작은집'을, 지금은 '구석으로부터'를 운영하는 작은언니 은드기의 아코디언과 나츠의 기타와 패트릭의 플루트 3중주를 들었다. 바우솔의 붓글씨를 샀고, 약간의 후원금을 냈다. 대납하려던 아파트 관리비를 왜가리가 받지 않으셨기 때문이었다. 대신 왜가리가 사랑하는 공간인 원도심레츠의 겨울 난방비에 보탠 것이었다. 그래 봤자 단기임대료 시가에 한참 미치지 못하는 금액이다.

참, 겸임교수의 한 과목 월급은 요양보호사 급여와 비슷하다. 하루 세 시간은 같지만 주 1회와 5회의 차이이다. 그러니 같은 시간을 일하고도 겸임교수는 요양보호사보다 다섯 배 더 받는다. 하지만 요양보호사는 준비 없이 가서 세 시간 육체노동만 하면 되는 데 비해 겸임교수는 일주일 내내 자료 조사하고 PPT를 제작한다. 그러니 소요 시간과 노동 대비 보수로 따진다면 교수라고 해서 더 낫다고 볼 수 없다. 대신 사회적 평가가 다를 것이다. 어디 가서 말하기도 좋고 무엇보다 사람들이 대하는 태도가 다르다.

내내 주장하지만, 작가나 요양보호사나 겸임교수나 모두 똑같은 나 자신이다. 내가 무슨 일을 하건 삶의 질이 다르다고 할 수 없다. 나는 그 일들 모두 애정을 갖고 성심성의껏 했기 때문이다.

나는 두 과목을 담당하니 주 5일 하루 여덟 시간 근무 기준 한 달 최저시급 절반 정도의 돈을 받는다. 작가는 제대로 된 원고료 받기가 길가 감나무에서 성한 감 따기처럼 어렵다. 그렇게 따지면 자본주의 사회에서 가장 평가받지 못하는 직업은 전업주부이다. 그 일이야말로 생명을 양산하는 가장 소중한 일인데 정확하게 돈으로 환산되지 못하고 있다. 그것이 싱크대 앞에서 무기력감을 느끼던 나와 같은 여성들이 당하는 고통이다. 티 나지 않는 청소와 세탁과 매일의 밥상. 이반 일리치가 말하는 '그림자 노동'.

거기에는 가족의 자세가 중요하다. 그것들에 대한 감사를 반드시 표현해야 한다. 그 모든 가사노동에 도우미를 쓴다고 가정하면 어마어마한 지출을 해야 할 것이므로. 게다가 집안일을 하지 않더라도 가정에 아내가 자리함으로 느낄 수 있는 안정감에는 가격을 매길 수 없으므로.

여하튼 왜가리 아파트 사랑방에서 나는 바깥양반을 기다리는 안사람처럼 지냈다. 함께 나가 일찍 들어왔지만 그래서 아주 좋았다. 나만의 일을 했고 혼자만의 시간이 충분했기 때문이었다. 바라던 삶이었다. 여유 있게 일하고 휴식이 있으며 하루 한 끼 식사를 함께하며 각자의 삶을 존중하는 생활.

우리는 짧은 시간 별말 없이 지냈다. 왜가리는 어떠셨는지 모르지만 나는 참 편안했다. 그건 왜가리의 무덤덤한 듯 너른 품 덕분이었다. 그이는 요리를 잘했고 운전도 잘했다. 맛있는 밥을 해서 매일 아침 식탁을 차려주고 차로 직장까지 태워다 주는 그이는 내게 삼 주 동안 아내이자 남편, 더 정확히는 지금은 계시지 않는 엄마나 없는 언니 역할을 해주셨다.

계절학기가 끝난 다음 날, 왜가리는 정시에 출근하시고 나는 발이 떨어지지 않아 오래도록 빈집을 서성댔다. 왜가리가 끓여놓고 간 떡국을 먹고 청소기를 돌리고 재활용 쓰레기를 비우고 마지막 남은 드립백 커피에 뜨거운 물을 내리며 편지를 썼다. 왜가리가 그리신, 나무 아래 검은 고양이가 앉아 있는 커튼 자락에 어울리는 푸른빛 한지 편지지였다. 나무가 중요하기에 고양이는 뒷모습을 그리셨다던 왜가리. 어쩌면 왜가리는 대학 때 하던 야학에서, 생명평화결사에서, 원도심레츠에서 다른 활동가들을 소리 없이 돕고 얼굴 보이지 않게 돌아앉아 있던 고양이가 아니었을까.

몇 자 적은 푸른 한지를 삼 등분해 접어 콘서트장에서 산 정태춘 노래 에세이 《바다로 가는 버스》에 끼워 넣었다. 비움 실천 중이니 책을 많이 갖고 다닐 수 없다. 또 내가 잘 읽었으니 다른 분도 읽고 그 시대를 잊지 마시길 바라는 마음으로 원도심레츠에 기증했다.

현관문을 닫기 전 마지막으로 거실을 바라보았다.

맨 처음 문을 열었을 때 정면에 보이던 푸른 커튼 아래 작은 허브 화분 둘과 그 옆 고무나무가 내 정원이 될 수 있을까, 했던 생각은 중요하지 않았다.

다만 그날 늦은 밤, 왜가리가 아파트 문을 열고 깜깜한 공간을 마주할 때 환하게 불 켜놓고 맞이하던 인기척을 그리워하지는 않으실까, 생각하며 문을 닫았다.

가난한 자의 방

논산 햇님쉼터한의원 정원 일기

종강일만 기다렸다.

2학기가 끝나고 일주일 후 시작된 겨울 계절학기. 그것 때문에 빗나간 운명. 계절학기가 아니었다면 지금쯤 생태 마을 집에 책꽂이와 스크린을 설치하고 책과 영화를 보고 있었을 것이다. 하지만 여전히 유목민처럼 떠도는 상태로 종강일만 기다렸다.

겨울 학기 종강일에 1년째 읽는 도스토옙스키의《악령 1》을 마무리했지만, 여전히 무슨 내용인지 알 수 없는 채 난 독증을 의심했다. 그러고는 독립영화관에서 인도네시아 영화 〈나나〉를 보았다. 영화를 보며 하염없이 눈물을 흘린 채 먼지 가득한 대전에서의 마지막 밤을 뜬눈으로 보냈다.

다음 날 도보순례를 시작했다.

해남의 나무가 그 소식을 알고는 논산 '내 마음속 작은 방 하나… 사포리♡' 햇님쉼터한의원에 1박을 부탁해놓았다.

연산에서 논산까지 걷고 나서 가보니 6년 전에 와봤던 곳이었다. 당시 인문학 서점 영어원서 읽기 모임에서였다. 희한하게 그 시절과 지금의 내 상황이 비슷했다. 다만 과거에는 이성을 잃고 있었고 현재는 차분한 상태라는 점이 달랐다. 내가 뜻한 바도 아니었고 전혀 계획도 없었지만 6년 전의 인연이 그렇게 다시 이어졌다.

원장님은 한의원에 가득한 금세기 영적 스승들의 사진과 매우 흡사한 외모다. 덥수룩한 흰머리에 구부정한 자세에 가운이 아닌 두꺼운 점퍼 차림. 한의원장이 아니라 동네 할아버지라고 해도 전혀 이상하지 않은 모습의 원장님은 예전보다 더 많이 낮아지신 느낌이었다.

나무가 소개해준 공주 감꽃이 끓여준 굴떡국을 먹고 원장님과 셋이 밤 산책을 나가서 오래 걸으며 이러저러한 이야기를 나누었다.

원장님은 구십 넘은 노모의 미소를 보여주셨다. 그런 사랑을 한 번이라도 받으면 다 낫게 된다고 하셨다. 알고 있다. 그런 무한한 사랑을 받으면 내가 나으리라는 걸. 그러나 그게 노력으로 될까? 우리 할머니가 생전에 늘 말씀하셨다.

"제 사랑 제가 끼고 있는 법이다."

태어나면서부터 할머니의 지극한 사랑을 받았다. 내가 뭘 잘해서 사랑받은 게 아니었다.

원장님은 네팔 안나푸르나, 러시아 바이칼 호수, 라다크, 러시아, 남미 등 세계의 영적인 곳을 순례하는 진짜 순례자셨다. 들뜬 내가 물었다.

"(제가 가기에) 안나푸르나가 좋을까요? 바이칼호가 좋을까요?"

"지금 가면 준비가 안 돼서 가도 볼 것을 못 봐요. 3개월에서 6개월 치료 받고 가요."

맞는 말씀이었다. 나는 환자였다. 사랑을 찾아 헤매는 환자. 어려서는 부모의 사랑에, 젊어서는 신의 사랑에, 중년에는 연인의 사랑에 목말라하는 환자. 조갈증을 해소하려고 소금물을 들이켜지만 결국 더한 고통의 도가니에 빠져들고 마는 환자. 원장님은 준비가 되어야 원하는 대상을 만날 수 있다고 하셨다.

원장님은 6년 전과 마찬가지로 이선희의 〈장미〉를 틀어 주셨다. 대형 스피커로 들리는 스테레오 사운드가 빵빵했다. 6년 전에는 그 정열적인 노래에 감탄했었지만, 지금은 눈먼 아픈 사랑을 거절했다. 왜 그 음악을 트셨냐고 여쭤보니 50대 여성들이 사랑을 필요로 한다고 하셨다. 나만 그런 게 아니라니 다행이었다.

"생각이 너무 많아요. 느끼세요."

원장님은 머리 말고 가슴을 쓰라고 하셨다. 두 달여 전에니어 힐링 선생님은 내게 가슴 그만 쓰고 머리를 쓰라고 하셨는데 대체 누구 말을 따라야 하는지 모르겠다. 하지만 어느새 점점 시시비비를 가리는 데서 사람의 마음을 느끼고 있다. 아직도 멀었지만.

"별님에겐 '선함'이 있어요."

"그걸 어떻게 아세요?"

느껴진다고 하셨다. 내가 가난하고 병들고 소외된 사람을 보면 그 아픔을 고스란히 느끼고 그들을 위해 불타오르는 것도 아셨다. 하지만 이제는 '고통'보다 '아름다움'을 보도록 노력하라고 하셨다. 곱고 감각적인 감꽃과 따스하면서도 예리한 원장님과 와인을 마시며 음악을 들으며 담소를 나누는데 내 안의 소녀가 까르르 웃었다.

원장님이 '가난한 자의 방'에 머물고 가는 사람들이 있다고 하셨다. 나도 그래도 되느냐고 물었다. 그러라고 하셨다. 그렇게 이튿날부터 사흘 동안 나는 가난한 자가 되었다.

마음이 가난한 자는 복이 있나니 천국이 그들의 것임이요.

마태복음 5장 3절, 산상수훈 8복의 첫 말씀이다.

세 평짜리 '가난한 자의 방'은 햇님쉼터한의원의 가운데 있다. 그 옆에 '순례자의 방'이 나란히 있고 사이에는 차양이 있다. 그 앞에는 삼층석탑이 다소곳하지만 옹골차게 서 있어 마치 사찰 같은 느낌을 준다.

그 방에 처음 들어가 앉았을 때 안온한 느낌이 매우 좋았다. 햇살 때문이었다. 남원 귀정사 낀방처럼 전면 창에 대나무에 끼워진 면으로 된 커튼이 양옆으로 치워져 있었고 그 앞에는 누런 잔디가 펼쳐져 있고 소나무와 억새와 탑이 보였다. 한의원인 본채는 제일 안쪽에 배치돼 있고, 가난한 자의 방이 가운데에 있어 마치 1,800평 대지의 중심에 위치한 듯했다. 손님에게 안방 자리를 내준 듯한 느낌이었다.

실제로 원장님은 그런 분이셨다.

화장실이 한의원 안에 있으므로 퇴근하시면서 내게 한의원 열쇠를 주고 가셨다. 열쇠를 맡기다니……. 원장님 말씀대로 어쩌면 우리는 인간이 아닌 존재일지도 모르겠다. 백조가 미운 오리 새끼가 아니듯. 그래서 이 땅에서 사는 게 이렇게 힘든지도 모르겠다. 그중 원장님은 백조를 넘어선 신과 인간의 중간계 천사일지도…….

그렇게 원조 정읍댁, 곡성 강빛마을 주인, 관지, 왜가리, 햇님쉼터한의원장님까지 다섯 번째로 내게 집을 맡긴 사람이 나타났다.

연산, 논산, 강경, 익산, 군산과 금강.

산 따라 물 따라 65킬로미터를 걷는 동안 햇님쉼터한의원에서 머물렀다. 그뿐 아니라 아침과 저녁 식사를 한의원 주방에서 해결했다. 회원들의 요리 솜씨가 출중해 끓여놓고 가신 떡국과 미역국이 훌륭했다. 밥과 김치만 있어도 든든한 한 끼였다.

아침에 눈을 뜨면 땡땡이 노란 커튼 너머 햇살이 비친다. 전기 패널 열이 아쉬워 이부자리에서 뭉기적대기를 한 시간여. 옷을 갈아입고 이부자리를 털어 개고 커튼을 젖히면 말간 정원에 다소곳한 탑이 밤새 보초를 선 듯 서 있다. 미황사 달마선원에서 자고 일어나면 이런 기분일까 싶다. 동남향 집답게 붉은 기운이 돌고 햇님이 떠오르면 햇님쉼터한의원은 기지개를 켠다.

한의원에 들어가면 오른쪽에 통창이 있다. 아득한 산 너머 햇님의 따사로운 빛이 억새 사이를 지나 창문을 넘어 몸을 감싸면 나도 모르게 양팔을 벌리게 된다. 우주의 빛에너지가 세포를 깨운다. 창틀 위 체코 무용수가 춤을 추고 창틀 아래에는 러시아 발레리나가 한 다리를 90도로 들고 한 팔과 평행을 유지하고 있다. 같은 자세를 취해본다.

밥을 먹고 설거지를 하고 커피믹스를 한 잔 타서 마시면서 긴 빗자루로 한의원 거실을 쓴다. 그러곤 짧은 빗자루로 현관을 쓴다. 청소기를 사용하지 않고 빗자루와 쓰레받기로 청소하는 기분이 좋다. 어른들은 커피를 마시든지 청소를 하든지 둘 중 하나만 하라고 하겠지만, 왼손엔 찻잔, 오른손엔 빗자루를 들고 청소를 하면 춤을 추고 있는 듯하다.

이튿날 아침에 원장님이 걸을 때 먹으라고 과자와 미니 약과를 한 주먹 챙겨주셨다. 귤도 많이 가져가라셨는데 무거워서 사양했다. 저녁에는 퇴근하시다 말고 다시 한의원에 들어와 쌀과 냉장고에 있는 반찬을 설명해주고 가셨다. 그러면서 여태 내게 집을 빌려준 사람들과 똑같은 말씀을 하셨다.

"여기 있는 것 다 먹어도 돼요."

대전 원도심레츠에서 사 온 유기농 포도주 두 병 들고

와서 나흘을 밥과 국과 반찬과 커피와 물과 과일을 먹고, 씻을 물과 화장실과 방을 쓰고 간다. 원장 행세를 전혀 하지 않으시는 한의원 주인은 공손한 몸가짐과 겸손한 마음으로 '혼자 아파하는 사람들'의 마음을 어루만진다.

"사람들을 피어나게 하는 게 제일 좋아요."

사람들의 굽고 구겨진 마음과 아픈 몸을 피어나게 해주는 데서 기쁨을 얻으시는 이기웅 원장님. 그는 몸뿐만 아니라 마음도 치유해주는 진짜 치료자였다.

순례자는 천사가 돕는다. 길을 걸으며 언젠가부터 터득한 사실이다. 어설픈 순례자인 나는 가는 데마다 천사를 만난다. 그래서 먹고 자는 데 큰 걱정을 하지 않는다. 극히 드물지만 나를 거절한 집도 있었다. 그런 집에서는 발의 먼지를 털고 나오면 된다.

누구든지 너희를 영접지 아니하거든 그 성에서 떠날 때에 너희 발에서 먼지를 떨어버려 증거를 삼으라 하시니. (누가복음 9:5)

굳이 성경 말씀이 아니더라도 환대받지 못하는 곳에 있을 이유가 없다. 그들이 복 받을 기회를 내쳐버렸다고 생각하면 그만이다.

손님 대접하기를 잊지 말라. 이로써 부지 중에 천사들을 대접한 이들이 있었느니라. (히브리서 13:2)

나는 복음을 전하러 다니는 제자는 아니지만 적어도 세상에 해악을 끼치려고 다니는 사람은 아니다. 그래서 막연히 믿는다. 내가 빈손으로 가서 대접받고 떠나면 나를 대접한 이들에게 복이 내릴 것을. 왜냐면 하늘은 그렇게 돕는 사람들을 모른 척하지 않으시기 때문이다. (물론 받는 데만 익숙해서 어디 가서도 계산하지 않는 종교인들이나 정치권력자들은 비난의 대상이다.)

내가 주릴 때에 너희가 먹을 것을 주었고 목마를 때에 마시게 하였고 나그네 되었을 때에 영접하였고 헐벗었을 때에 옷을 입혔고 병들었을 때에 돌보았고 옥에 갇혔을 때에 와서 보았느니라……. 지극히 작은 자 하나에게 한 것이 곧 내게 한 것이니라. (마태복음 25:35~40)

복이 있으라. 베푸는 이들이여.

방을 구하려고 기를 쓸 때 방을 구하지 못했다. 돈을 마련했고 계약서만 쓰면 됐었다. 그렇지만 두 번이나 그 기회를 놓치면서 다시 알게 되었다. 집은 운명임을. 그리고 어딘가에 내 방이, 내 집이, 내 정원이 분명히 있으리란 걸.

가난한 자의 방에서 나는 진짜 가난한 자였다.

잘 때와 걸을 때 옷이 한 벌씩이었고 속옷과 양말만 매일 빨았다. 온종일 걷고 돌아와 냉기 가득한 화장실에서 쪼그리고 머리 감고 샤워하고 찬밥을 뜨거운 국에 말아 먹었다. 비단 외적인 요소뿐만이 아니었다. 내 영혼은 걸인처럼 버려졌고 굶주렸고 헐벗었다. 거지 왕자처럼, 다락방 소공녀처럼.

사람이나 사물을 보면 그 세포의 질감을 손끝으로 느끼신다는 이기웅 원장님에게 나는 '선한 환자'였다. 하지만 원장님은 아픈 나를 한의사 대 환자로서가 아니라 순례자 대 순례자로 돌보셨다.

원장님은 모르신다. 내 인생의 2막 마지막 장을 가난한 자의 방에서 보냈음을.

이제 나는 3막 인생을 펼칠 것이다. 그 첫 정원이 어디가 될지에 대해 아무것도 아는 바가 없다.

기억하겠습니다

서울시청 앞 정원 일기

기획사 소속 배우들 프로필인 줄 알았다.

하나같이 밝고 화려하게 빛나는 젊음들이었다.

똑같은 경기도 고등학교 교복 입은 학생들도 아니었고 제각각 여유 있게 개성 넘치는 청춘들이었다.

159명.

이름이나 얼굴을 밝히지 않는 몇을 제외하고는 거기 모인 모두가 불렀다.

"기억하겠습니다, OOO."

그 정원에서,

후쿠시마 핵발전소 참사가 일어난 2011년에는 '아이들에게 안전한 밥상을' 피켓을 들고 서 있었고, 크리스마스트리가 세워지는 겨울이면 스케이트를 타기도 했었다.

세월호 참사 다음 해인 2015년 4월 17일에는 4,470명의 촛불로 세월호를 만들기도 했었다. 22번이나 나갔던 촛불집회 이야기는 이제 하고 싶지 않다.

그 서울시청 앞 정원에,

유족들이 외로울까 봐 간 2023년 2월 4일,

159명의 영정 사진이 '기습'이라는 보도 기사 제목처럼 왜곡된 땅 위 허술한 분향소 안에 놓여 있었다.

지난가을이었던 2022년 10월 29일 밤 10시 15분.

불과 몇 분 사이에 서울시 한복판 이태원에서 푸르디 푸르게 건강하던 젊은 가족을 잃고 유족이 된 이들의 손이 영정 사진 위에서 울부짖었다.

밤이 되자 전기를 공급해주지 않은 서울시 덕분에 컴컴한 분향소에는 추위에도 불구하고 찾아온 시민들이 길지 않은 줄을 이었다. 빨간 목도리를 맨 유족들은 조문객 한 분 한 분에게 고개 숙여 감사 인사를 했다.

한때 정의를 외치던 그 정원에 부정不淨과 분열이 걸어갔다.

권력은 부패했고 민주는 주인을 잃었다.

사랑 타령이나 하던 나는 무거운 짐을 지고 10킬로미터를 걸어 혹사함으로 스스로를 벌했다.

'세상 같은 건 더러워 버리는 것'이라 고개 돌리고 떠나서 갈 수 있는 정원도 없는 나는 서울시청에 걸린 걸개에다 묻는다.

100일이 되도록 대체 누구와 동행했느냐고.

내 마지막 남의 정원

대전 사랑방 정원 일기 2

이번에는 커피 때문이었다.

다시 대전 기찻길 옆 왜가리 아파트 사랑방에 들어간 것은.

두 학기째 개강도 했으니 이젠 정말 나만의 정원을 정하리라 마음먹었다.

그런데 서울에서 할 일이 남아 있었다.

SCASpecialty Coffee Association 바리스타 파운데이션 과정이었다.

내게는 정원이 있는 집 말고도 어딘가 정착하면 근처 작은 공방에서 책을 읽고 음악을 듣고 커피를 마실 꿈이 있었다. 그동안 전국을 떠돌면서 경험한 바로는 고마운 이들에게 정성껏 커피를 내려주면 사람들이 행복해했다.

커피의 키읔 자도 모르면서, 피터가 해남으로 보내준 포트와 막냇동생이 정읍과 담양으로 보내준 커피 핸드드립 도구의 아름다운 디자인과 로스팅해서 보내준 원두 덕분이었다.

그래서 이제는 나를 찾아오는 이들에게 제대로 된 커피를 내려주고 싶어서 정식으로 커피 자격증을 따기로 했다. 다동의 손흘림 커피 바리스타 과정을 배우려고 기다리고 있었는데, 그곳 강의 일정이 지연되는 바람에 얼결에 찾은 직업전문학원 강좌에 개강 전날 극적으로 등록을 했다.

운칠기삼運七技三이라는 말이 있다. 운이 칠 할이고 재주나 노력이 삼 할이라는 뜻으로, 사람의 일은 재주나 노력보다 운에 달려 있음을 이르는 말이다.

나는 SCA 자격증이 있는 줄도 몰랐다. 그런데 그 자격증은 일반 바리스타 민간 자격증과는 달리 유일하게 국제적으로 통용되는 바리스타 자격증이었다. 그 자격증 시험을 볼 수 있는 과정에 개강 전날 등록하고 오 주간 주말마다 여섯 시간씩 커피에 대해 배우기 시작했다.

대학 수업은 개강했고, 커피 자격증을 딸 때까지는 강의와 강의 사이에 대전에 머물러야 했다.

첫 강의 오리엔테이션 후 점심 식사 시간 맞춰 원도심레 츠에 갔다. 왜가리, 나무늘보, 소나무 등등 반가운 이들이 분주하게 요리를 하고 계셨다. 수요일은 국선도 회원들이 오셔서 음식이 가장 풍성한 날이다. 묵은지와 닭이 된장과 함께 한 솥에 어우러져 있고, 부침개와 각종 김치와 삶은 브로콜리와 초고추장이 있었다. 새벽부터 장거리 이동에 긴 걸음으로 허기진 나는 장정이 먹을 만큼 많은 양의 국과 밥을 펐다. 그러곤 쉬지 않고 다 먹었다.

식사 후 비치된 앞치마를 두르고 누가 시키지도 않은 설거지를 했다. 그만하라는 사람들의 만류에도 불구하고 끝까지 수십 명분의 설거지를 하는 내 모습을 보며 스스로 대견했다.

예전에 나는 하지 말라면 안 하고, 그만하라면 그만했었다. 말을 언어 그대로 이해하고 그 뒤의 의중은 도통 몰랐다. 있는 그대로, 느끼는 대로 표현하는 게 당연했으며 비언어적 의미나 분위기 파악에 서툴렀다. 그러나 3년 가까이 바깥 생활을 하면서 사람들이 나 같지 않음을 알게 되었다. 사람들은 언어보다 비언어적인 표현에 민감했으며 똑바른 말보다 뭉뚱그린 표정을 더 편안해했다.

주방 일에 서툰 내게 아무도 그 일을 시키지 않았고, 하지 말라면 안 했었다. 실컷 먹고 배불러 다들 꼼짝 않고 싶을 때 나서서 설거지하면 좋은 평가를 받는다는 걸, 시키지 않는다고 안 하고 있으면 욕을 먹는다는 걸 예전엔 미처 몰랐었다. 다 지나고 나면 깨닫는다. 그렇게 성숙해지는 것이겠지. 나이가 몇인데 이제야……

　그날은 원도심레츠 미술 특강 마지막 날이었다. 식사 후 그림 시간이 이어졌다. 연필화였다.

　고등학교 1학년 때 미술 선생님이 수업 시간에 내 수채 상상화를 보시곤 미대에 가라고 권유하신 적이 있었다. 약간의 독창성이 엿보인 그림이었지만 당시 내 성적이 좋아서였다. 하지만 완고한 할아버지께 예체능 진학은 재고의 여지도 없는 소리였다. 그림 대신 글을 쓴 건 아주 잘 선택한 일이었다. 나는 그림을 그릴만큼의 창의력이나 상상력이나 체력이 부족하다. 하지만 그림을 그리고 싶은 마음은 늘 있었다.

　그 숨은 소망이 처음으로 발현된 때는 2020년 5월 원주 토지문화관에서 미술가인 새별을 만나면서였다. 그때 삼 주간 내가 색연필로 그림을 그려 가면 새별이 봐주었다. 몇 번의 리터치만으로 그림이 달라졌다. 5월이 지나며 새별은 떠났다. 이후 나는 혼자 그림을 그렸다. 아주 가끔, 머무는 정원에서 한 달에 한 컷 정도였다. 글과 마찬가지로 그림도 그리고 싶을 때만 그린다. 뭐든 억지로는 하지 않는다.

그림을 그릴 때는 고요한 집중의 시간 속으로 들어간다. 글을 쓸 때처럼 나와 작품만의 세계가 펼쳐진다. 그 사이에는 누구도 들어올 수 없다.

그림 선생님의 허락을 받아, 왜가리가 즉석에서 나눠주신 4B연필과 종이로 청강을 했다.

따사로운 봄날의 햇살이 원도심레츠로 들어오고 여러 사람이 침묵 속에 연필화를 그렸다. 사각사각 소리조차 들리지 않는 조용함이 가득 찼다. 옆 테이블에서는 국선도 어르신들이 바둑을 두고 계셨다. 초등학교 5학년에서 6학년으로 넘어가는 겨울방학에 할아버지께 바둑을 배운 적이 있었다. 다리가 달린 아주 좋은 바둑판이었다. 바둑이 시간도 오래 걸리고 어려워 동생들과 오목을 두었었다. 오목도 어려우면 알까기를 했었다. 그 좋은 바둑판은 어디로 사라지고, 이후 함께 둘 사람도 없으면서 나는 싸구려 바둑판과 바둑알을 사두곤 했었다. 모든 게 아련하다.

그림 수업 후 이번에도 역시 왜가리 안 계신 집에 비밀번호를 누르고 들어갔다. 푸른 커튼의 나무와 고양이가 환하고 따스하게 그대로 있었다. 왜가리가 아침에 준비해놓고 가신 두부 양송이 된장국 한 냄비와 전기밥통에 수북한 흑미밥이 있었다. 샤워하고 라디오를 켜고 밥을 먹고 글을 쓰는 일상을 반복했다.

늦은 밤, 왜가리가 오셨다. 두 달 만에 만났는데도 우리의 대화량은 그다지 많지 않았다. 다음 날 출근해야 하기 때문이었다.

다음 날 아침, 왜가리는 식이요법을 하느라 요즘 안 드시던 아침 식사를 나를 위해 차리셨다. 당근과 홀그레인 무침과 양상추와 딸기와 호두에 올리브유와 발사믹 소스와 바질 페스토를 섞어 만든 소스를 끼얹은 샐러드와 된장국과 흑미밥이었다. 식사 후에는 샐러드와 구운 식빵으로 도시락을 싸주셨다.

엄마 돌아가시고 할머니가 싸주시던 도시락이 떠올랐다. 노란 달걀에 주황 당근과 파란 파가 다져진 두툼한 달걀말이와 달걀 물 묻힌 분홍색 소시지. 정성 가득한 도시락을 얼마 만에 받아보는지…….

세 시간 강의 후, 빈 강의실에서 도시락을 꺼냈다. 냄새도 나지 않는 도시락에서 아릿한 향기가 났다. 언제든 오라는 환대와 세심한 보살핌, 그동안 지나왔던 많은 정원에서 내가 받았던 사랑과 공대, 구구절절 설명할 수 없는 묵직한 향기가.

그다음 주에도 왜가리 아파트에 내가 먼저 들어갔다. 외식하고 들어갔는데 전기밥통에 흑미밥이 차지게 되어 있었다. 왜가리가 드시지도 않는 밥을 아침에 해놓고 나가신 거였다. 그날 올 나를 위해. 밤 열한 시 반이 되자 왜가리가 오셨다. 점심때 원도심레츠에서 남은 국과 반찬을 한 아름 들고서.

다음 날 아침 일찍 왜가리는 식탁을 차리셨다. 평소에는 드시지 않는 아침 식사를 나를 위해서. 이날은 채 썬 양배추 달걀부침이 주 메뉴였다. 흑미밥과 된장국과 달걀부침과 제육볶음과 봄똥과 브로콜리와 깍두기가 달걀부침과 함께 차려졌다. 진수성찬을 먹고 설거지를 했다. 그사이 왜가리는 내 도시락을 싸고 원두커피를 내려 내 텀블러에 채워주셨다. 요즘 커피도 드시지 않으면서.

오전 아홉 시 반, 나를 학교까지 태워다 주고 왜가리는 가셨다. 점심시간에 학생들 과제 점검으로 나가서 밥 먹을 시간도 없었다. 과제물을 보며 도시락을 먹었다. 식은 흑미밥에 달걀부침과 블루베리 호두 양상추 샐러드가 없었다면 오후 다섯 시까지 버티지 못했을 것이다. 왜가리가 타주신 커피가 없었다면 일곱 시간을 어떻게 지냈을까.

마지막으로 왜가리는 기차 시각 맞춰 대전역 동광장으로 내 무거운 짐을 실어다 주셨다. 등에 멘 배낭과 양손 가득한 짐 때문에 왜가리를 안을 수도 없는 채 부리나케 헤어져야 했다.

기차에 올라 목베개와 안대를 하자마자 스르륵 잠에 빠져들었다.

어제도 오늘도 나는 최선을 다해 살았다. 내가 아는 지식을 학생들에게 쏟아부었고, 지친 왜가리의 어깨를 처음으로 주물러드렸으며, 밥을 얻어먹었으니 설거지를 했다.

왜가리네 아파트 사랑방은 내 마지막 남의 정원이다. 그 마지막 정원에서 차고 넘치는 사랑을 받았다. 나도 누군가에게 그런 사랑을 베풀 수 있을까? 언젠가 누군가 내 정원에 오면 나도 그렇게 묻지도 따지지도 않고 편히 쉬다 가게 해줄 수 있을까? 왜가리의 너른 품처럼 나도 지친 이들을 품어줄 수 있을까?

고마워요, 사랑해요!

아주 오래된 정원 일기

27년 전 〈아주 오래된 연인〉이라는 다큐멘터리를 제작했다.

다음 해 정원 없는 정원을 갖게 되었다.

어느 날 정원 있는 정원을 갖고 싶었다.

그래서 정원 없는 정원을 나왔다.

그러고는 길을 걸었다. 하염없이 걸었다.

정원을 찾기 위해서.

잘 모르는 사람을 따라가기도 하고

노선이 다른 차를 타기도 했다.

하지만 대부분 혼자 걸었다.

아무리 걸어도 목적지가 나오지 않을 때도 계속 걸었다.

정원을 찾아서.

꼬마 정읍댁으로 요양보호사를 하기도 하고, 강빛마을에서 한 달 살이를 하기도 하고, 원주와 해남과 담양에서 입주작가로 있기도 했다. 겸임교수로 며칠이나 몇 주씩 남의 집 살이를 하기도 했다.

잠시 돌아온 정원 없는 정원은 여전히 안전하고 풍요롭고 따스했다.

거창한 정원은 없어도 몬스테라와 접란과 벵갈 고무나무가 있었다.

무엇보다도 변치 않는 사랑과 신뢰로 지켜주는 사람들이 있었다.

그동안 정원 없는 정원에서 삶과 더불어 아주 많은 것을 배웠다.

다큐멘터리를 제작했고 논문을 썼으며 책을 읽고 글을 썼으며 산책을 했고 영어 회화와 에어로빅과 벨리 댄스와 탱고와 수영을 배우고 사진도 배웠다. 마지막으로 SCA 바리스타 파운데이션 과정을 배웠다.

어딘가 정착하면 작은 공방에서 조용히 책을 읽고 음악을 듣고 마음 맞는 이와 소모임을 하며 커피를 마실 꿈이 있었다. 첫 책도 준비했다. 그 꿈을 이루기 위한 마지막 단계로 주말마다 에스프레소를 추출하고 카푸치노를 만들었다.

고목처럼 짙은 갈색 에스프레소에 웨딩드레스처럼 하얀 우유 거품으로 첫 카푸치노 하트를 만든 순간을 잊지 못한다. 알콩달콩 설레던 가슴이 불안하게 뛰던 심장 박동 끝에 두려움으로 얼어붙으며 싸늘한 통증이 왔다.

어느 정도 시간이 흐르고 나자 깨진 것은 꿈이 아니라 허상임을 깨달았다. 나란히 잠들어도 같은 꿈을 꿀 수 없듯이 소망의 다른 이름인 꿈은 누구와도 함께 꿀 수 없었다. 하물며 오랜 세월 혼자만의 상상을 펼치던 정원을 어디에서 찾을 수 있단 말인가. 그동안 찾아 헤매던 정원은 영화 〈판의 미로〉처럼 암담한 현실을 잊기 위한 일종의 꿈이었던가. 그렇다면 손잡고 하는 산책도 커플 룩과 커플 자전거도 모두 오필리아의 상상일 뿐이었던가.

제아무리 하얗고 고운 거품을 덮어씌운다 해도 에스프레소는 감당 못 할 만큼 썼다. 그러니 그 달콤한 거품조차 없다면 어떻게 에스프레소를 마실 것인가. 정원을 찾는 꿈마저 없었다면 지난 3년여 시간을 버티지 못했을 터.

일머리가 없어 유달리 행동이 굼뜨고, 결정적으로 카페인에 취약하면 바리스타가 되기 어렵다는 걸 커피를 배우면서 알게 되었다. 꿈은 이루는 과정에서 비로소 난관이 있음을 체득한다. 인제 거의 다 왔다고 생각했지만, 빈번하게 그건 혼자만의 착각이었다.

이제 그 집착을 내려놓는다.

커피 바리스타 SCA 국제자격증 취득 시험을 치른 다음 날, 정원 없는 정원을 떠난다.

정원 없는 정원에서 사랑을 배웠다.

책임지는 사랑, 아껴주는 사랑, 챙겨주는 사랑, 믿어주는 사랑, 오래 참는 사랑, 존중하는 사랑, 허용하는 사랑, 기다리는 사랑, 이해하는 사랑, 인정하는 사랑, 불의를 기뻐하지 않는 사랑, 떳떳하고 당당한 사랑, 정직한 사랑, 자기의 유익을 구하지 않는 사랑, 상대가 원하는 걸 해주는 사랑, 잡고 싶어도 떠나보내주는 사랑, 끝까지 책임지는 사랑. 그리고 미처 헤아리지 못하는 지극한 사랑.

무한한 고마움을 안고 그 정원을 떠난다.

안녕, 내 아주 오래된 사랑하는 정원이여.

정원을 찾지 않습니다

굴뚝새의 모험 4

나 굴뚝새는 지난 4년 동안 내 주인과 함께 다녔다.

2020년 원주와 정읍과 별담리,

2021년 정읍과 곡성과 해남,

2022년 다시 정읍과 남원과 담양과 다시 남원과 대전,

2023년 대전,

2024년 지금 여기.

주인은 정원을 찾아다녔다.

열심히 찾으면 어딘가에 자신의 정원이 있을 줄 알았다.

그런데 주인이 미처 몰랐던 게 있었다.

흘러 흘러 머물렀던 정원의 시간이 없었다면 영영
알지 못했을, 태초의 정원.
더 고요히 주인의 가슴에 귀 기울여야 정확히 알겠지만,
분명한 건 주인은 이제 정원을 찾아다니지 않기로 했다.
그렇다면 주인은 그리고 나는 앞으로 어떻게 될까?
무엇보다 나는 주인 목에 계속 걸려 있고 싶다.
자유를 찾아 사랑을 꿈꾸며 용감하게 떠나온,
외로움이 해일처럼 덮쳐왔으나 운명처럼
그것을 온몸과 마음 깊숙이 받아들여,
비로소 우아해진 주인.
그 주인과 함께
내 굴뚝이 기다리고 있는 굴뚝새의 정원에서
평화로이 춤추고 싶다.

일곱째별의 정원에서

―이충걸, 전《지큐 코리아》편집장, 작가

누군들 정원을 가꾸는 나날을 공상하지 않았을까. 특권 같은 목가적 소망, 겸허한 생활 양식이 펼쳐지는 장소, 장미가 만발한 꽃밭을. 그러나 일곱째별은 정원의 오래된 정의 대신 드문 평화의 찰나 혹은 오래 숨어 있을 처소에 대한 작은 계획을 이야기한다. 그녀에게 정원은 시간의 피난처이자 끝도 없이 가변성을 상기시키는 곳. 결국 우리가 일시적이고도 초월적인 존재라는 감각을 주는 무엇이다.

작가는 나날의 기록과 사색적인 음영으로 계절을 매핑한다. 그리고 극단적으로 벼려진 청결한 문장과 거울 같은 관찰력, 빨래를 털듯 허심탄회한 어조와 진지한 놀라움의 틈새로 계절의 마디마다 나선으로 고동치는 지상의 방 한 칸을 찾는다. 호소로 넘실대는 언어는 완전한 단락과 부드러운 에너지에 싸인 채 불안정한 시간의 조용한 순간을 맞보고, 할 말이 많은 나무와 이어지고, 땅에서 난 것들의 기쁨을 상상하는 것이다.

일곱째별의 정원은 모든 감각에 노출된 작은 방이자 자연의 전체. 해마다 겨울이 지나면 봄이 오고, 또 봄이 오듯, 정원 이야기에 따르는 순환의 요소는 필멸의 화살을 향한다. 그녀의 마음이 종종 필멸의 삶을 쳐다보듯이. 그 여정이 어디로 가는지, 팔도에 금을 긋는 배회의 동선이 무엇을 의미하는지, 이야기의 전체 구조가 어떻게 맞물릴지는 알 수 없다. 관찰자와 대상은 개인적으로 연결된 듯 보이되 뿌리내리지 못하는 작가의 장소성을 되비춘다. 그리고 그것이야말로 이 책에 강렬한 문학적 면모를 부여하는 것이다.

이 책의 표토에는 동시에 어떤 제도화와 탈핵, 사회적 불의와 애도가 동반한다. 묘목을 이식하듯 나무와 계절과 작은 방 사이에 유별나게 신중하고, 도드라지게 아름다운 문장을 끼워 넣고, 언어 뒤에 숨은 사회적 균열을 드러낸다. 그리하여 지금 당신이 꽃 냄새를 맡으며 앉아 있는 곳은 시간을 견딘 앞선 이들과 공유하고 있다는 진실을 내내 질문

하는 것이다.

어떤 의미로 이 책은 삶이 존재한다는 사실을 축하하는 것 외에 인생과 관련된 다른 일은 없다고 말하는 것 같다. 그것이야말로 그녀가 말하는 정원을 가질 수 있는 한 가지 방법이라고.

함께 읽으면 좋은 책과 이음의 책

굴뚝새와 떠나는
정원 일기

1판 1쇄 발행 2024년 11월 15일

지은이   일곱째별

펴낸곳   책과이음
대표전화   0505-099-0411
팩스   0505-099-0826
이메일   bookconnector@naver.com
출판등록   2018년 1월 11일 제395-2018-000010호

홈페이지   https://bookconnector.modoo.at/
페이스북   /bookconnector
블로그   /bookconnector
유튜브   @bookconnector
인스타그램   @book_connector
표지그림   Pierre Bonnard, *Garden*, 1935
독자교정   김수민

책값은 뒤표지에 있습니다.
잘못 만들어진 책은 구입하신 서점에서 교환해드립니다.

• 이 글은 사회적 협동조합 길목 소식지 《길목인》에 연재한 〈일곱째별의 정원일기〉로 2024년 충남문화관광재단 예술지원사업 선정작입니다. 이 중 〈굴뚝새의 모험〉은 한국문화예술위원회 〈코로나19, 예술로 기록〉 수록작《정원을 찾습니다: 굴뚝새의 모험》 중 일부입니다.

ISBN 979-11-90365-70-3 03810

책과이음 : 책과 사람을 잇습니다!